行脚僧杂撰

詹福瑞 著

凤凰枝文丛

孟彦弘 朱玉麒 主编

凤凰出版社

图书在版编目（CIP）数据

行脚僧杂撰 / 詹福瑞著. -- 南京：凤凰出版社，
2024.11. --（凤凰枝文丛 / 孟彦宏，朱玉麒主编）.
ISBN 978-7-5506-4304-8

Ⅰ. I267.1

中国国家版本馆CIP数据核字第20245HJ078号

书　　　　名	行脚僧杂撰
著　　　　者	詹福瑞
责 任 编 辑	李相东
书 籍 设 计	陈贵子
责 任 监 制	程明娇
出 版 发 行	凤凰出版社(原江苏古籍出版社)
	发行部电话025-83223462
出版社地址	江苏省南京市中央路165号,邮编:210009
照　　　排	江苏凤凰制版有限公司
印　　　刷	苏州市越洋印刷有限公司
	江苏省苏州市吴中区南官渡路20号,邮编:215104
开　　　本	880毫米×1230毫米　1/32
印　　　张	10.25
字　　　数	189千字
版　　　次	2024年11月第1版
印　　　次	2024年11月第1次印刷
标 准 书 号	ISBN 978-7-5506-4304-8
定　　　价	68.00元
	(本书凡印装错误可向承印厂调换,电话:0512-68180638)

詹福瑞

1991 年毕业于河北大学，获文学博士学位。曾任教于河北大学，任职于中国国家图书馆。教授，博士生导师。以中国古代文学为治学方向，著有《南朝诗歌思潮》《中古文学理论范畴》《论经典》《诗仙·酒神·孤独旅人：李白诗文中的生命意识》等学术著作，另有《岁月深处》《俯仰流年》等诗文集，成果曾获教育部高校优秀社科成果一等奖、中国图书奖。

弁　言

"凤凰台上凤凰游"，是李白《登金陵凤凰台》之诗句，昔年我江苏古籍出版社立足南京、弘扬文史，而更名所由也。

"碧梧栖老凤凰枝"，是杜甫《秋兴八首》所吟咏，今日我凤凰出版社为学林添设新枝，而命名所自也。

30多年来，凤凰出版社围绕中华传统优秀文化，彰显传承文明、传播文化、服务大众、贡献学术的出版理念，坚持以整理出版中国文、史、哲古籍及其研究著作为主的专业化方向，蒙学界旧雨新知之厚爱、扶持，渐已长大成为"碧梧"，招引了学界"凤凰"翩然来栖。箫韶九成，凤翥凰翔！嘤其鸣矣，求其友声！

"凤凰枝文丛"是本社与学界同人共同打造之文史园地，除学术研究论文外，举凡学人往事、经典品评、学术札记之文化随笔，旧学新知，无所不包。是作者出诸性情而诗意栖息之地，读者信手撷取而涵泳徜徉之处。

"凤凰鸣矣，于彼高冈。梧桐生矣，于彼朝阳。"

愿"凤凰枝文丛"成为我们共同的文化家园。

2019.5.22

序

　　我的随笔杂撰，都取四言书名，《文质彬彬》《不求甚解》《俯仰流年》《小言詹詹》，文字整齐，且可闻名识文。这一次破例为五言，《行脚僧杂撰》的书名看起来也有点古怪，所以要写一点解题的文字。

　　我 2003 年离开高校到国家图书馆工作，原以为刘姥姥进大观园，堂奥自深，苑囿愈曲，会有更优越的学术环境。实则图书馆与大学是两个不同的院子，离开了学校，即离开了教学和科研的基地，在学术上转为一个人走路的行脚僧。尤其是 2014 年初离岗、2018 年退休后，似乎连歇脚之地都没有了。我曾于 2018 年 7 月 10 日赋小诗曰："人生至此已飘蓬，颠沛竟如行脚僧。负笈携书颇辗转，走南望北费周腾。出租日晒肌肤黑，地铁夜乘汗气蒸。羡尔夏蝉林影里，风凉叶净弄鸣声。"幸有师朋想着，还可以挂单带学生，做研究，然没有长时期合作形成的学术团队，仍是学术上孑孑独行的行脚生涯。北宋睦庵善卿所编《祖庭事苑》解释行脚僧曰："行脚者，谓远离乡曲，脚行天下，脱情捐累，寻访师友，求法证悟也。所以学无常师，遍历为尚。善财南求，常啼东请，盖先圣之求法也。永嘉所谓'游江海，涉山川，寻师访道为参禅'，岂不然邪！"看流失的敦煌遗画，法国吉美博物馆《行脚僧图》、大英博物馆《行脚僧图》、俄罗斯艾尔米塔什博物馆《行脚僧图》、韩国国立中央博物馆《行脚僧图》、日本东京国立博物馆《行脚僧图》，都有共同的特点：游方僧人背负装满经卷的竹笈，光脚穿草鞋，头戴大斗笠，手持麈尾，吃力地走在路上。他们没有自己常住的庙宇，卸却人世牵累，游江海，涉山川，寻师访道，求法证悟，这光景颇似我近十年来的行迹。

学术行脚僧之谓，除了上述原因，还指个人研究的心路。人文学者的研究特性表现为个人的独立行为，他独立读书，独立思考，独立探索，犹如行脚僧趑行于漫漫长路。在文学的探索路上，不论有多少朋友、多少学生，我都是一个孤独的行路人。叔本华说："只有当一个人独处的时候，他才可以完全成为自己。"我的文学研究与写作的过程，就是精神的独处历程，在精神的独处中，我找到了自己与文学的契合。"谁要是不热爱独处，那他也就是不热爱自由"，叔本华又说。而自由正是探索者不可或缺的空气。如果说这些年我的文学求索有所收获的话，也应是学术上浪游的行脚僧走出来的。五月，在我的新书研讨会上，我曾发表"两个十年"的感言。2003年到2013年这十年，是我事功的十年。在学术上却进入荒漠区，十年间只出版了《文质彬彬》《不求甚解》两本小书。2014年至2023年这十年，我回归学术，迈着孤独而又坚定的脚步，走在探索经典与生命文学的路上。这十年间，我把图书寄存一地，或半月，或一二月，有时双肩包，有时拉杆箱，装满图书资料，换掉用过的，装来要用的，那形象就是负笈行脚僧的翻版！十年里，我出版了《论经典》《诗仙·酒神·孤独旅人：李白诗文中的生命意识》两部专著，另有《自然　生命与文学》论文集和《俯仰流年》《小言詹詹》《岁月深处》《四季潦草》诗文集。事功之念枯萎了，文学之树反倒葱茏。

收在集子中的有长文，有短章，文体亦不同。首辑所录，怀念任继愈先生的文章写得早，写詹锳、魏际昌、傅璇琮等先生的文章，均为近一两年所撰，论性质属于研究几位先生学术思想与成就的论文。行脚僧云游四方，就是为了寻师访道，此一辑即是。第二辑主要是书评，不限于古代文学，也有当代评论。我一贯认为，文学只有文学与非文学之别，怎么可能有古代与现当代之分呢？因此我平时阅读，从不会被古今隔断，对文学的思考与探索亦如此。第三辑收进序跋。我是学生博士学位论文的第一读者，深知文章得失，出版之际，介绍给读者，也算是为读者了解论著提供一点参考。因是师生，鼓励之语失度变为溢美之词也是有的。第四辑为致辞、演讲和访谈。演讲、致辞文体比较接近。二者虽然场面有大小，都有固定的受众。演讲有主题，致辞虽是场面语，会议的主旨就是致辞的主题。演讲可长可短，收放全凭演讲者的兴致，致辞则有时间限制，不宜长篇大论。二者无论长短都讲究修辞，好的演讲和致辞，就是一篇优秀的文章。锦绣文章容易打动读者，受众广，效果更佳。行脚僧背着佛经，一是随时读经参道，也可一路之上以典籍化人，此辑就有这个味道。最后部分是一篇访谈，读者据此可一窥我怎样走进文学的大门及我的读书生活。

凤凰出版社最初策划"凤凰枝文丛"，把我列入第一批。迟迟不能交稿，皆因文章贫乏，不足以成书。倏忽间四年过去了，交上这个不成器的小册子，甚感惭愧。感谢二位主编和倪培翔社长的不弃，也要感谢李相东先生的精心编辑。

2023 年 6 月 5 日

目录

第一辑 问道学文

詹锳先生的学养与治学路径

业师詹锳先生是当代著名的古代文学研究专家，他的魏晋南北朝隋唐诗文研究在学术界有重要影响。詹锳先生研究李白与《文心雕龙》，注重文献整理、作家与诗文考证，《李白诗文系年》《李白诗论丛》《李白全集校注汇释集评》和《文心雕龙义证》，融乾嘉朴学研究方法与现代科学态度为一体，为学界的李白和《文心雕龙》研究提供了厚重的基础性研究成果。而他的《〈文心雕龙〉的风格学》《刘勰与〈文心雕龙〉》两部著作，又借镜欧美现代美学观点与方法研究中国古代文学理论，发掘和建构中国文学理论体系，与王元化先生的研究路数极为接近，成为《文心雕龙》研究的重要一派。詹锳先生是中国古代文学研究第二代学人的代表，梳理并研究詹锳先生的治学路径与研究特色，相信不仅可以教益同门师生，也可从学术史的视野一窥那一代学人走过的道路及其形成的学术传统。

转益多师——"我是个开杂货铺的"

詹锳先生谈到自己的治学思想时说过一段这样的话："我一生所学可称得上是个杂货摊。……我的知识是大杂烩，不取一家之言，也不是从一个角度出发，我希望能做到实事求是，能采取各家之长。"看似自谦，其实是夫子治学自道。证明詹锳先生那个时代的学风是开放的，他们所接受的是兼容并蓄的知识体系，形成学术素养自然也是自由探索的。

詹锳先生五岁上私塾，读《四书》《诗经》《左传》《唐宋八大家古文》等。他没上过小学，直接考入中学。1934年考入北京大学历史系，第二年转入中国语言文学系。七七事变之后，北京大学南迁昆明，与清华大学、南开大学组成西南联大。詹锳先生随校到昆明求学。詹锳先生先后就学于北京大学和西南联大，遍受名师指导。在北京大学时，他从赵万里先生修史料目录学，从余嘉锡先生修目录学，从郑天挺先生修校勘学，从语言学家罗常培先生学习语言学、音韵学，还在罗常培先生的指导下翻译了法国汉学家马伯乐（Maspero）所著的《唐代长安方言》的下半部。从胡适、罗庸、闻一多修古典文学。在西南联大，他有幸又听了原清华大学陈寅恪、钱穆、刘文典、朱自清、冯友兰诸先生的古典文学、史学和哲学课。他曾向陈寅恪学元白诗，向闻一多学《诗经》，向刘文典学《庄子》，向朱自清学陶诗，向罗庸学杜诗。除中国文学，詹锳先生对外国文学也很感兴趣，学习英语之外，还连续学习了3年法语，旁听过英国小说，并从梁实秋修莎士比亚戏剧。从詹锳先生所选课程看，20世纪30、40年代的北京大学、西南联大校风开放，学风也是自由的，学生可以自主选课，而教师为学生开设的课程看起来五花八门，实则既坚持传统，又广纳新学。这样的校风和学风，不仅为学生搭建了科学的多元知识结构，更为重要的是潜移默化地使学生树立起不拘一格、自由探索的精神气质。

1939年7月，詹锳先生曾报考北京大学文科研究所研究生。西南联大时期的文科研究所前身是北大文科研究所，是北京大学所设文史哲科研与研究生培养的学术机构，初创于1918年，1921年称北京大学研究所国学门，后改称北京大学研究所文史部，1934年始称北京大学文科研究所。其研究范围大致包括历史与考古、文学与语言、哲学等领域。七七事变后，北大西迁，与清华、南开联合组建西南联合大学，文科研究所业务中断。根据《郑天挺西南联大日记》记载，1939年5月27日，傅斯年到北京大学，决定恢复文科研究所，自任主任，并请郑天挺出任副主任。导师有罗常培、李方桂、丁声树、唐兰、罗庸、杨振声、汤用彤、陈寅恪、姚从吾、向达、郑天挺、贺麟等。研究生招生分两批。第一批招生名额为10名，截至7月15日接收论文27篇，也就是说有27人报名。经两轮审查进入初审及格名单的 10 人：桑恒康、杨志玖、汪篯、傅懋勋、陈三苏、马学良、王丰年、逯钦立、詹锳、周法高。8 月 5 日考试，最后考试结果，10 人中只有詹锳先生未被录取。第二批研究生准考者有王明、王叔岷、任继愈、翁同文、刘念和、阎文儒、阴法鲁 7 人。经 9 月 15 日笔试，9 月 16 日口试，参加考试的 7 人，除了翁同文没有参加英语考试之外，其余 6 人，全部录取。詹锳先生未被录取的原因，他自己从未提及。任继愈先生与我说，文科研究所 1939 年招生，科目分史学、语学、中国文学、考古、人类学五部分，修业期限两年。出人意料的是，詹锳先生报考的不是自己所学的语言、中国文学，而是史学。面试的主考官就是陈寅恪先生。考生信心满满，考官也丝毫不让。考官问一题，考生答一题。你来我往，直到把考生问到无言以对。任继愈先生分析，詹锳先生学习中国语言文学，却去报考史学研究生，可见詹锳先生年轻时过于自负，而这也正是陈寅恪先生问倒詹锳先生的原因吧。詹锳先生报考文科研究所研究生失利这件事情，不只反映出他年轻气盛的性格，还可据此了解到詹锳先生的学术观念。在詹锳先生的心中，也许本来就没有历史与文学学科的藩篱，所以鼓足勇气去闯陈寅恪先生这道大关，这也印证了他治学"开杂货铺的"风趣比喻。

　　1948 年 8 月初，詹锳先生赴美留学。先进入美国南加州大学攻读比较文学专业研究生，半年后转入教育心理学专业，1950 年获得硕士学位。同年进入哥伦比亚大学攻读心理学，他在哥伦比亚大学师范学院攻读心理学的导师就是美国教育心理学之父桑代克（Edward Lee Thomdike）的儿子小桑代克和其高足盖茨·洛奇（Gates Lorge），又向 Aeten Watker 学习统计学，1953 年获得教育学博士学位。1953 年 7 月回国后，在天津师范学院（河北大学前身）教育系任心理学副教授，主要从事心理学教学与研究，发表一系列心理学论文，尤其对巴甫洛夫的心理学有深入研究。另外，与人合译了鲁季克（Pyduk）的《心理学》，1959 年由人民体育出版社出版。1958 年心理学被打成"伪科学"，成了批判的对象，詹锳先生于 1961年调到中文系，回到了中国古代文学学科。在当时的美国，心理学属于自然科学，这是詹锳先生的知识结构不同于同时代其他学者的特殊之处。

左二王达津先生，左三詹锳先生，左四罗宗强先生

詹锳先生读书的年代，正处于中国社会激烈动荡之时，他的学习过程充满颠沛与艰辛。但不幸中亦有幸运，那就是在旧学向新学转型之际，他遇到了一批旧学新学兼修、中西贯通、满腹经纶的学术巨擘为师，他自身所受的教育也是新旧、中西俱备。所以其后从事学术研究，既非轻弃传统，亦不盲目排外，同时亦不迷信洋人，迷信权威，呈现出开放的、兼容并包的姿态。

把科学实验室的态度应用到文史

詹锳先生为学，尚无征不信。这种治学观念，既有乾嘉学派的基因，也融入了五四以来学术界崇尚的科学实证精神。

乾嘉学派做学问，提倡汉学，疏离宋学，以考证问题为主，立义必凭证据，推求本原，实事求是，不为空谈。钱大昕说："尝谓《六经》者，圣人之言，因其言以求其义，则必自诂训始。"（钱大昕《潜研堂文集》，上海书店1989年版，第391页）求义理从小学做起，如潘耒《日知录序》评顾炎武所言："有一疑义，反复参考，必归于至当；有一独见，援古证今，必畅其说而后止。"（顾炎武撰，黄汝成集释《日知录集释》，上海古籍出版社2014年版，第6页）形成了"言言有据，字字有考"（方东树《汉学商兑》，上海古籍出版社2018年版，第44页）的治学理路。

胡适早年留学美国，接受了杜威实证主义哲学，其学术思想是把杜威的实证主义科学精神与乾嘉学派的考据传统对接，提倡科学主义，重视材料的搜集整理与问题的求证。胡适说："我们须把科学的方法——尤其是科学实验室的态度——应用到文史和社会科学方面。"（姚鹏、范桥编《胡适讲演》，中国广播电视出版社 1992 年版，第 13 页）

这种科学的方法，就是重视实证的科学精神，胡适在《治学的方法与材料》中说："在历史上，西洋这三百年的自然科学都是这种方法的成绩；中国这三百年的朴学也都是这种方法的结果。顾炎武、阎若璩的方法，同葛利略（Galileo）、牛敦（Newton）的方法，是一样的。他们都能把他们的学说建筑在证据之上。"（《胡适文集》，北京大学出版社 1998 年版，第 4 册，第 105 页）詹锳先生1934 年考入北京大学历史系，次年转入中文系，曾从胡适学《中国文学史》。1948 年留学美国学习心理学，詹锳先生受到现代科学的严格训练，其学术思想与胡适接近，不可能不受到胡适的影响。所以詹锳先生认为：古代文学是文学，古代文学研究则是科学，科学的核心是求真，求真的手段是实证，"无征不信"成为他学术研究的准则和要求。

"无征不信"，首先体现在他的李白研究上。詹锳先生对李白的研究始于 20 世纪 40 年代。1956 年为《李白诗论丛》一书所写序言中，他回忆了当时开展研究的情景："我开始做李诗系年的考订工作是在一九四〇年，那时我在昆明西南联合大学任教。当时书籍是很难得的，为了抄录稀有资料，常常奔走二十里跑到龙头村的伪中央研究院历史语言研究所去。李太白集的比较名贵的版本，就是在那里看到的。"这一时期詹锳先生写了 8 篇关于李白的论文，发表于《国立浙江大学文学院集刊》1943 年第 3集的《李太白集板本叙录》，是詹锳先生此一时期李白研究所做的主要工作。此文以 10 万字的篇幅介绍了《李白全集》版本的详细情况。共考证李白集版本 24 种，基本涵盖了詹锳先生所见李白集存世的所有版本，包括 3 种日文版以及 55 种李白诗选本，堪称李白集版本学研究的集大成之作。詹锳先生此时的李白研究，得到了老师罗庸和

詹锳先生著作《李白诗论丛》，人民文学出版社 1984 年版

闻一多的指导和帮助，詹锳先生在《李白诗论丛》的序言中曾深情地回忆："提到这些论文和李白诗文系年的写作，都不能埋没先师罗膺中（庸）先生给我的指导和启发。尤其是《李太白集板本叙录》和《李白乐府探源》两篇，可以说是在膺中先生初稿的基础上扩大起来的。在资料的收集方面，我从先师闻一多先生也得到了不少帮助。一多先生很慷慨地把他手抄的许多资料和底稿借给我看，我曾经多次背着他的手稿跑警报。如果没有罗、闻两先生的指导和协助，这些文章可能是写不出来的。"詹锳先生在西南联大和浙江大学写成的论文，后结集为《李白诗论丛》，与同时撰成的《李白诗文系年》，先后于 20 世纪 50 年代后期出版。《李白诗文系年》一书研究内容涵盖李白全部作品，研究理路也采用了文献考证的方法。该书将年谱与诗文系年相结合，对三分之二以上的李白诗文进行了考证和系年，系年的数量大大超过了清代王琦的年谱，其中大部分结论坚实准确，为后来的李白研究者提供了可信的研究基础。

1977 年国家出版局组织召开全国出版工作座谈会，制定了整理和出版中国历代大作家全集的规划，詹锳先生承担整理李白全集的任务。他带领自己的学生经过近 20 年的努力，终于于 1996 年在百花文艺出版社出版了《李白全集校注汇释集评》。《李白全集校注汇释集评》首次以日本静嘉堂文库藏宋蜀本为底本，采用中国国家图书馆藏宋蜀本残本、清缪曰芑影宋本《李翰林集》、元刻本《分类补注李太白诗》、明正德八年（1513）鲍松编《李翰林集》等 16 个本子对校，几乎包容了现在所能见到的全部李白诗文集；除以上刊本外，还采用了《四部丛刊》影印述古堂钞本《才调集》、明隆庆刊本《文苑英华》等 17 部唐宋元明重要总集及选本进行校勘，为读者提供了迄今为止校勘最为精审的本子。目前来看，在版本校勘方面，还未有注本超过《李白全集校注汇释集评》。

关于文本的注释，《李白全集校注汇释集评》充分吸收了杨、萧本和王琦注本的成果。凡采纳之旧注，皆查找引用原书，核对原文，改正旧注与原文不合之处，并标明书名、卷数和篇名，以便使用者核查。认为旧注不确切之处，则换新注。此书还收录了《李诗选》《唐诗解》和《李诗直解》等书的串讲，帮助读者理解诗意，解决了旧注"释事忘义"之弊，引用文献之丰富超越了旧注本。

詹锳先生 20 世纪 40 年代在四川白沙国立女子师范学院讲授《文心雕龙》，70—80 年代，又为河北大学青年教师和研究生讲授此书。开展《文心雕龙》研究，则始于 40 年代后期。1947 年，其文章《〈文心雕龙·明诗〉篇义证》发表于《现代学报》第一卷第八期，后经增订，又在《河北大学学报》1962 年第 2 期发表。60 年代应中华书局上海编辑所之约，开始撰写《文心雕龙义证》。1961 年 12 月 10 日以《文心雕龙·风骨》为中心，在《光明日报·文学遗产》第 392 期发表《齐梁美学的"风骨"论》。此后陆续出版《刘勰与〈文心雕龙〉》（中华书局 1980 年版）、《〈文心雕龙〉的风格学》（人民文学出版社 1982 年版）、《文心雕龙义证》（上海古籍出版社 1989 年版）等著作，在学术界产生了广泛影响。《文心雕龙》研究同李白研究并驾齐驱，奠定了詹锳先生在学术界的重要地位。

李白及其诗文与《文心雕龙》，按照当代的学科划分，一为作家作品，一为古代文论。学科不同，研究路数与方法有异，然而詹锳先生的《文心雕龙》研究与李白研究，在观念、路数与方法等方面，有其极为相同之处，具有鲜明的特色：以"无征不信"的实证精神索解义理，以现代的学术观念发掘理论内涵及其价值，具有尝试探究并建构中国文学理论体系的自觉，呈现出学术大家成熟的研究品格。

"无征不信"的学术理念集中体现在詹锳先生所著《文心雕龙义证》一书中。此书主体撰于 20 世纪 70 年代，出版于 80 年代末，是一部集校、汇注、集解性质的著作。詹锳先生以个人之力，在那个文献搜集比较困难的年代，尽可能多地搜集了有关《文心雕龙》研究的文献，尤其是海外文献，提供给国内的研究者，被学界评为搜集文献极为丰富、融汇各家精华的集大成之作。左东岭《文体意识、创作经验与〈文心雕龙〉研究》中评价说："詹锳的《文心雕龙义证》是近二十年来影响最大的《文心雕龙》注本，其优点在于融汇各家精华，并加上自己的见解，尤其是将现当代及国外的研究成果亦加汇拢，虽在体例上与传统古籍之集注略有不同，但的确是集《文心雕龙》研究成果之大成。"（《文学遗产》2014 年第 2 期）

　　研究李白，詹锳先生基本运用的是考据手段，以史证诗，对李白诗文系年，为现代李白研究做了奠基工作。他把考据的方法运用到李白诗文注解，征引古今文献以求得诗义与文义的精解。詹锳先生研究《文心雕龙》，其路数与方法和李白研究基本相同。《文心雕龙义证·序例》说："我们要象清朝的汉学家研究经书那样，对于《文心雕龙》的每一句话，每一个字，都要利用校勘学、训诂学的方法，弄清它的含义。"（第 3 页）此为他撰著《文心雕龙义证》（以下简称《义证》）的基本态度和方法。王鸣盛《十七史商榷·序》说："经以明道，而求道者不必空执义理以求之也，但当正文字，辨音读，释训诂，通传注，则义理自见，而道在其中矣。"（上海古籍出版社 2013 年版，第 1 册，第 1—2 页）这就是詹锳先生利用校勘学、训诂学方法解释《文心雕龙》文义所本。

　　乾嘉学派治学，从版本校勘始。詹锳先生是最早做李白集版本研究的学者，研究《文心雕龙》亦从版本开始。《文心雕龙》现存最早的版刻是元至正刊本，其中错简很多。明清人研究此书，最早也是从底本的校勘整理开始：元至正刊本"经过明人校订，到清黄叔琳《文心雕龙辑注》（简称"黄注"）出，会粹各家校语和注释，成为一部最通行的刊本"（《文心雕龙义证·序例》，第4页）。今人亦如是："范文澜的《文心雕龙注》（简称"范注"）就是以黄注本为底本，而又附录了铃木虎雄、赵万里、孙蜀丞诸家校语的。抗日战争发生后，杨明照在郭绍虞、张孟劬指导下，于燕京大学研究院写出毕业论文《文心雕龙研究》，一九五八年删订出版，取名为《文心雕龙校注》。王利器在这部书稿的基础上，于校勘方面加以扩大，写成《文心雕龙新书》，一九八〇年修订出版，改名《文心雕龙校证》（简称"校证"）。杨明照又增订了原书，取名为《文心雕龙校注拾遗》（简称"校注"），于一九八二年出版。"（同上）王、杨二书以通行的清乾隆六年姚刻黄叔琳注养素堂本为底本，校勘所据版本20余种，堪称精校，居功至伟。从校勘成果来看，到了詹锳先生研究之时，似无再做校勘的必要。然而他著《义证》一书时，仍先从《文心雕龙》的版本调查开始，写成《〈文心雕龙〉版本叙录》发表于《中华文史论丛》1980年第3辑。著录版本32种，多经过他的目验，有的是范文澜、杨明照和王利器未曾过目的版本，如上海图书馆藏元至正十五年刊本，著录之详亦在二书之上。在杨明照和王利器工作的基础之上，《义证》以《文心雕龙校证》为底本，就二家所校各本，复校原文，充分利用了各家，尤其是王、杨二家校勘成果，亦多有新的补充和修正。

首先，是增补二家未校之处。杨明照《文心雕龙校注拾遗》以养素堂本为底本，校勘的版本中，首列唐人草书残卷本，杨明照先生虽"屡以所摄影印本与注本细勘"（《文心雕龙校注拾遗》，第759页），然失校处亦不少。王注较之杨注，失校处已经很少，然时亦有之，《义证》于此补充最多。

如《征圣》篇："溢于格言。"詹校："唐写本'于'作'乎'。"（《义证》，第35页）杨失校。"此事蹟贵文之征也。"王、杨未校，詹校引范文澜注："'蹟'，唐写本作'绩'，是。《尔雅·释诂》：'绩，功也。'"（《义证》，第37页）"'五例'微词以婉晦。"詹校："唐写本'以'作'而'。"（《义证》，第44页）王、杨失校。"是以论文必征于圣，窥圣必宗于经"，詹校引王利器校云："原作'是以政论文，必征于圣，必宗于经'。王惟俭本'政'前有一□，杨慎补作'是以子政论文，必征于圣，稚圭劝学，必宗于经'。……杨氏盖涉彼妄补，不可从。今改从唐写本。"（《义证》，第46页）又引桥川时雄《文心雕龙校读》："按唐写无'子政'二字，二字后人强附，当删，未闻刘向有论文也。"又："稚圭劝学……未详杨据何本所增，唐写本亦无此四字，而有'窥圣'二字，句顺意通。"（《义证》，第47页）这是一段很重要的文字，然杨未出校。

其次，标出异文，或校改明显讹字、误字。如《正纬》篇："神龟见而《洪范》燿。"王校："唐写本'燿'作'曜'。"（《文心雕龙校证》，第22页）詹校："'燿'

唐写本作'耀'；《校证》谓唐写本作'曜'，误。"（《义证》，第97页）《定势》篇："节文互杂。"詹锳先生校记："'杂'字各本俱同，唯《校证》径改作'变'而未出校语，疑是笔误。"（《义证》，第1129页）指出了王利器校语的讹字。

詹锳先生重新校勘《文心雕龙》，如他自己所言，其目的不仅仅是为了提供一个文字更准确的本子，同时也是为了更好地解释文义。其汇校部分不单列出，置于注释之中，就是为了把文本校勘与文义的解读结合在一起。因此，他的校记并非校而不正，不仅要辨文字异同，还要定是非，分析于文义而言何字为确，何字为佳，何字两可。此一方面，杨注、王注都做了大量辨析工作，詹锳先生于此又有所推进。如《宗经》篇："义既挺乎性情。""挺"原作"極"，唐写本及铜活字本《太平御览》作"挺"，宋本、明钞本《御览》作"埏"。杨注无校。赵万里《唐写本文心雕龙残卷校勘记》谓应作"埏"，是"作陶器的模型"（《清华学报》三卷一期，1926年6月）。而潘重规《唐写本文心雕龙残本合校》云："'挺'盖'挺'之误。《说文》：'挺，长也。'《字林》同。《声类》云：'柔也。'（据《释文》引）《老子》：'挺埴以为器。'字或误作'埏'。朱骏声曰：'柔，今字作揉，犹燋也。凡柔和之物，引之使长，抟之使短，可析可合，可方可圆，谓之挺。陶人为坯，其一端也。'"（香港新亚研究所1970年版，第8页）王注：

"按'挺''埏'俱'挺'形近之误,《老子》十一章:'挺埴以为器。''挺'与'匠'义正相比,今改。"(《文心雕龙校证》,第 13 页)詹锳先生汇集众多校记,就是为了辨析文义,并得出自己的意见:"按'挺'通'埏',此处犹言陶冶。"(《义证》,第 61 页)又如《体性》篇中的"仲宣躁锐",范注和杨注皆以为"锐"当为"兢"之误,并引《程器》"仲宣轻脆以躁兢"、《三国志·魏书·杜袭传》"粲性躁兢"为证。詹锳先生校勘云:"按'锐'亦可通。'锐',疾也。"(《义证》,第 1928 页)解释说:"王粲性情急躁而文思敏锐,所以写的文章锋芒外露,表现出果断的才华来。"又以"机敏故造次而成功"证明,此句所讲就是王粲性情急躁而又才思敏捷的特点。再如《风骨》篇的"文明以建,珪璋乃聘"之"聘",原作"骋",王注据冯本、汪本、佘本、王惟俭本改。引《礼记·儒行》"儒有席上之珍以待聘"证明为刘勰所本。(《文心雕龙校证》,第 197 页)杨注引《礼记·聘义》"以圭璋聘,重礼也""圭璋特达,德也",证明作"聘"字为是。又从赞语用韵分析:"本赞上四句用劲韵,下四句用梗韵;若作'骋',其韵虽与梗韵通用(骋在静韵),然'並'字则羁旅无友矣。"(《文心雕龙校注拾遗》,第 247 页)然斯波六郎和李曰刚主张"骋"字为是。斯波六郎云:"案'珪璋'谓珪璋特达之才。改为'聘'非必要。"(《义证》,第 1074 页引)李曰刚:"此'骋'乃孔融《荐祢衡书》所谓'飞辩骋辞，溢气坌涌'及《吴书·华覈传》所谓'飞翰骋藻，光赞时事'之'骋'，有展露使才，驰誉文坛之义。非席珍待聘，接渐历聘而已也。且本赞全用上声二十三梗韵，非上四句用去声二十四敬（劲）韵，下四句用二十三梗韵。'骋''鲠''炳'三字固在梗韵，'並'之本字为'竝'，虽在上声二十四迥韵，而梗、迥紧相毗邻，古本相通。若改'骋'为'聘'，即属二十四敬韵。如此则起联用上声迥韵，颔联用去声敬韵，腰尾两联复用上声梗韵，支离破碎，大非彦和他赞用韵一贯之成例矣。故无论就文义及韵律言，仍以旧贯不改为胜。"（《义证》，第1074页引）显然李曰刚所说是有道理的，故《义证》置于最后以证之。

再次，是用训诂的实证精神求解《文心雕龙》文义。对于这部书，詹锳先生"深感作者刘勰熟读群经，博览子史，于齐梁以前的文集无不洞晓，而又深通内典，思想绵密。原书大量运用形象语言，说明极其复杂的抽象问题，许多句法都是化用古籍，非反复钻研难以探其奥义。至于其中所阐述的理论，就更加难以明其究竟"（《义证·序例》，第1页）。自1958年范文澜《文心雕龙注》出版后，此书注本甚多，多为新注，对文义的解释分歧既多且大，往往各执一词。而研究此书的文章，又"多空论而少实证"（《义证·序例》，第3页）。因此，詹锳先生撰著《文心雕龙义证》，采用了训诂的实证方法，用汇注汇解的形式，"把《文心雕龙》的每字每句，以及各篇中引用的出处和典故，都详细研究，以探索其中句义的来源。上自经传子史，以至汉晋以来文论，凡是有关的，大都详加搜考。其次是参照本书各篇，展转互证。再其次是引用刘勰同时人的见解，以比较论点的异同"（《义证·序例》，第 3 页）。以上这些，都符合当代古籍整理所规定的凡例。但是，詹锳先生所引资料不止于此，"再就是比附唐宋以后文评诗话，以为参证之资。对于近人和当代学者的解释，也择善而从，间有驳正"（同上），其所取材料广泛到中国大陆和台湾地区以及日本的注释、译文、专著、论文，甚至涉及听课笔记、残编断简、已刊未刊的文献。这就打破了当代古籍整理不采整理文献以后材料的惯例，因此也遭到非议。

然而，詹锳先生这种既重视寻找语义来源、又重视梳理历代对同样问题的阐释，对待古今材料"片善不遗"的态度，恰恰是他对古籍整理体例的重大突破，其目的在于论证书的本义，做到"理证兼赅"（王利器《文心雕龙校证叙录》，上海古籍出版社 1980 年版，第 29 页），"揆之本文而协，验之他卷而通"（王引之《经传释词·自序》，上海古籍出版社 2011 年版，第 5 页），具体地体现了他治学实事求是、"无征不信"的科学精神。

《文心雕龙》的《定势》篇所讲为何理论，历来颇多歧义。黄侃《文心雕龙札记》解"势"为法度和气势，范文澜《文心雕龙注》解为标准，刘永济《文心雕龙校释》解为体态，其后，周振甫《文心雕龙注》释"定势"为"按照不同的内容来确定不同的体制和风格"，王元化认为"体势"指风格的客观因素，寇效信解为由作家的慕习所决定的形成文体风格的必然趋势，等等。《义证》在解题部分，一一列举出以上观点，几乎就是"定势"的学术史梳理。詹锳先生的文章《〈文心雕龙〉的"定势"论》，亦是如此。他探究此篇理论的来源说："《孙子》十三篇中有《势篇》，曹操注：'用兵任势也。'《孙子兵法》对'形''势'的分析是《文心雕龙·定势》篇的主要来源。"（《义证》，第1112—1113页）詹锳先生分别以《孙子兵法·计篇》的"因利而制权"，释《定势》的"乘利而为制"；以《孙子兵法·势篇》"激水之疾，至于漂石者，势也……势如彍弩，节如发机"，释"如机发矢直，涧曲湍回，自然之趣也"；以《孙子兵法·形篇》"胜者之战民也，若决水于千仞之溪者，形也"，释"形生势成，始末相承"，无不迎刃而解。对学界争论比较大的"因情立体""即体成势"，也得出了比较合理的解释。关于"定势"理论，詹锳先生既把它解释为作品的风格倾向，定势就是选定主导的风格倾向，又根据《孙子兵法》因势而变的思想，指出"这种趋势本来是变化无定的"，在具体的创作中，应顺乎自然，"随势各配""随变立功"，势虽无定而有定，所以叫作"定势"。这样的阐释，既与此篇的内容切合，同时使"定势"的理论增强了张力，得到了学界的认同。

学当求其是，不可泥其古

中国学术，自五四以来就走上了现代的学术道路。即使是接续传统的中国古代史、中国古代文学也无不如此。古代文学中的文献整理，最接近古代的治学路数，但也是在现代学术观念指导下进行的，不与旧学同。《文心雕龙》在古代属于诗文评，而在现代学术分类中，则归入文学理论或文章学。对此，詹锳先生认识极为明确："所以中国早期的文学评论就是诗文评。中国的目录学，于集部中特设诗文评一类，《文心雕龙》即是列为诗文评类之首的。如果说中国古代文学理论有什么民族特点，它首先是以诗文评为主，其中的文这一大类并不限于文学作品，而是包括了大量的不具形象的应用文字的。"（《义证·序例》，第2页）对于这样的研究对象，以古释古，不可能取得现代的学术成果，也不可能推进学术的进步。章学诚《郑学斋记书后》云："学当求其是，不可泥于古所云矣。"（章学诚著、仓修良编《文史通义新编》，上海古籍出版社1993年版，第452页）自黄侃始，注释和解说《文心雕龙》就已经注入了现代文学理论的观念。

詹锳先生撰写《文心雕龙义证》，阐明其观点："从现代的角度看起来，《文心雕龙》中所涉及的理论问题属于美学范畴。"（《义证·序例》，第2页）"过去有人把《文心雕龙》当作论文章作法的书，也有人把《文心雕龙》当作讲修辞学的书，都有一定的道理。但这部书的特点是从文艺理论的角度来讲文章作法和修辞学，而作者的文艺理论又是从各体文章的写作和对各体文章代表作家作品的评论当中总结出来的。"（《义证·序例》，第1页）这是他对《文心雕龙》的基本判断，此一判断，决定了他以现代美学研究《文心雕龙》的立场。

詹锳先生注释《文心雕龙》，征引了大量现当代学者的著述，因此引起一些非议。如果梳理其引证文献由古至今线索的话，会理解他证义的内在思路，就是要通过学术史的征引与梳理，尤其是同一个范畴、概念或议题由古转今的解释，揭示古代文论由诗文评向现代文学理论转化的

1990年河北大学中文系首届古代文学博士生答辩会合影。前排左二胡仁龙先生，左三罗宗强先生，左四傅璇琮先生，左五王达津先生，左六裴斐先生，左七詹锳先生

过程。《神思》篇的题解，既征引了从《庄子》到曹学佺《文心雕龙序》关于神、思、神思的文献，同时也引用了郭绍虞《中国文学批评史》的解释，再结合此篇具体论述得出自己的结论："综合以上征引的资料和解释，可以说：'神思'一方面是指创作过程中聚精会神的构思，这个'神'是'兴到神来'的神，那就是感兴，类似于现代所说的灵感；另一方面也指'天马行空'似的运思，那就是想象，类似于现代所说的形象思维。"（《义证》，第 975 页）刘勰"神思"所蕴含的构思、想象与灵感三个理论层次，得到充分地揭示。最为典型的是《风骨》篇的题解，竟然征引从《世说新语》到梅庆生音注本凡 29 条古代材料，以证明"风骨"在古代的人物品评、书论、画论以及诗文评中经常出现，含义是一致的，泛指风格。然后再引马茂元、寇效信、刘禹昌三家关于"风骨"的论述，又将刘大杰《中国文学批评史》置于最后，按照此书的习惯，应该是詹锳先生首肯的解释："刘勰认为，具有风骨的作品，必然是思想感情表现鲜明爽朗，语言精要劲健，形成刚健有力的风格。这种风格是作家'意气骏爽'和'结言端直'的表现。"（《义证》，第 1046—1047 页）詹锳先生《再论"风骨"》和《刘勰与〈文心雕龙〉》都认为："风骨就是鲜明、生动、凝练、雄健有力的风格。"（《〈文心雕龙〉的风格学》，第 61 页）很明显与刘大杰的解释比较接近。

研究詹锳先生的《文心雕龙》研究，人们很少提及《刘勰与〈文心雕龙〉》（中华书局1980年版）这本小书。此书虽然带有普及读物的性质，却是他对《文心雕龙》文学理论整体把握和研究的结果，发掘和建构了此书的理论系统，其中多有创造性的观点。《文心雕龙》是一部组织严密的理论著作，仅就此一特点而言，此书可称空前绝后。《刘勰与〈文心雕龙〉》首先介绍了《文心雕龙》自身的组织架构：前五篇是"文之枢纽"，即全书的总纲。第六篇到第二十五篇为文体论：其中第六篇《明诗》到第十三篇《哀吊》属于"文"，第十四篇《杂文》和第十五篇《谐讔》兼有"文"和"笔"性质，第十六篇《史记》到第二十五篇《书记》属于"笔"。下编二十五篇，除《序志》外，"都是从各种文体的作品及其作家中归纳出来的写作规律和写作方法，其中大部分都上升到文学理论的高度"（《刘勰与〈文心雕龙〉》，第21页）。《神思》到《镕裁》属于创作论，《声律》到《指瑕》属于修辞学，《养气》到《程器》分论作家修养、作家才情以及文学批评。詹锳先生结合现代文学理论，对下编作了重新组织：《神思》《情采》《镕裁》《养气》《附会》《总术》《物色》《程器》为创造论，《体性》《风骨》《定势》《隐秀》为风格学，《通变》《时序》《才略》《知音》为文学史和批评论，《声律》《章句》《丽辞》《比兴》《夸饰》《事类》《练字》《指瑕》为修辞学。文体论中设"文体释名""文体论的'纲领'""文体风格论";创作论中设"作家的人品与才学""构思论""'养气'说""自然景物与写作的关系""文质论""炼意和炼辞""命意和谋篇""论写作法则";风格学中设"体性论""风骨论""定势论""隐秀论";文学史和批评论设"文学的历史发展""文学与时代的关系""作家论""批评论";修辞学设"《声律》篇""《章句》篇""《丽辞》篇""《比兴》篇""《夸饰》篇""《事类》篇""《练字》篇""《指瑕》篇"。这一调整正是他从现在文艺理论角度重新审视《文心雕龙》的文章作法和修辞学的尝试,使此书呈现出可为当代文学理论所吸纳的理论体系。其中的风格学和修辞学,更是詹锳先生所揭示出的《文心雕龙》的独特价值。

詹锳先生一贯主张按照现代的美学去探索《文心雕龙》,但是乾嘉学派朴学观念与现代科学实证观念深深植入他的思想,所以他又反对把《文心雕龙》现代化,拔高其理论价值,或把自己的东西强加给《文心雕龙》。此书对《文心雕龙》重要问题的判断与评价颇有见地和建树,同时也是实事求是的。

关于《文心雕龙》的性质,20世纪50年代以来多数学者持文学理论说,近些年来主张是文章学的意见逐渐多起来。詹锳先生既未排除文章学的意见,但又力主此书是用文学理论来讲文章作法和修辞学的。他此种观点来自对《文心雕龙》的客观分析:刘勰对于"文"的解释是广义的，"刘勰认为不论什么内容，什么文体，只要写得有文采，就是'文'"（《刘勰与〈文心雕龙〉》，第 29 页）。刘勰所评论的作品并非都是文学作品，上编所论有大量的应用文体和学术著作，但下编着重研究的却是具有形象性、具有浓重感情的文学作品。这种判断与定性是符合实际的。笔者曾统计下编论及的作家作品，作品主要是以诗赋为主的诗文，作家则主要是辞赋家。刘勰创作理论中所提取并讨论的心物、情采和体性问题，皆与诗赋密切相关（《〈文心雕龙〉创作理论生成的基础》，《首都师范大学学报》2021 年第 3 期），所以下编"割情析采"论述的主要问题应归入文学理论的范畴。詹锳先生主张用现代的美学和修辞学理论来研究《文心雕龙》，就是面对这样的研究对象而提出的。

对于《文心雕龙》一书的贡献，詹锳先生《刘勰与〈文心雕龙〉》中的评价也很中肯："刘勰著《文心雕龙》的贡献，主要在于他从大量的书卷中，发现了文学的特点，从写作实践中总结出写作规律，特别是从文学作品中总结出文学创作的理论来。这种创作理论尽管是从古代仅有的诗、文两种文学样式以及各种应用文体中归纳出来的，对于现代的写作实践，在某些方面仍值得借鉴。他的声律论，对于唐代律诗的形成，具有促进作用，对于唐代以后的文评、诗话，也发生了深远的影响。他结合写作理论讲修辞学的篇章，也有很多精辟的独到的见解，有些在今天的语文教学中还是经常沿用的。"（第 90 页）此书出版于 1980 年，限于当时的语境以及它面对普通读者的性质，评价《文心雕龙》的贡献，尚不全面，高度也有空间，但总体看是客观公允的。尤其是对刘勰从大量书卷中发现了文学特点、从写作实践中总结出写作规律的论述，就更是准确揭示出《文心雕龙》理论生成的基础。而这一现象，实则是带有规律性的，批评、理论产生于写作实践并指导写作，自始至终不离创作实际，这就是中国古代文论的突出特点。

欧美的文学理论有何可怕

詹锳先生的学殖深潜于中国诗文传统与欧美现代学术，其学识亦贯通中西。因此他研究中国古代文学理论有明确目的，那就是发掘并建构其中国古代文学理论体系。中国古代文学理论的建立，基本来自两个途径：其一是程千帆先生所提倡的通过对中国古代文学现象，尤其是作品的分析，总结出与古代文学相适应并且能够解释古代文学的话语；其二就是发掘和阐释中国古代文论，生发出既能解释古代文学现象，同时对今天的文学理论建构具有启发和借鉴意义的理论。詹锳先生研究刘勰风格学的意义则在后者。

中国古代文学最重视作家才性与个人风格的创造，风格理论的产生有其深厚的土壤。然而风格理论的形成与兴盛则是在魏晋南北朝时期，曹丕、陆机、挚虞都有相关的论述。《文心雕龙》除设有《体性》专门论述风格的篇章集中讨论风格与文士个性的关系外，在上编文体论及下编创作理论部分亦多有涉及。《文心雕龙》风格的理论，20世纪50年代的研究就有所涉及。罗根泽《中国文学批评史》介绍《文心雕龙》"风骨"时说："风骨是文字以内的风格。"（中华书局1958年版，第1册，第234页）70、80年代，认为风骨就是风格的主张多起来，讨论《体性》篇风格理论的学者就更多了。

詹锳先生是较早研究《文心雕龙》风格理论的学者，60年代初就有计划地研究《文心雕龙》的风格学，发表《齐梁美学的"风骨"论》。1982年出版《〈文心雕龙〉的风格学》，为首部研究《文心雕龙》风格学的专著。此书出版后即在学界引起很大反响，获得包括王元化先生在内的学者的高度评价。

詹锳先生对《文心雕龙》的风格理论有如下评价："从《文心雕龙》全书的内容来看，不仅有好几篇专论风格，而且对于作家作品风格的评论和分析，也贯串在全书之中。我们简直可以说风格学是刘勰文学理论中的精华，其中有许多深邃的见解是后来很少人阐发，也很少人挖掘过的。我们对于《文心雕龙》中有关风格的理论，不能专从字面上来理解，而要认识它的实质，才可以看出它对于当代文学理论和创作的指导意义。"(《〈文心雕龙〉的风格学》,第 1 页)他认为刘勰对于风格有许多深邃的见解,风格理论是《文心雕龙》的理论精华,然而研究界缺少发掘和阐发,所以他要"比较实事求是地按照《文心雕龙》原书的本来面目,发现其中有哪些理论是古今中外很少触及的东西;例如刘勰的风格学,就是具有民族特点的文艺理论","这样来研究《文心雕龙》,可以帮助建立民族化的中国古代文艺理论体系"(《义证·序例》,第 7 页)。由詹锳先生的这些陈述可见,他研究刘勰的风格理论,有其明确的目的,就是要发现具有民族特点的文学理论,以助于建立民族化的中国文学理论体系。

《〈文心雕龙〉的风格学》的重要贡献,就在于首次全面梳理《文心雕龙》,以《体性》《才略》《风骨》《隐秀》《定势》为中心,结合《文心雕龙》各篇抽绎风格理论,分八个专题论述了《文心雕龙》的体性论、定势论、风骨论、隐秀论、文体风格论和时代风格论。"体性论"论述个性与风格的关系,"定势论"论风格趋向,"风骨论"和"隐秀论"论阳刚与阴柔风格,"文体风格论"和"时代风格论"论共性的风格,建构起完整的《文心雕龙》风格理论体系。此六论中,"体性"和"风骨"已有人作为风格论以外,其他几论都出自詹锳先生的发掘与阐释。

詹锳先生的刘勰风格学研究,带有很强的探索性,关于定势、隐秀、文体风格和时代风格,既有赞许,也有争论。定势之为风格，周振甫、王元化都有明确定性。周振甫《文心雕龙注释》："按照不同的内容来确定不同的体制和风格，这就是定势。"（人民文学出版社1981年版，第344页）王元化《文心雕龙创作论》："刘勰提出体势这一概念，正是与体性相对。体性指的是风格的主观因素，体势则指的是风格的客观因素。"（上海古籍出版社1984年版，第164页）。然二家皆以势为客观因素，詹锳先生的定势论，不仅论述了"因情立体""就是确立某一体裁作品的规格要求和风格要求"，而且继续探究"即体成势"，乃是创作时作家随机应变而表现出的不同风格倾向。由此他得出结论："在《定势》篇里，'势'和'体'联系起来，指的是作品的风格倾向，这种趋势本来是变化无定的。"（《〈文心雕龙〉的风格学》，第68页）进而指出刘勰定势论提出了写作中风格"无定之中有定""多样化的统一"的美学原则。而这样美学原则的提出，"不仅在中国，甚至在全世界的古典文艺理论中来说，都是空前的。这不能不说是刘勰的极大创获"（《〈文心雕龙〉的风格学》，第71页），发掘出了刘勰风格学的丰富性内涵和独创性价值。隐秀是否为风格、是否即阴柔风格，受《隐秀》补文真伪的影响，难成定论。隐秀是阴柔风格，只能说是詹锳先生的一家之言。但他把风骨和隐秀作为对立的阳刚与阴柔风格提出，是有理论来路的，那就是刘师培。刘师培《论文章有生死之别》中说："刚者以风格劲气为上，柔以隐秀为胜。凡偏于刚而无劲气风格，偏于柔而不能隐秀者，皆死也。"（刘师培《中国中古文学史 汉魏六朝专家文研究》，商务印书馆2017年版，第134页）这两句话显然是揉进了《风骨》与《隐秀》的论点而提出来的。因此詹锳先生说："刘师培在这里所说的'劲气风格'就是'风骨'。'风骨'和'隐秀'是对立的两种风格。"（《〈文心雕龙〉的风格学》，第95页）詹锳先生论述风骨，认为风骨是刘勰在多样化风格之中抽取出的"一种更高的具有刚性美的风格"（《刘勰与〈文心雕龙〉》，第60页），而隐秀则是柔性风格的典型，也是承继了刘师培的观点。詹锳先生专门讨论这两种风格典型，应该有其深意。以阴阳对立对待万物，是《周易》以来带有根本性的传统文化。中国的文章学也有以阳刚与阴柔论文的习惯，曹魏时期的曹丕《典论·论文》以清浊论文人及作品之气，清代姚鼐《复鲁絜非书》分文章风格为"阳与刚之美"和"阴与柔之美"，说明以阳刚与阴柔论文章风格，确实是中国古代文学极为重要的现象。詹锳先生从刘勰《风骨》《隐秀》篇提炼出两种理想的风格类型，显然是为了把这一宝贵的理论资源发掘出来，提炼为独具中国特色的风格理论。《〈文心雕龙〉的风格学》出版后，詹锳先生所说文体风格和时代风格是否成立，当时亦有不同看法，但今天学界已经接受。这也证明，詹锳先生研究《文心雕龙》的文体风格和时代风格，也是著时代之先鞭的。

詹锳先生研究《文心雕龙》风格学，有其鲜明的特点：一方面按照《文心雕龙》的本来面目理出风格学的理论脉络和主要内容；另一方面充分发挥其心理学的专长，与心理学的分析相结合，发掘出刘勰风格论的精髓。"体性论"是刘勰关于作家个性与风格的理论，此为风格学的基础理论，詹锳先生用《〈文心雕龙〉论风格与个性的关系》《〈文心雕龙〉论才思与风格的关系》两个专题论述这一问题。詹锳先生认为，体性的"'体'就是指的风格，'性'就是指的个性"（《〈文心雕龙〉的风格学》，第4页），《体性》篇就是论述风格与个性的专论。在论述这一问题时，詹锳先生首先按照原书发掘其风格学的理论内涵，指出哪些是刘勰继承了前人学术成果而有所发挥，哪些是他的独创。刘勰把"笔区云谲，文苑波诡"风格个性差异的形成，归结到作家的个性，具体由才、气、学、习组成，对此四种因素与风格关系的论述是《体性》篇的理论主体。从刘勰的论述看，才、气是先天的，决定了作家创作才能的庸俊和气质的刚柔，是所谓的"情性所铄"。詹锳先生指出：才、气之说来自魏晋以还的"才性论"，但刘勰在才性论的基础上，又发展了一步。尤其是刘勰"发现风格趋势（即风格倾向）的刚柔和作者气质的刚柔一致，这不能不说是刘勰的创见"（《〈文心雕龙〉的风格学》，第7页）。学、习是作家后天的学力和习染，刘勰把它们归入后天的"陶染所凝"，影响到文章内容的深浅和风格的雅郑。而这两个因素的提出，突破了天才论，在当时"则是刘勰本人的创见"（《〈文心雕龙〉的风格学》，第 5 页）。詹锳先生不仅梳理出《体性》篇才、气、学、习分别与作家风格的关系，而且对先天的才、气与后天学、习的关系也作了进一步分析。

论述以上问题时，詹锳先生得心应手地运用了现代心理学的理论以分析和验证。他把才、气、学、习定性为四种心理因素，乃为作家个别的心理特性，属于作家的内部条件，从而解释作家个性到作家风格的形成，是由内到外的心理活动，个性与风格是内外相符的。他还利用现代心理学理论验证刘勰理论的科学性。关于才、学的关系，詹锳先生利用心理学对于人的能力的认识，证明刘勰"文章由学，能在天资。才自内发，学以外成"的论述，是符合现代心理学理论的。关于作品风格与作家个性的关系，他引用了英国 19 世纪批评家约翰·罗斯金论作品与作者的文章，说明其论点与刘勰的类似之处，并指出比起约翰·罗斯金来，刘勰的论述更为细致，因为刘勰的理论是根据大量的事实总结出来的。论述刘勰"夫才有天资，学慎始习。斫梓染丝，功在初化；器成彩定，难可翻移"时，他又用教育心理学的观察和试验成果，说明开始的学习对于人的个性形成的重要，以此证明在开始写作时就注意雅正风格的培养是合乎科学的。詹锳先生在《〈文心雕龙〉的风格学·后记》中说："我这样用现代美学的观点来讲

《文心雕龙》的风格学，是不是会歪曲《文心雕龙》的原意而把它现代化了呢?"可见他对此是颇怀顾虑的。其实这也正是用现代的美学观点阐释古代文论所面临的最大难题。詹锳先生用现代的心理学理论验证刘勰的风格理论，试图解决刘勰的理论是否科学的问题；而他用现代的美学观点阐释刘勰的风格理论，在一定程度上亦回答了刘勰风格理论在今天的有效性问题。这些又是在"按照《文心雕龙》原书的本来面目"的前提下进行的，并非生搬硬套和古今两张皮，应该是值得借鉴的成功尝试。

（此文的主体为发表于 2022 年第 3 期《宁波大学学报》的文章《推究本原　探求奥义——詹锳先生的〈文心雕龙〉研究》）

图书馆的参天大树

——纪念任继愈先生诞辰 94 周年

今年的 4 月 15 日，是任继愈先生诞辰 94 周年。任先生去年 7 月逝世后，已经有诸多文章缅怀他为中国哲学与传统文化整理做出的贡献，但是还少有文章谈他为我国图书馆事业所做的工作。任继愈先生 1987 年被国务院任命为北京图书馆（即今中国国家图书馆）馆长，2005 年辞去馆长职务，任名誉馆长，直至去世，在国家图书馆担任领导职务 20 余年。他不仅是著名的哲学家、宗教学家、教育家，还是图书馆界最受敬仰的领导者，是图书馆界的一棵参天大树。任先生在 20 余年的工作实践中，形成了个人对于国家图书馆的成熟认识，并以此来领导国家图书馆的发展，为国家图书馆乃至全国图书馆事业的发展做出了重要贡献。

中国乃至世界文明的宝库

国家图书馆的定位，一直是图书馆界关注的重点。作为馆长，这也是任老一直思考的重要问题。他认为，国家图书馆作为国家级的图书馆，代表着我国图书馆事业发展的水平，其地位和作用十分重要。在任老任职之初接受媒体采访时，他多次谈到对当时的北京图书馆的认识。1987年10月8日的《中国新闻》发表了记者对任老的访谈，任老说：北图作为国家级的图书馆，代表着中国图书馆事业发展的水平。建设现代化的中国，把文化知识提到了前所未有的重要位置，北图的地位和作用尤为重要。这样的话，在当年的《中国文化报》12月7日的访谈中，任老也讲过。1999年在建馆80周年时，记者采访任老，任老说："北京图书馆作为我国唯一的国家级图书馆，其职能与一般图书馆有很大不同。"他主要讲了三个功能：一、国家总书库的职能，即接受本国出版物的缴送，以及联合国教科文组织的出版物，编写国家总书目；二、为党政军中央领导机关和国家重点科研与建设项目服务；三、还肩负着公共图书馆的重担。这样的思想，就形成了国家图书馆现在的职能地位。2006年任老在全馆员工大会上即席讲话时又说："国家图书馆的名称叫中国国家图书馆，'中国'两个字，说明我们的地位是代表中国国家水平的文化机构。"2009年5月，也就是任老去世前不到一个半月，

《中国图书馆学报》专访任老，他对国家图书馆的认识，比以往更深刻："图书馆是一个国家文明的重要载体之一。中国国家图书馆记忆了中华民族几千年的文明发展轨迹，是中国乃至世界文明的宝库。"上升到了民族文明记忆和世界文明宝库的高度。我和任老在一起时也经常探讨这个问题。2009年6月9日，我在去深圳学习前，到医院去看任先生。此时的任先生精力已经明显不济，但他还是拉着我的手，讲起了梁启超。他说，梁启超是进化论者，鲁迅是革命论者。梁启超做馆长时，鲁迅说他学贯中西，但是于西学差了些，于是请来了李四光，微含讥讽之意。但是梁启超对国家图书馆是有贡献的。梁启超说京师图书馆是贵族馆，要为上层服务，同时又要对公众开放。这样实际上是明确了国家馆的定位。可见直到逝世，任先生还在思考这一问题。

国家图书馆的定位，本来不成其为问题。在国外，国家馆的地位和作用早有定论。但是在我国，由于图书馆事业的不发达，尤其是在"文化大革命"期间，公共图书馆事业受到很大冲击，新时期以来，发展也较为缓慢。因为这样一些原因，一段时期以来，国家图书馆所承担的公共服务职能不断得到强化、延伸，而它的总书库以及保存保护中华文化的职责却并未引起社会尤其是政府的高度重视，它的为政府和社会组织提供参考咨询的作用，也缺少有效地利用。而它为普通读者提供的服务也与公共图书馆没有什么两样。公众对国家图书馆的地位与作用的认识，则大部分是浮在表面，这也影响到了国家图书馆的发展，以及它应有作用的发挥。因此，任老从任馆长之初到其晚年，都在强调和宣传国家图书馆的地位和作用，把它作为办馆的指导思想之一，希望得到社会的承认和关注。

为了突出国家图书馆的特殊功能与作用，任老高瞻远瞩，做了大量工作，有效地提高了国家图书馆的地位与作用。

基于对国图是国家总书库、是中华民族几千年文明记忆的认识，任老十分重视民族文献的收藏和保护，并利用各种场合和机会进行呼吁和宣传。2001 年 8 月 2 日在名家手稿珍藏展上，他诚恳希望唤醒公众保护名家手稿、保护祖国优秀文化遗产的意识，期望社会各界继续慷慨捐赠名家手稿。他还下令加强对巴金 28 件圆珠笔手稿的保护，制作木箱，用无酸纸逐页分开保藏，并亲自查验，直到满意。20 世纪 90 年代以来，各种拍卖公司开始拍卖来自海外和民间的善本古籍。1995 年，中国嘉德公司在北京拍卖宋周必大刻《文苑英华》，以 143 万元为海外人士所得。1999 年，中国嘉德公司又在北京拍卖南宋杭州官刻本《春秋经传》，北京市文物公司垫付 308 万元巨款，方使该书未流失海外。2000 年 4 月，有关人士与国图联系，欲将流失海外半个世纪的翁氏藏书 80 种（其中宋本 11 种），卖给国图，以与国图原收藏的翁氏家藏善本合为完璧。但就在国图写报告申请国家拨款时，书已为上海方面抢先购得。虽然避免了再次流失海外，却使翁氏藏书分处两地，造成读者阅读的不便。对于这样的事情，任老心急如焚，2001年，他写信给当时的国务院副总理李岚清，申请为国图设立特别机动金，以便及时购买由境外回流的国宝级图书。信中说："早在1955年和1965年，周恩来总理在国家经济十分困难的情况下，曾两次特批，分别拨出80万元港币和25万元人民币，从香港收回陈澄中旧藏中国古籍善本102种，藏入我馆，挽救了这批善本流失海外的命运。据我国有关部门不完全统计，在全球47个国家的200个博物馆中，中国各种文物不下百万件……若加上散落民间的则更多，而且都是精品。""今天综合国力日渐强盛，我们有责任和义务在适宜时机参加竞拍或买断，将流失国宝收归国有，其中包括善本图书。"

任老还重视文献的揭示工作，让文献流通起来，最大限度地提供服务。在《瞭望周刊》第26期的采访中，任老讲到北图的历史。他说清政府时北图与其说是图书馆，不如说是个藏书楼。它真正向现代图书馆转变是从蔡元培任馆长时开始的。这种转变的标志就是由单纯的收藏变为藏用结合，不仅仅是收藏，传之后世，还要服务社会，服务当代。在2009年《中国图书馆学报》的访谈中，任老在谈到他任馆长以来国图的发展变化时说："其中最重要的一个变化是，过去我们馆偏重文献资源的收藏和整理，流通考虑得少。我来之后，在努力扭转，越是稀见的东西，越要跟社会见面，不要锁起来。重藏轻用的局面现在已经得到了改善。"因此他重视传统文献的揭示工作。中华再造善本工程启动时，他特意为工程题词："兰台秘笈分身有术，宋椠元刊原貌长存。"赞许这一工程嘉惠学林。他还身体力行，任馆长以后，领导了空前的古籍文献整理工程，依托国图的馆藏，整理古代文献。他历时10余年，以国家图书馆馆藏《赵城金藏》为底本，主持编纂107卷《中华大藏经》。就在去世前，他还在主持规模达2亿字的《中华大藏经续编》编纂工作。2004年，看到世界范围内收藏的敦煌文献都已陆续出版，而国家图书馆所藏敦煌文献却由于经费原因不能面世，任先生心急如焚，致函有关部门："今我国力日昌，倘若国家对此项目能有一定的投入，我愿意尽我九旬老人的绵薄之力，使这个项目在三年左右的时间内全部完成，还敦煌学界能完整使用资料的一个愿望。"在任先生的主持下，如今150巨册的《国家图书馆藏敦煌遗书》已陆续出版。此外，他生前还主持着《中华大典》的编纂和点校本《二十四史》的修订工作。让国家图书馆珍贵的馆藏得到社会的广泛使用，任先生把此视为他作为国家图书馆馆长的责任。任老有时和我讲，他整理古代文献，可以说是近水楼台先得月，但是，这也是他作为馆长的一份工作和责任。他预测，中华民族文化的鼎盛期可能要在20年后到来，我们这一代人的责任就

作者与任继愈先生在会上

是做一些文献的积累和整理工作，为文化高峰期的到来打基础。他还希望我也能组织人多做一些文献整理的事情。

任老常常讲，图书馆没有读者，就如同鱼失于水，缺了存在的依据。国家馆为普通读者服务是天经地义。关键在于怎样服务，提供什么样的服务。应该是人有我有，人无我更有。他在任馆长期间，着眼于专藏阅览室的建设。1987年，就在任老履职后的新馆开馆之际，设置了9个专藏阅览室，主要有国际组织和外国政府出版物阅览室、日本出版物阅览室、图书馆学资料室、马克思主义研究资料室、国内资料阅览室、美术资料阅览室、软科学资料阅览室、国外大学指南阅览室等。1988年又开放了善本特藏阅览室，1990年增设了少数民族语文文献阅览室，2001年设立博士论文专藏阅览室。到2003年，共设专藏阅览室16个。2009年，国家图书馆又增设了法律文献研究中心和中国学文献研究中心。现在看起来，这些专题阅览室的建设，符合国家图书馆需要的战略性布局，突出了国家图书馆作为研究型图书馆的职能。

正是在任老的提倡、呼吁和努力实践下，国图的定位在逐步清晰，在国内外的地位也得到很大提高。23年前，任老刚刚上任时所担心的设备一流、馆的实力未必一流的状况已不复存在，国图现在已经迈进了国内外一流图书馆的行列。

终身教育的重要场所

任老是教育家，他在北京大学任教职有三十余载，1964年到中国社会科学院的前身中国科学院哲学社会科学部筹建世界宗教研究所，到1987年出任北京图书馆馆长，一直从事研究和研究生教学工作。所以，他对我国的教育十分关注，对当代的教育做过认真的思考，并且发表了一系列教育方面的讲话。如小学教育负担过重，学死知识多，智力开发少。中学一考定终身，甚至不如科举。而大学如同笼子蒸馒头，一个模样，缺少个性。学校只注重灌输知识，不重视人的全面发展。政治教育与学生的人生不对接，学生学到了知识，没学到做人，不懂得奉献，不懂得回报社会。这些都是他忧虑的问题。他还讲过，西南联大是在抗日战争极为困难的特殊时期建立的特殊大学，但是它却培养了一大批享誉中外的理工科和人文社会科学专家学者，应该好好总结这所学校的办学经验。他曾想有时间写一些关于教育的书，可惜他晚年要做的工作太多。他对教育的思考，多反映在他与来访人的谈话中和媒体的访谈中。

任先生对图书馆的认识，多着眼于国民的教育，而且多与国家、民族的兴衰联系起来。2005年，任先生在全馆员工大会上说："当今社会，各国重视物质资源以及人力和知识资源的开发，如微软、戴尔、西门子等国外大型企业，在清华大学、北京大学设立奖学金，培养他们所需要的人才，由此创造出的财富是巨大的。可见，知识的开发是第一位的。再以犹太人为例，1901—1973年，诺贝尔奖获得者有411人，犹太人占65人，占得奖人数的15.8%；犹太民族还出现了斯宾诺莎、海涅、马克思、爱因斯坦、弗洛伊德、基辛格等很多名人。全世界人口60亿，犹太人只占世界人口的0.3%，却取得了这么大的成就，与这个民族的奋发好胜、努力求知有很大关系。……成立于1948年的以色列，国土小，处在沙漠包围之中，水源奇缺，却发展成为世界20个最发达国家之一。……以色列之所以能国力强盛，靠的就是对教育的重视与科技立国的策略。"所以，教育对于一个国家、一个民族至为重要。

作为哲学家和教育家，任先生对图书馆的性质和功能有着独特的理解。他认为，图书馆有两大社会职能，一是教育职能，一是信息职能（见1997年《第二届全国图书馆参考工作研讨会开幕词》），但是近些年来，他强调最多的则是教育职能。他认为图书馆是基础教育的组成部分，是公民终身受教育的机构。在2005年全馆员工大会的讲话中，任先生说："图书馆作为收集、加工、存储各种图书、资料和信息的公益性文化设施，在知识和信息的传播中发挥着重要的作用，同时也是全民终身学习和教育的基地。图书馆可以不受年龄、学科的限制，为读者提供所需资料，起到解决知识匮乏的作用；图书馆虽然不直接创造财富，却间接培养创造财富的人，这就是我们对社会的贡献。我们的教育职能不同于大学，责任要比大学大，服务的范围要比大学广，服务的层次要比大学深。"2007年，在全馆员工大会上，任先生的讲话主题仍旧是图书馆的教育功能，他说："温总理在第十届全国人大第五次会议的工作报告中，有一部分重点谈到了教育问题，特别提出要加强基础教育，要扶持发展基础教育。我的体会是，基础教育也包括我们图书馆在内，因为图书馆是终身受教育的机构，我们国家馆更是责无旁贷。过去很多战争是因为争夺资源引起的，主要是自然资源，像矿产资源，铁、石油等。现在又增加了对人力资源、知识资源的争夺，而这些资源正是从教育中来。因此科教兴国是十分重要的。自然资源越开发越少，开发到一定程度就没有了，而人力资源越开发越多，是取之不尽、用之不竭的。所以，我们图书馆不能妄自菲薄，不要消极地看待我们这个服务行业。为国家培养各类人才，学校教育是主流，但只是一个方面，更多人才资源的培养是靠社会，我们图书馆的责任也很大，图书馆越来越发展，我们的责任也越来越大。"从这些认识中，我们可以深刻地体会到图书馆在国家发展中的重要作用。

现在的图书馆学界和图书馆界，有一种图书馆存在悲观论，这种理论和声音认为，随着现代技术的迅猛发展，人们对信息和文献的需求，不再似过去那样完全依赖图书馆，人们可以不利用图书馆或不到图书馆就能获取所需要的文献和信息，并且最终有一天会不再需要图书馆，图书馆将在人类社会中消失。1965 年被称作"互联网之父"的约瑟夫·利克里德在其《未来的图书馆》中认为，随着新技术的迅速发展及其在图书馆的应用，图书已不再是适宜的信息储藏物，这样，当人们最终拒绝接受图书是一种有效的信息传输机制时，他们也就会拒绝接受图书馆。美国图书馆学家兰开斯特在 1972 年出版的《电子时代的图书馆和图书馆员》（郑登理、陈珍成译，科学技术文献出版社 1985 年版）一书中也提出："在下一个二十年（1980—2000 年），现在的图书馆可能完全消失。只留下几个保存过去的印刷资料的机构。"20 世纪 80 年代，英国图书馆学家詹姆斯·汤普森的《图书馆的未来》（乔欢、乔人立译，书目文献出版社1988年版）也预言："技术进步产生了优越无比的技术，到时候它将取代人类目前以图书为中心的公共记忆的较大部分。""图书馆的结果可能是采取博物馆形式并告别印刷时代。"

对此，任先生有他个人的深刻思考，在2009年接受《中国图书馆学报》专访时，任老讲："图书馆是一个长寿的机构，即使国家消亡了，政府没有了，但图书馆会存在。方式可以不一样。因为知识总是有的，求知总是有的。"他对图书馆未来的乐观判断，建立在人类对知识的永远需求之上。他认为，图书馆的产生与存在与个体人对知识的需求以及身心的自我完善有关。人只要存在，就必然面临知识的需求和个人的自我完善，因而图书馆也就会永远存在下去，这比那些技术主义者哀感有一天图书馆会消失，看得更为深远。

图书馆消亡论者的立论基础是人类对信息的需求和获取，只要有比图书馆更为先进的获取途径和手段，就必然会取而代之。这种理论的致命弱点是技术至上，把技术看作图书馆存亡的唯一标准。在当代，技术的确越来越发挥着重要的作用，而且技术已经不再是简单的工具和手段，它确实对事物的性质乃至存亡都产生重要的影响，甚至是决定性的影响。但是就图书馆而言，如任先生所说，图书馆的产生和存在乃至发展都与人类的知识需要、知识积累相关，知识的获取和知识的积累就其途径而言是多种多样的，以现代信息技术所创造的信息检索机构固无不可，但是，无论其未来如何发展与强大，从文献获得的角度看，数字图书馆和各种各样的信息检索机构或许有一天会取代纸本的文献，而从知识的获得和积累来说，这种非接触性的或曰虚拟的获取和积累途径都只能是其一，而非唯一。人类接触性的知识获取和积累，或者更直接说人与人面对面的知识交流，有非接触的交流所不能得到的知识信息。而物理的图书馆，恰恰是人类直接交流知识、获得知识的重要场所。

任先生的理论还告诉我们，图书馆作为教育机构，其功能和目的不再简单地局限于信息或者文献的提供，也就是说信息和文献的提供在育人的目的下，由过去的目的变成了手段。这是对图书馆功能理论的进一步深化和拓展。一个是着眼于人的信息获取，一个是着眼于人的教育，都没有离开人，但是差别甚大。教育论是以人的全面发展作为图书馆的工作宗旨，而信息获取论则很明显只满足了人的单方面需要，看到的仅仅是图书馆功能的一个方面。

当然，图书馆教育功能的理论并不是任先生最早提出的，早在他之前，此种理论就已经存在。杜威就把图书馆说成是"人民的大学"。即使是现在西方的图书馆理论也并不是完全把教育功能与知识的自由获取截然对立起来。国际图联 1999 年发表了《图书馆与知识自由声明》，2002

年发表了《格拉斯哥宣言》《国际图联因特网声明》《图书馆与可持续发展声明》，强调了任何人自由平等获得图书馆服务的权利，"维护获取知识的自由是全世界图书馆和信息服务机构的主要职责"，但是也指出，"因特网除了许多有价值的、合用的资源外，还有些不正确的、误导人、令人生厌的信息"，"图书馆和信息服务机构应该鼓励公众获取优质信息"。这实际上就承认了图书馆和信息机构在为公众服务方面所面临的价值选择，说明图书馆并不是一个完全没有价值判断的客观实体。《声明》同时也阐述了图书馆的教育职能："图书馆和信息服务机构支持所有人的终身学习、独立决策和文化发展，并通过丰富的馆藏和各种媒介，为读者提供指导和学习机会。图书馆和信息服务机构帮助人们提高受教育程度，增强社会技能，这些均是信息社会必不可少的。图书馆还需要加强对公众阅读习惯、信息素养的培养，并开展培训活动。"然而我们也要看到在西方知识自由的理念下，许多年来，图书馆的教育功能说被淡化了、边缘化了。奇怪的是中国的图书馆界也有盲从者。在这样国内外大的理论环境下，任先生强调图书馆的教育功能的理论就有特殊的纠偏意义。

与那些视图书馆为单纯的信息提供机构的认识相比，任先生的认识也为图书馆的服务拓宽了视野，开辟了更大的范围。自任先生担任国家图书馆领导以后，国家图书馆在为读者服务方面，不断拓展服务范围、深化服务内涵，开创了图书馆工作的新局面。2001年，任先生积极倡导并开创了"文津讲坛"，首场讲座就由他来主持，此后任先生每年都要登坛开讲，先后主讲7次。不仅如此，他还亲自规划讲座的选题，邀请名家，而且经常到讲坛听讲。到2010年元旦，"文津讲坛"已经举办了500期，成为北京乃至全国知名的讲坛。在此基础上，国家图书馆还开办了文津读书沙龙、文津图书奖、艺术家论坛、企业家论坛、教育家论坛、世界图书馆馆长论坛等诸多讲座与读书活动，每年还举办不同类型的展览。现在，各地城市图书馆举办的讲座、展览已经成为当地文化生活的重要组成部分，也从实践上证明了图书馆教育功能论的正确以及对于图书馆发展的重要意义。

任继愈先生在图书馆工作23年，为图书馆界留下了一笔丰厚的理论与实践遗产，值得我们认真总结和继承，从而不断推进图书馆事业的发展。

（《光明日报》2010年5月8日）

古代文学研究从传统向现代转型的个案分析

——读魏际昌先生《中国古典文学讲稿》札记

　　魏际昌先生是我国著名的文史专家，治学范围广及经、史、子、集。人民出版社 2022 年出版的《紫庵文集》，全面反映了他的治学成绩。魏际昌先生有丰富的文学史撰述，多为大学授课讲稿，生前未曾发表，《紫庵文集》出版，方得以公布。其中《中国古典文学讲稿》《明清文学》

魏际昌先生著作《紫庵文集》，人民出版社 2022 年出版

《古典文学散论》《中华诗词发展小史》《汉魏六朝赋》数种，应引起文学史界的重视。本文即围绕魏际昌先生的《中国古典文学讲稿》和《中华诗词发展小史》等文学史撰述，讨论他研治中国古代文学史的特点。因非全面研究，而是作为学生的学习体会，故曰"札记"。

师生俱治文学史

魏际昌先生的古代文学史研究始于《桐城古文学派小史》。1935年秋，他考取北京大学研究院胡适先生的研究生，此篇是他的硕士论文。1937年研究生毕业后，魏际昌先生先后于1943年、1944年在广东省立文理学院中文系、西北医学院讲授"中国文学史"。1951年在西北大学中文系讲授"中国新文学史"，1952年著《中国新文学史讲稿》。1954年，魏际昌先生任教天津师范学院，开设"现代文学名著选读""中国文学"等课程，撰写《中国文学史》《古典文学读本》讲稿。1957年被划为右派，1979年摘掉右派帽子，恢复教学，为河北大学青年教师讲授《庄子》，1981年完成《先秦散文研究》讲稿。1955年，由天津师范学院教务处文印科印制《中国古典文学讲稿》。魏先生与中国古代文学史相关的研究始于1935年，这一年他撰写了《袁中郎评传》《唐六如评传》，此时他还是北京大学的本科学生。1935年在《北强月刊》第二卷第5

期发表《明清小品诗文研究》，是为魏际昌先生发表的第一篇古代文学研究论文。1954年撰写了《李白评传》《汉魏六朝赋研究》等著作。这些讲稿和书稿只有《桐城古文学派小史》分三期分别在《河北大学学报》1983年第4期、1984年第1期、1985年第1期刊出，1988年由河北教育出版社出版。其余有关中国古代文学史的讲稿和著作，2022年收入《紫庵文集》，包括《先秦学术散论》《史传散论》《西汉散文巨子合论》《中国古典文学讲稿》《古典文学散论》《中华诗词发展小史》《汉魏六朝赋》《唐代边塞诗析论》《李白评传》《明清文学》等多种。所著《中国新文学史讲稿》未见披露，其稿或已流失。

魏际昌先生的文学史撰写与讲授时间都很早，但20世纪40年代讲授"中国文学史"的讲稿没有流传下来。1955年撰写的《中国古典文学讲稿》作为教材印制，幸运地得以保留。《讲稿》应是魏际昌先生为本科生讲授古代文学课而撰写，从其结构和写作思路看，实际上就是中国古代文学史，只是仅完成了先秦至魏晋南北朝一段。《明清文学》似为补足部分。不知是遗失还是未写，缺少唐宋部分。

魏际昌先生业师胡适先生所著《白话文学史》是中国文学史的经典之作，为20世纪20年代以来影响最为深远的文学史，魏际昌先生不可能不受其师影响。魏际昌先生的文学史著述，是其古代文学研究的重要组成部分。研究他的文学史著述，总结其特点与成就，是考察 20 世纪中国古代文学研究的最佳窗口之一。

此"文学"即是亦非彼"文学"

《中国古典文学讲稿》的《绪论》，全面论述了对待古代文学的态度、研究古代文学的方法、中国古代文学的范围、古典文学发生成长的历史条件，系统反映了魏际昌先生的文学史观，在魏际昌先生的著述中至为重要。

无论是撰写文学史，还是研究中国古代文学，"文学"这个概念的界定都十分重要。新文学运动以来，西方的文学概念几乎被完全接受。但在中国古代，与现代"文学"比较接近的概念是"文章"，它所包括的范围远远大于西方所说的"文学"。中国古代文学与西方文学概念的同与异，20 世纪 40 年代前的文学史尚有辨析，如罗根泽的《中国文学理论批评史》，50 年代以后的文学史就少有分辨了。

魏际昌先生此书的《绪论》以极为精简的篇幅，讨论了中国古代"文学"与"文章"概念实际内涵的演变。先秦时期"文学"这个名词，是指儒者《诗》《书》之学，两汉时的"文学"不过是一切文物的总称。但魏际昌先生注意到刘歆的《七略》与班固的《汉书·艺文志》已经特设诗赋为一略。到了魏晋之际，"文学"的涵义终与

"文章"相同。曹丕《典论·论文》和陆机《文赋》所讲的"文章"，就是当时的文学。南北朝文笔分家，诗辞为"文"，散文为"笔"。王俭的《七志》和阮孝绪的《七录》以"文翰""文集"称谓诗赋。尤其是经过萧统的《文选》，文学脱离了经史子书独立出来。唐代以后诗文更加分立。经过魏际昌先生的梳理，大体清晰可见中国"文学"演进的轨迹。

魏际昌先生进一步深入中国古代文学的表现工具——中国文字来论述中国古代文学文体特殊的原因。他指出：中国古代文学的表现工具——中国文字具有两大特点，一是单音词占优势，二是方言不同，每字又有四声及清浊之分，所以才形成了词句简洁、音韵协和、对仗工整的诗与文。因为有了这样的考察，与同类著作相比，魏际昌先生关于中国古代"文学"概念的论述，其实是更为深入了。

有了以上对于中国古代文学实事求是的认识，魏际昌先生介绍古代文学，文体的分类不是生搬硬套西方的四分法，其所涵盖的范围包括了诗歌、骚赋、词曲、铭赞等韵文，诸子、史传、包括公事文字在内的论议文等散文，以及神话寓言、小说等其他文体，更加符合中国古代独特的文体特征。

去伪存真还它本色

论及古代文学研究，魏际昌先生提出"去伪存真还它本色，然后再下价值的判断"的方法。这一方法具体实践为"通过辨认出土的古物、文字的训诂、版本的校勘和人物的考证等办法，来去伪存真地先还给作品作家一个本来面目"（《紫庵文集》，第二册，第373页）。这与今人所说的还原历史的本来面貌颇为一致。还原的方法则融合了乾嘉学派的考据和现代的考古学，应该说既传统，又新潮。陈寅恪先生在《陈垣〈敦煌劫余录〉序》中曾云："一时代之学术，必有其新材料与新问题。取用此材料，以研求问题，则为此时代学术之新潮流。治学之士，得预于此潮流者，谓之预流（借用佛教初果之名）。其未得预者，谓之未入流。此古今学术史之通义，非彼闭门造车之徒，所能同喻者也。"（《陈寅恪集·金明馆丛稿二编》，生活·读书·新知三联书店2001年版，第266页）魏际昌先生利用出土文献研究古代文学，正是入流的学问。魏际昌先生的导师胡适提倡把西方科学的方法与乾嘉学派的朴学传统对接，以求证问题的是非真伪，魏际昌先生提出的古代文学研究方法亦与其师一脉相承。

魏际昌先生的文学史很好地贯彻了他提出的"去伪存真还它本色"的研究方法。依据出土文物，他认为《尚书》和《史记》关于夏代事迹的记载不能作为信史；而殷商则不然，甲骨文字和青铜铭文证明了它的存在，因此商代之前，实无文学作品可言，谈古代文学，只能从周代开始。文字是文学作品的载体，有了文字才会有文学作品，依此判定古代文学的源头在周代，排除神话传说，魏际昌先生的判断是有依据的。

对于《诗经》，魏际昌先生认为"二千年来它被历代的经学家、道学家们弄得乌烟瘴气，几乎迷失了本色了"，主张"首先应该把毛《传》、郑《笺》、朱《注》这一套陈言扫除干净；然后才能谈到挖掘它的人民性、明确它的社会性，和体会它的艺术性"（《紫庵文集》，第二册，第399页）。这段话似曾相识，显然来自他的老师胡适。但在实际研究中，魏际昌先生并未把"诗经学"的文献完全抛弃，另起炉灶，而是对这些文献采取了"去伪存真"的筛选方法。如关于《诗经》的编辑，有《礼记·王制》《汉书·食货制》与何休《公羊注》的"采诗说"、《史记·孔子世家》的孔子"删诗说"。围绕这两个问题，千百年来争论不休。魏际昌先生的《中国古典文学讲稿》采纳了清人崔述《读风偶识》中的意见，否定了"采诗说"和"删诗说"。采诗之说不可信，有两个理由：其一，周之诸侯国有一千八百个，何以《诗经》的风诗只有九国？其二，《春秋》《左传》皆未见记载，故推测是汉代以后说《诗》者揣度之语。如果说采诗是周代制度，却不见记载于《春秋》，这个理由应该是过硬的。孔子"删诗说"是出自司马迁的误解，证据更为充分。孔子本身未曾说自己删过《诗》，只是说"诗三百""诵诗三百"。当时的墨子和稍后庄子也有"诵诗三百"和"歌诗三百"的说法。可见孔子之时，《诗经》就已经是三百篇了。魏际昌先生进一步考察司马迁误解的原因，引用了清人方玉润《诗经原始》说法："正乐"是纠正《雅》《颂》的"残缺失次"，使其"各得其所"，恢复其本来次序。魏先生解释说："诗在最初虽然可以入乐歌唱，但是传来传去，诗词和乐谱便容易分了家。所以需要'知音'的人加以厘定，这应该是孔丘'正乐'的原由。至对于《诗》的本身编排和润饰，自然又是一回事。"（《紫庵文集》，第二册，第401页）魏际昌先生以正乐来解释孔子对《诗经》的整理，非有对周代礼制的认识，是不能得出如此合理解释的。

还有对《风》《雅》《颂》的解说，魏际昌先生在众多解释中有所选择，其择取也是颇费考量的。关于《颂》，采纳了《毛诗序》和宋人赵德《诗辨说》的解说。《毛诗序》云："颂者，美盛德之形容，以其成功告于神明者也。"《诗辨说》云："三颂之中，《周颂》《商颂》皆用以告神明，而《鲁颂》乃以为善颂善祷。"魏际昌先生依此解说《颂》为"用于宗庙明堂以合乐的一种制作"。《雅》则摒弃了《毛诗序》的解说，采纳了南宋郑樵《通志》和章俊卿《诗说》，郑樵说："雅出于朝廷士大夫。"章俊卿说："雅则其言典则，盖士君子为之也。"据此，魏际昌先生解说其为朝廷士大夫所作用于燕飨时的诗作。《风》诗解说为"各地人民的口头创作"，采用的是朱熹《诗集传》"民俗歌谣之诗"的观点，而认为《毛诗序》"风，风也，教也，风以动之，教以化之"最为可笑。总体看来，魏际昌先生选择的是接近《风》《雅》《颂》三种诗体原始用途的正确解说。

此外，《中国古典文学讲稿》论述《楚辞》，详考哪些是屈原所作，哪些是其他作者；《明清文学》论述《水浒》《三国演义》《西游记》，考证三书的成书与版本，都可见魏际昌先生追求文学真相的努力。而这也正是那一代学人的治学风格。

"迷恋骸骨"固然不该，"数典忘祖"却也太过

评介古代文学作品，自然离不开价值评判，包括思想与艺术两个方面的评价。对此，魏际昌先生有一基本的态度："'迷恋骸骨'固然不该，'数典忘祖'却也太过。"（《紫庵文集》，第二册，第379页）批判继承，这也是20世纪50年代对待传统文化主流的态度。总结对《诗经》的评价时，魏际昌先生议论道："研究的方法，除了应该充分利用汉儒清儒业已做过的考订功夫以外，还要切实结合着历史条件和时代背景，也就是历史唯物主义和辩证唯物主义的精神和方法。这样才能够一方面找到了它的本色，一方面也晓得了它的价值。"（《紫庵文集》，第二册，第

437 页）辩证法，或曰二分法，是那一代学人新近学来的认识事物的主要方法，也是魏际昌先生评判古代文学的基本方法，这在此稿中得到充分体现。

魏际昌先生评价作家作品，有个最为突出的特点，是重视来自民间的文学。评价《诗经》，认为来自庙堂《颂》诗的情调、技巧都不够好。成于士大夫之手的《大雅》《小雅》既有叙事，又有讽刺，故得到了正面评价："有许多记叙生动、情感真挚的作品。"对《国风》的评价最高："是三百篇里最好的歌词。"如前所说，因为这一部分多是地方歌谣，作品情感真挚生动，表现生活充实丰富，具有极高的艺术性，所以魏际昌先生给予由衷的赞叹："我们认为在'三百篇'里，无论是描写恋爱的、暴露幽会的或是报导遗弃的任何有关男女两性生活的诗歌，都是极真实生动的最为优美的诗歌，远在二千年以前我们的祖先就已经有了这样不朽的作品，这证明我们先民的生活是极其丰富的。"（《紫庵文集》，第二册，第 431 页）魏际昌先生把《国风》视为一部古代民歌集，论述楚辞时，仍立足于南方的歌谣来考察，认为它是"民间歌谣体"得到了更明确更丰富变化的诗体。屈原用这样新的形式表现他的热爱祖国、同情人民的诗歌，所以创作出"内容与形式一致的典型诗作"，成为伟大诗人。

魏际昌先生对魏晋南北朝时期文学的总体评价不高，主要是这一时期的文学以士人的作品为主，故定性为"古典文学的僵化时期"。建安时期的作家，只肯定了曹植"爱自由、求解放的思想"，至于曹操、曹丕和建安七子，"不过在于驱使文人用古乐的旧曲改作歌颂自己功德的新词。因此，从人民的要求上看，它的价值就几乎等于零了"（《紫庵文集》，第二册，第547页）。两晋的作家，太康的三张、二陆、两潘、一左，以及江左作家刘琨、郭璞等，"都是些步趋古人、特重绮丽的诗文匠。而且作品之中往往充满着忧伤颓废的情调，毫不足取"（《紫庵文集》，第二册，第551页）。魏际昌先生正面评价的只有两位作家：阮籍和陶潜。对于阮籍，肯定了他"反抗礼法，不跟统治阶级合作"的行为和作品。对于陶渊明，魏际昌先生的评价最高："在举世扰攘，不耻干禄，诗文摹拟，绮丽自珍的浊流里，渊明独此清清自拔，复返自然，无论从人格上看，诗品上看，我们总觉得他应该算是出人头地的人物。"（《紫庵文集》第二册，第555页）

魏际昌先生重民间、轻士人文学价值观的形成，主要有两方面原因。《中国古典文学讲稿》产生于20世纪50年代，此时正是"人民性"文学观盛行之时。作为旧中国过来的学者，主动接受主流意识形态，是知识分子的常态。站在人民的立场评价古代作家作品，来自民间的必然是人民的作品，自然受到肯定赞扬，这是其一。另外还要提到胡适。胡适《白话文学史》的核心观点即认为：以士人文学作为文学发展的主流是错误的，平民文学才是文学史发展的主流。魏际昌先生接受了乃师的文学价值观。事实上，1949年以后撰写的文学史，其文学发展观与胡适并没有很大差异。因为胡适所代表的是五四新文化观，而新中国的文化观即来自五四的血脉。

但这种文学史观后来有了改变。同样是对魏晋南朝文学的评价，在魏际昌先生的《中华诗词发展小史》和《汉魏六朝赋》中，有了差异，总体看更趋于客观的评述。如评建安文学，更注重其承上启下的意义："中华诗词发展到了东汉末年建安之际，实际上已经上总两汉之菁华，下导六朝先路了。"（《紫庵文集》，第三册，第31页）对三曹父子的评价，也不再是曹植一花独秀。评价曹操，以其四言诗"心手不凡，绝不粘滞"，举出《观沧海》一诗，给予很高的评价："一片苍劲悲凉、雄伟高爽的气魄，有了生活，临此境界，才能唱出物我为一的歌诗。"（《紫庵文集》，第三册，第33页）引沈德潜《古诗源》对曹操的评价"孟德诗犹是汉音。子桓以下，纯乎魏响。沈雄俊爽，时露霸气"，以为知音。论述曹丕，揭示出其诗"婉娈秀约，富有文士气息"的特点。对曹丕的《典论·论文》亦肯定了它在诗文评发展史上的开辟之功。评介西晋文学，引用了《诗品》和《文心雕龙》中的《明诗》《才略》及《时序》诸篇的评价，着眼于文人的才性与诗文特点，自然是魏际昌先生认可的评价。

赋是士人的典型文体，在胡适的文学史中评价不高。

《汉魏六朝赋》虽然开篇即说以班固、司马相如、枚乘和扬雄为代表的汉赋"以能文为本""玩弄词汇，堆砌排比"；六朝小赋"也是'帮闲'之作居多，所谓'靡靡之音'虽'绮丽'亦'不足珍'了"（《紫庵文集》，第三册，第202页），语多否定之意。但是在具体分析每一类、每篇作品时，却表现出实事求是的态度，对内容及艺术的评价，多公允而准确。如评班固、张衡和左思京都赋的优劣，就很中肯："如就三位赋家优劣而言，则班氏之功在于首创，以史家而兼擅辞赋，不能不说是难能可贵。""张氏继之，摹拟孟坚而卖弄渊雅，铺陈特甚，有意讽谏是独到之处。""左氏后出，广赋《三都》，下笔十年，志欲凌驾前人，有求实精神，也敢于批评。"尤其对左思"言之有物""言之有本"的创作思想十分肯定，评价其《三都赋》"自非学植博雅、文笔生花而又切磋琢磨肯下死功夫的人，不足以语此的"（《紫庵文集》，第三册，第207页），语间颇带赞赏之意。三家赋对文学史的贡献、特色，都论述得恰到好处。对于汉魏六朝的小赋，魏际昌先生的评价就更高了，说它们"全是主题明确、思想集中、语言精练、情调真挚的作品"（《紫庵文集》，第三册，第241页）。评班彪的《北征赋》："不能不承认作者的感情是真挚的，包括'哀生民之多艰'在内，仿佛是屈灵均的派头了。"（《紫庵文集》，第三册，第243页）王粲的《登楼赋》："小赋发展到了王粲（仲宣）等人《登楼》一类的游览之作，真可以说是脱胎换骨，从宫廷御用的文学一变而为个人服务的东西了，它可以报导极目游观的事物，充分发抒自己的思想情感，没有束缚，不背包袱，使读者接触以后，也有轻快之感，这能说是小事情吗？"（《紫庵文集》，第三册，第245页）魏际昌先生以文学史家的敏锐目光观察到发生在魏晋六朝小赋上面的由体物到抒发个人情感的新变，是文学史上的一件大事。

魏际昌先生的年谱及传记未记载《中华诗词发展小史》写于何时，但从其内容看，似乎作于《中国古典文学讲稿》之后。而据《汉魏六朝赋》的《小言》则知此书稿写于1982年。对比三部书稿，可知魏际昌先生的文学史观前后发生了很大变化。《中华诗词发展小史》和《汉魏六朝赋》淡化了意识形态的色彩，越来越专注于个人对作品的真实感受与评判。魏际昌先生旧学根底深厚，无论经、史、子、集皆有广泛阅读与深入研究，同时又接受了胡适为代表的五四一代学者新文学史观及方法的训练，所以他总的文学史观虽带有明显的时代文化痕迹，但在评价具体作家作品时，能够多贴近作品实际，有精到而深入的论析。研究中国文学史学史，魏际昌先生的文学史撰述应该予以重视。

（在"纪念魏际昌先生诞辰115周年学术研讨会暨《紫庵文集》首发式"上的发言，2023年5月13日于河北大学）

傅璇琮先生古代文学研究的整体性思维

——读《傅璇琮文集》札记

已经有诸多学者文章论述了傅璇琮先生作为改革开放以来唐代文学研究代表性专家所取得的卓越成就，也有一些学者的纪念文章，回忆了傅先生作为中华书局总编和唐代文学研究会会长以及国务院古籍整理出版规划领导小组成员对于古代文学研究的组织领导工作。傅先生之于古代文学研究的功绩，的确不限于自身的唐代文献整理与专题研究，从 20 世纪 80 年代到傅先生逝世，他是古代文学研究事实上的领路人之一。作为研究个体，傅先生对于个人的研究有整体的规划；作为古代文学界的领路人，他对于古代文学研究也有整体性的思考。

古代文学研究的结构

20 世纪 80 年代，对古代文学研究的范围曾有很大的争论，有一种十分强势的意见认为，古代文献整理不属于古代文学研究的范畴，也有学者把文献整理称为"前研究"。这种把古代文献整理排除在研究之外的倾向，给古代文学研究带来极大的冲击。

就是在这样的关键时期，傅璇琮与沈玉成、倪其心三位先生合写了《谈古典文学研究的结构问题》一文，1987年发表于《文学评论》第5期。傅先生等认为：我们的古典文学研究，应当说内容是十分宏富的。古代文学研究，从整体上说是一个极其庞大的工程，这里边有一个对工程的整体结构进行了解、分析和设计的问题。他以工程为喻，论证了古代文学研究中文献整理等基础工作和上层结构的整体性。文章提出，古典文学研究的结构，大体如同建筑工程，可分为基础工程和上层结构两个方面。基础工程的内容包括：1.基本资料的整理；2.作家作品基本史料的整理研究；3.基本工具书的编纂；4.文学通史、专史的撰著。这四个方面，实际上就是一些学者所说的"前研究"部分。傅先生认为，这一部分十分重要："基础工程是各类专题研究赖以进行的基本条件，具有相对的、长期稳定的特点和要求。"（《驼草集》，中华书局2023年版，第502页）1998年，在《文学遗产》创刊四十周年暨复刊十五周年纪念文集里，傅先生的文章《文学古籍整理与古典文学研究》重申了古代文学研究结构问题，他说："古典文学研究，作为一门独立的学科，应当说有其完整的结构。这种结构，大体如同建筑工程，可分为基础工程和上层结构两个方面。"（《驼草集》，第 1453 页）在此篇文章里，傅先生重点论述了文献整理对古代文学研究的重要性，他不仅重申了文献整理作为文学研究的基本条件，可为深入研究奠定扎实的资料基础；而且进一步指出，有时还能影响研究方法或研究方向的开拓。文献整理不仅有提供研究资料的意义，还有研究方向与研究方法的意义，从两个方面论证了文献整理的研究性质和价值。

傅先生认为，基础之上建构的上层结构范围更广，大致有：1. 作家、作品的专题研究，文学流派的专题研究；2. 古典文学样式的专题研究；3. 作品的批评鉴赏；以上为传统的研究范围。4. 与其他学科的交叉研究；5. 古典文学比较研究；6. 新分支学科的开辟，包括文学考古学、古典文学的文物研究；7. 方法论的研究；8. 学科史的研究；这些为初辟或尚待开拓的领域。傅先生指出，基础之上的上层结构"应有直接为现实服务的特点和要求，发扬古典文学的精华，总结其创作经验，探索其艺术规律，促进当代创作，繁荣学术研究，为建设精神文明作出贡献"（《驼草集》，第 1148 页）。

傅先生等人关于古代文学结构的论述，在当时的环境中，正面回答了文献整理是否属于研究的问题。从更长远的眼光来看，他们关于古代文学研究结构的论述，至今仍是中国古代文学研究范畴科学而又实事求是的界定。

古代文学研究中的文化意识

　　傅先生研究古代文学，深受丹纳《艺术哲学》的影响，1978 年撰写的《唐代诗人丛考·前言》就引述了丹纳的论述："艺术家不是孤立的人。""艺术家本身，连同他所产生的全部作品，也不是孤立的。有一个包括艺术家在内的总体，比艺术家更广大，就是他所隶属的同时同地的艺术宗派或艺术家家族。"（《唐代诗人丛考》，第 1—2 页）受丹纳启发，傅先生提问道："为什么我们不能以某一发展阶段为单元，叙述这一时期的经济和政治，这一时期的群众生活和风俗特色呢？"（同上书，第 4 页）受丹纳的启发，傅先生认识到，研究文学应从文学艺术的整体出发，所谓整体，不仅指文学本身，还包括文学流派、作家群，以及作家所受社会生活和时代思潮的影响。1986 年，傅先生读鲁迅《魏晋风度及文章与药及酒之关系》，提出在研究方法上要加强文学史的横向和纵向研究："所谓的横向研究，概括地说，就是要求从历史文化总背景下来研讨古典作家作品。"（《驼草集》，第 410 页）他的古代文学研究中的文化意识逐渐清晰起来。

　　1997 年，傅先生在《古典文学的"历史—文化"研究》一文中正式提出"历史—文化"的综合研究理念："古代文学研究要向深度发掘，当然要着力于文学内部发展规律的探求，但这种探求是不能孤立进行的。这些年来，文学与哲学思想、政治制度，以及与宗教、教育、艺术、民俗等关系，已被人们逐渐重视。人们认识到，不能孤立地研究文学，也不能像过去那样把社会概况仅仅作为外部附加物贴在作家作品背上，而是应当研究一个时期的文化背景及由此而产生的一个时代的总的精神状态，研究在这样一种综合的'历史—文化'趋向中，怎样形成作家、士人的生活情趣和心理境界，从而产生出一个时代以及一个群体、个人特有的审美体验和艺术心态。"（《驼草集》，第1253—1254页）他在谈到唐代文学研究时，认为："立足于20世纪的学术发展，面向21世纪的学术趋向，唐代文学研究应走向更具广阔前景和广泛意义的社会—文化研究。"（《驼草集》，第2283页）"这意味着，对作家作品及其文本研究外，更应将文学视为特定社会历史文化条件的产物之一，对文学的研究应在社会文化大背景下来进行。从文化视角切入唐代文学研究，是一种历久弥新的方法。""应将文学的研究拓展到政治制度、传统思想、社会思潮、社会群体（家族、流派、作家群、社团等）、科举、幕府、音乐、绘画、民俗、交通等文化层面，注意在文史哲相关学科和其他交叉学科的联系中探索知识分子的生活道路、思维方式、心灵状态和社会处境。对复杂的文化背景的综合研究将有助于人们更真实而深入地解读文学，厘清文学与社会文化的多重互动关系，从总体把握文学史的复杂流变和演进规律。这对研究思路的拓宽、研究领

域的开辟和研究方法的更新不无裨益。"(《驼草集》，第2283—2284页）

古代文学研究中的文化意识，强调的是从政治、经济与文化的相互关系中把握一个时期总的精神状态，考察作家、士人的生活情趣和心理境界，把握其特有的审美体验和艺术心态。即在总的"历史—文化"环境中探索文学特色，使文学作为主体更为突出。

傅先生的唐代文学研究，是在他的"历史—文化"综合研究理念下规划与开展的。他认为，文学编年史能够逐年地做综合研究，把政治发展、经济变革、人们思想情绪的变化、作家复杂的经历和创作情况，作总体的考察，可以清晰地看到文学"立体交叉"的生动情景，较好地解决研究整体的问题，由此组织了唐代文学编年史的编写。与此平行的研究工作是为作家撰写信实可靠的传记，出版了

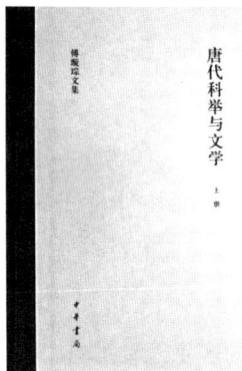

《唐代科举与文学》，收入《傅璇琮文集》，中华书局 2023 年版

《唐代诗人丛考》。他还开展了唐代科举与文学研究，尝试通过史学与文学的相互渗透和沟通做综合的研究，努力重现唐代的时代风貌和社会习俗，从广阔的社会背景下，研究唐代士子的生活道路、思维方式和心理状态，深入认识唐代文学。他的《唐代科举与文学》已经成为"历史—文化"综合研究的典范之作。

加强专题个案性的研究

傅先生在不同文章中对于文化研究空对空的倾向表示担忧，并思考避免研究中空疏无物的解决途径。1992年，他在《漫谈宋代文化史研究的材料建设》中说："宋代文化史研究的意义，我想是无容置疑，也是不劳多说的，现在的问题是怎样有效地进行。说是'有效'，我的意思是要避免文化史研究中极易产生的空对空的现象。文化本来是一个相当宽泛的概念，我们如果不从一个个具体的课题着手进行研究，就很容易过了若干年，热闹了一阵，回过头来一看还是停留在原来的起点上。"（《驼草集》，第943页）1994年在《国学研究》第二卷出版座谈会上，他对国学研究又表达了同样的担忧："就目前来说，是怎样避免文化史研究中极易产生的空对空的现象。"他同样主张从具体的课题着手进行研究，比如具体学科学术史的研究。2002年，他又谈到文化或文学研究中的一种淡化或泛化倾向，指出：一个学科，如果抛开研究对象，都说各学科一样的话，那就不可能有自己的阵地。

为了纠正古代文学研究中的这种倾向，傅先生提倡个体性的研究，具体说是专书研究："对文化，宏观的把握、规律性的探索，固然重要，但基础则是个体性的研究。对我们传统文化来说，这种个体性研究，比较实际的，则是专书研究。我一向认为，专书的研究，实际上是对研究者功力的一种考验，也是我们整个研究的不可或缺的支撑。如果我们对古代若干种有代表性的专著分别做专题性研究，就会使我们整个研究基础较前更为扎实，也会使年轻的研究者得到谨严学风的熏陶。"（《驼草集》，第 1889—1890 页）

傅先生做唐代文学研究，开展了一项很重要的专题研究，即唐代的翰林院和翰林学士研究，形成的成果是《唐翰林学士传论》。他辑集两《唐书》、《全唐诗》、《全唐文》

2007 年傅璇琮先生主持河北大学博士学位论文答辩时与学生合影

及诗文别集、杂史笔记、石刻文献等，为200余位翰林学士作传。翰林学士传论着眼于个案研究，考察翰林学士任职期间政治活动、文学交往、生活状况和心态，同时还考证学士入院前的仕历，具体呈现出唐代士人这一群体生活的境遇和心理状态。

关于中唐文学研究，傅先生撰有《李德裕年谱》和《李德裕文集校笺》(合著)。按照傅先生的古代文学研究结构说，此二著属于文献整理的基础工程，在此方面取得的成绩已经有若干评论。其实此二书亦属于中唐文学的专题或曰个案研究范畴。但是诚如罗宗强先生评价的那样，它已经越出了个案研究的范围，从个案考辨通向了整体研究。在《李德裕年谱》中，"谱主的事迹完全织入到围绕牛李党争而展开的历史画面里"，"在对纷纭繁杂的史料的深见功力的清理中，始终贯串着对历史的整体审视"(《李德裕年谱》"新版题记"，第2页)。即使在个案研究中，也贯串着他"历史—文化"的理念。《李德裕文集校笺》也是如此，"力求从历史文化的角度来统摄本书所涉及的诸项考据，把校笺的重点放在每篇作品的系年，并征引史实确定其历史背景，阐述其文化氛围"(《李德裕文集校笺》"新版序"，第5页)。可见即使是文献整理，亦充分体现出傅先生对于研究的整体思维。

2023年4月12日

(《光明日报》2023年5月27日)

求实为正　臻于质朴

——牟世金先生的《文心雕龙》理论体系研究

　　牟世金先生是《文心雕龙》学会重要的组织领导者。1983 年，他发起并筹备了学会的成立，并担任学会秘书长，组织了数次学会年会和《文心雕龙》国际学术研讨会，为推动《文心雕龙》的学术研究与交流做出了卓越贡献。

　　牟世金先生亦为当代著名的《文心雕龙》研究专家。他从 1962 年与陆侃如先生合作出版《文心雕龙选译》（上）到 1989 年病逝，27 年间，倾全力研究《文心雕龙》。牟世金先生的《文心雕龙》研究，大致可分为三个阶段。20世纪 60 年代为第一阶段，主要是与陆侃如先生合作开展《文心雕龙》研究。出版《文心雕龙选译》，译注 25 篇；合作开展刘勰生平与思想、《文心雕龙》的研究，发表《刘勰的生平与思想》《刘勰的文体论》《刘勰论文学与现实的关系》《刘勰论内容与形式》《刘勰的创作论》《刘勰有关现实主义的论点》《刘勰有关浪漫主义的论点》《刘勰的批评论》等系列文章。第二阶段始于70年代初，继续译注《文心雕龙》余25篇，80年代初完成，出版《文心雕龙译注》。第三阶段为80年代，牟世金先生对刘勰与《文心雕龙》诸多问题逐一展开深入探讨，出版《雕龙集》《台湾文心雕龙研究鸟瞰》《文心雕龙精选》《刘勰年谱汇考》《雕龙后集》《文心雕龙研究》等10部著作，发表《文心雕龙》研究论文百余篇，被王元化先生誉为《文心雕龙》研究的功臣。《文心雕龙》理论体系研究是牟世金先生一生的研究重点，取得了重要成果。

对于牟世金先生的学术研究风格与贡献，王元化先生有中肯而又准确的评价，他为牟世金先生《文心雕龙研究》所写的序中说："世金同志这部书毫无哗众取宠之心，也许会被认为过于质朴，但这也是它的长处。因为从这种质朴中可以看到一种实事求是的治学态度，既不刻意求新，也不苟同于人。……他力图揭示原著的本来意蕴，而决不望文生解，穿凿附会。书中那些看来平淡无奇的文字，都蕴涵着作者的反复思考，慎重衡量。其立论之严谨，断案之精审，我想细心的读者是可以体察到作者用心的。"（《牟世金文集》，人民文学出版社2022年版，第一册，第2页，以下简称《文集》）这虽然是对《文心雕龙研究》这本书的评价，却也整体概括了牟世金先生的学术品格，适用于他的所有《文心雕龙》研究，包括理论体系研究。

尊重古籍，识其原貌

在当代《文心雕龙》研究学者中，牟世金先生以重视《文心雕龙》理论体系的研究著名，这是出于他对理论研究特性和《文心雕龙》性质的认识。他在《台湾文心雕龙研究鸟瞰》中说："凡研究一家之言，不从整体上把握，不究其全貌和系统，只徘徊于枝枝节节的局部问题之中，是难深入理解其实质的，对于理论著作的研究更是如此。"（《文集》，第四册，第157页）在《刘勰和文心雕龙》中，牟世金先生说："《文心雕龙》是一部体大思精的理论著作，要阅读和研究它，就不能不探讨和掌握其理论体系，否则对许多具体问题就难以做出准确判断，对全书的理论价值也不易给予科学的评价。"（《文集》，第三册，第187页）《文心雕龙》是刘勰基于对文章的自觉而撰著的文章学著作，体大思精，结构严谨，体系鲜明。王元化先生在《文艺理论体系问题》中说："《文心雕龙》是在体系上相当完整严谨的一部著作……仅就系统的完整严密来说，在我国漫长的封建社会中有哪些文艺理论著作可与之比肩呢？甚至在整个中世纪文学理论著作中可以成为它的对手的也寥寥无几。"（王元化《文学沉思录》，上海文艺出版社1983年版，第5页）的为确论。20世纪80年代，《文心雕龙》成为研究的热点，有代表性的成果为周振甫、詹锳、王运熙等先生的相关论述。牟世金先生

1964 年就注意到《文心雕龙》理论体系问题，他在《江海学刊》1964 年第 1 期发表的《近年来〈文心雕龙〉研究中存在的几个问题》一文中，认为"有探讨刘勰自己的文学理论体系的必要"。1981 年发表《〈文心雕龙〉的总论及其理论体系》文章后，陆续就此问题展开讨论，发表多篇相关论述，将此一研究引向深入。

探讨刘勰《文心雕龙》的理论体系，牟世金先生反对把古人现代化，"把古人的理论分割开，而按现代理论的框框对号入座"。他在《〈文心雕龙〉研究的回顾与展望》一文中认为，"这种方法是轻而易举的，但不仅毫无价值，还有碍于认识刘勰自己的理论原貌和特点，自然更谈不到研究的深入和发展"（《文集》，第五册，第 293 页）。他主张从《文心雕龙》自身的实际内容出发，研究其特定的理论体系，即刘勰自己的理论体系，而非读者所理解的理论体系。

牟世金先生秉承实事求是的态度研究刘勰的理论体系，表现在三个方面：

首先，坚持古代文学研究不擅改古籍的原则，立足于古籍的版本证明通行本《文心雕龙》的篇次是其原貌。研究《文心雕龙》的篇章结构和理论体系，诸多著名学者对通行本《文心雕龙》的篇次提出质疑。范文澜《文心雕龙注》认为，《练字》篇当直属于《章句》篇，《物色》篇应在《附会》篇下。杨明照《文心雕龙校注》认为,《时序》篇当在《才略》篇前。刘永济《文心雕龙校释》认为《物色》篇宜在《练字》篇后。以上还只是质疑,后来注本则开始按照自己的理解改变篇次布局,如郭晋稀《文心雕龙译注十八篇》(1964)、《文心雕龙注译》(1982),周振甫《文心雕龙选译》(1980),李曰刚《文心雕龙斠诠》(1982)等书。牟世金先生《文心雕龙研究》考察诸本篇次,从而得出结论:"从元刻至正本以下,明清大量刻本的篇次全与通行本一致;今存最早的唐写本虽是残卷,但从《原道》至《谐隐》的十五篇,也与现行本的篇次完全相同。早在唐代《文心雕龙》便已传入日本,而日本现存最早的刻本尚古堂本和冈白驹本,和通行本的篇次也是一致的。明清时期的大量校本,亦无只字提及尚有不同篇次的版本。这些都只能证明篇次本来无误。"(《文集》,第一册,第100页)牟世金先生认为:既然《文心雕龙》的篇次是刘勰自定的原貌,"研究者的任务,唯有在这一既定事实的基础上,如何正确地认识它,理解它。"(《文集》,第一册,第130页)牟先生使用的是传统目录学方法,旧方法,老套路,却也是最有效的方法,证明改动《文心雕龙》的篇次以就个人所理解的理论体系是不可信、不可取的。《文心雕龙》的理论体系,只能从其原始文献出发,基于原书的篇次结构开展研究。

其次,主张按照刘勰对全书体系安排的说明和《文心雕龙》自身的组织结构，研究其理论体系。关于全书的内容安排，《序志》篇有明确的说明："盖《文心》之作也，本乎道，师乎圣，体乎经，酌乎纬，变乎骚，文之枢纽，亦云极矣。若乃论文叙笔，则囿别区分：原始以表末，释名以章义，选文以定篇，敷理以举统。上篇以上，纲领明矣。至于割情析采，笼圈条贯：摛神、性，图风、势，苞会、通，阅声、字；崇替于《时序》，褒贬于《才略》，怊怅于《知音》，耿介于《程器》。长怀《序志》，以驭群篇。下篇以下，毛目显矣。"《序志》是全书的总序，在全书中起到"以驭群篇"的作用，是对全书体系结构的说明。研究者通常依此把《文心雕龙》的理论分为四大部分："文之枢纽"为总论，"论文叙笔"是文体论，"割情析采"中的《神思》至《总术》是创作论，《时序》至《程器》五篇属于批评论。周振甫、詹锳、王运熙等先生关于《文心雕龙》的理论体系，亦皆依此而论述。然对于下篇各篇分属哪个部分，却有分歧。詹锳先生在中华书局 1980 年出版的《刘勰与〈文心雕龙〉》认为，《文心雕龙》是从文艺理论的角度来讲文章作法和修辞学的著作，前五篇是"文之枢纽"，即全书的总纲。第六篇到第二十五篇为文体论；下编二十五篇的《神思》到《镕裁》属于创作论，《声律》到《指瑕》属于修辞学，《养气》到《程器》分论作家修养、作家才情以及文学批评。周振甫先生在人民文学出版社 1981 年出版的《文心雕龙注释》认为，《文心雕龙》是文学理论著作，其体系如下：第一部分为"文之枢纽"，是论文的关键，可称全书的总论；第二部分是"论文叙笔"，所论一是文笔问题，二是对各体文的创作要求；第三部分即全书的后二十五篇是"割情析采"，其中前二十篇是创作论，《时序》以外的四篇可称文学史和文学评论。王运熙先生定性《文心雕龙》为文章作法的书，王运熙、周锋于上海古籍出版社 1998 年出版的《文心雕龙译注》认为：刘勰写作此书的原意是谈作文的原则和方法，《原道》至《辨骚》的前五篇为"文之枢纽"，提出了指导写作的总原则；《明诗》至《书记》二十篇分论三十多种体裁的作品；《神思》至《总术》泛论写作方法；《时序》至《程器》五篇属于杂论性质。

《文心雕龙》下篇如何分类，过去乃至今日都是有争议、尚待不断探讨的问题。利用现代文学理论阐释《文心雕龙》理论及其理论体系，是当代《文心雕龙》研究重要的学术路径。即使是文体论、创作论和批评论的所谓三论，也都是以现代文学理论的概念来阐释《文心雕龙》理论体系的。詹锳先生《刘勰与〈文心雕龙〉》结合现代文学理论，对下编作了重新组织：《神思》《情采》《镕裁》《养气》《附会》《总术》《物色》《程器》为创造论，《体性》《风骨》《定势》《隐秀》为风格学，《通变》《时序》《才略》《知音》为文学史和批评论，《声律》《章句》《丽辞》《比兴》《夸饰》《事类》《练字》《指瑕》为修辞学。我在论述詹锳师《文心雕龙》研究路径的文章《推究本原　探求奥义——詹锳先生的〈文心雕龙〉研究》中说："这一调整正是他从现代文艺理论角度重新审视《文心雕龙》的文章做法和修辞学的尝试，使此书呈现出可为当代文学理论所吸纳的理论体系。其中的风格学和修辞学，更是詹锳先生所揭示出的《文心雕龙》的独特价值。"(《宁波大学学报》2022 年第 3 期)

　　牟世金先生显然是不赞同詹锳先生关于《文心雕龙》理论体系的论述的。他认为：不应违背刘勰的用意，改作适应自己见解的分类。刘勰自己的区分已很明显，《时序》以上诸篇为一类，主要论文学创作；《时序》以下诸篇为一类，以文学评论为主，通称批评论。衡量两者的研究路径和方法，詹锳先生的论述，偏重于文学理论体系的建构与价值的揭示；而牟世金先生强调从《文心雕龙》自身的实际出发探讨其理论体系，则运用的是文学史的研究原则与方法，以还原《文心雕龙》理论的本来面目为鹄的。我以为研究《文心雕龙》理论体系，这两种路径各有其长短利弊，是完全可以并存的。

　　再次，牟世金先生的《文心雕龙研究》基于《文心雕龙》自身的组织结构，进而探究其内在联系，总结出其严密而又完整的理论体系："这个体系以儒家思想为主导，以'衔华佩实'为轴心，以论述物与情、情与言、言与物三种关系为纲领，把全书五十篇结成一个有机的整体。"（《文集》，第一册，第 152 页）牟世金先生对刘勰理论体系的探讨，与他人的论述多有不同之处。其一，体现在《文心雕龙》中的儒家思想，已经不是原始的儒家思想，而是六朝时期的儒家思想。《文心雕龙研究》说："正是这种较前有了很大发展变化的儒家思想，才使刘勰排除门户之见，比较公正地评价了诸子百家的作品；也正因刘勰吸收了释道玄诸家的某些思想因素和资料，而加以融会贯通，才有其文学理论上的巨大成就，才使《文心雕龙》成为古代文论中稀有的典型。"（《文集》，第一册，第 83 页）这种判断，较之坚持原始儒家思想、释家思想和玄学思想的论点，都更为通达，而且也符合《文心雕龙》所呈现出的思想实际。其二，牟世金先生通贯考察《文心雕龙》的"文之枢纽""论文叙笔"和"割情析采"，抽取出"衔华佩实"的理论纲领："'道—圣—经'是刘勰构筑的一个整体，这个整体提出的基本观点就是'衔华佩实'。从儒家经典中提炼出来的'衔华佩实'，既是《文心》全书的基本原则，又是贯穿于整个理论体系的中心观点。刘勰既以此来'论文叙笔'，也用之于'割情析采'。"（《文集》，第一册，第 154 页）事实上，《文心雕龙研究》一书，正是以"衔华佩实"作为中心观点，来研究《文心雕龙》几个部分理论的。牟世金先生还以此来研究风骨论，认为《风骨》是《文心雕龙》理论体系的重要组成部分，"风"和"骨"构成"文质"论的两个方面（《文集》，第六册，第 117 页），如此来观察《文心雕龙》的理论体系，其不仅体现为刘勰对全书的结构安排，而且表现为统率全书的核心理论，使刘勰的写作理论更为周严。这是牟世金先生研究《文心雕龙》理论体系的独创之处，也是其一大贡献。

慎重裁衡，惟务折衷

《文心雕龙》研究进入 20 世纪 80 年代，已经十分兴盛，号称"龙学"，一跃而为显学。牟世金先生曾撰写长文《"龙学"七十年概观》予以总结："真正的研究，还只是近几十年来的事，但这块古璞一经琢磨，很快就光华四溢，并发展成一门举世瞩目的'龙学'了。港台学者多称《文心雕龙》研究为当代'显学'，诚非偶然。仅就日本、中国台湾、中国香港和中国大陆统计，至今出版的《文心雕龙》译注和各种研究专著已达百种以上，发表论文一千六百多篇。"（《文集》，第六册，第 2 页）

《文心雕龙》研究不同于其他专书，由于刘勰是用骈文写作文章学著作，故不论注释抑或理论阐释，歧义纷呈，争论很多，甚至形成了诸多热点。这是 80 年代学者研究《文心雕龙》必须面对的学术基础与前提，也是牟世金先生同样面对的学术背景。牟世金先生 80 年代研究刘勰《文心雕龙》的理论体系，面对的多是当时的热点也是难点问题。对此，牟世金先生的基本态度是："学术问题，特别是某些重大难题，往往不是靠某一天才的突然发现而解决的；离开前人长期研究的成果，任何个人都会一事无成。所以无论是研究'原道'或其他，都应该是在前人的基础上前进。既要尊重他人，也要有自己独立的见解。只有这样，才有可能在不断前进中得到某些共同的认识。"（《文集》，第五册，第 300 页）他极为谨慎地梳理裁断各种观点，呈现出去取惟务折衷的稳健务实作风。

其一，"原道"论实质的论辩。《原道》篇的关键问题是刘勰所原之道为何道，80 年代关于此一问题的争论甚巨，要不出儒家之道、道家之道、释家之道数解，亦有自然规律、绝对精神新说。自然规律说是陆侃如先生首次提出，其《〈文心雕龙〉论"道"》说："自然是客观事物，道是原则或规律，自然之道就是客观事物的原则和规律。"（《文史哲》1961 年第 3 期）陆先生的客观事物规律说并非凭空杜撰，有其深厚的学术渊源。黄侃《文心雕龙札记》说："《韩非子·解老》篇曰：'道者，万物之所然也，万理之所稽也。理者，成物之文也；道者，万物之所以成也。'《庄子·天下》篇曰：'古之所谓道术者果恶乎在？曰无乎不在。'按庄韩之言道，犹言万物之所由然。文章之成，亦由自然，故韩子又言：'圣人得之以成文章。'韩子之言，正彦和所祖也。"黄侃认为，刘勰的自然之道，来自韩非子和庄子。所谓"道"，就是"万物之所然"。而这正是陆先生提出的"道"即客观事物规律的依据。陆先生解"道"为规律，由此实现了"道"这一古代概念的现代阐释，是其一大贡献。陆侃如、牟世金先生合著《文心雕龙选译》及《刘勰论创作》亦取此说。

然而，1978 年出版的《刘勰和文心雕龙》对此说做了修正："'自然之道'就是自然的道理和规律。"自然，不再指客观事物。1981 年，陆侃如、牟世金先生合著的《文心雕龙译注》，在《原道》篇说明部分，对"原道"和"自然之道"有了新的解释："本篇主要论述刘勰对文学的基本观点：文原于道。'原'是本，'道'是'自然之道'；'原道'，就是文本于'自然之道'。所谓'自然之道'，刘勰是用以指宇宙间万事万物的自然规律。"（《文集》，第二册，第 113 页）此书"引论"部分亦云："有其物，就必有其形；有其形，就必有其文。这种必然性，刘勰称之为'道'；这种'文'，就称之为'道之文'。这就说明，《原道》篇中概括这种必然性的'道'，是指万物自然有文的法则或规律。"（《文集》，第二册，第 28 页）陆侃如先生逝世于 1978 年 12 月，如果说《刘勰和文心雕龙》的修正得到了陆先生的认可，《文心雕龙译注》对"原道"的进一步解释，显然来自牟世金先生的独立思考。其后，牟世金先生对此一问题又做了更为深入的研究。在《文史哲》1984 年第 6 期发表了《刘勰"原道"论管见》，在《文心雕龙学刊》第 4 辑发表《刘勰"原道"论的实质和意义——兼答刘长恒同志》，此外，论文《〈文心雕龙〉的总论及其理论体系》（《中国社会科学》1981年第2期）和专著《文心雕龙研究》（人民文学出版社1995年版）也都用很大篇幅论述了"原道"论。

在这些文章和论著中，一方面，牟世金先生坚持实事求是，反对钻牛角尖式的研究，与儒道、佛道等说论战，力主"原道"之道并非儒道与佛道；另一方面，敢于弥补或改正自己和陆侃如先生旧说的不足甚至错误，使持论更为允当。在《刘勰"原道"论管见》中，牟世金先生指出："中国古代所说的'自然'，乃天然、自然而然之意，与后世的'自然界'是不同的概念，把'自然之道'的'自然'解作'客观规律'是错误的。"（《文集》，第五册，第249页）"正'自然'为天然，看似寻常，却是研究'原道'论的一大进展。把'自然之道'理解为客观事物的规律，既不符合原意，就无从揭示出'道'和整个'原道'论的真实意蕴。"（《文集》，第五册，第250页）正是对自己与牟世金先生关于"自然之道"旧的解释的改正，使牟世金先生破除了"原道"论的迷雾，认识更为清晰："刘勰所本之'道'，是论文的道，它不是个一般的哲学范畴；'道'之为规律，不是一般的规律，而专指物有其自然之美的规律。"（《文集》，第五册，第250页）此结论符合"自然之道"的本义，更为结实，也更令人信服。在中国古代，儒释道都讲道，然而，只有道家之道以自然为质。《老子》第二十五章所说的"道法自然"，并非说道取法自然，而是讲道的本质即是一种自然的状态。庄子所讲的自然，也主要指自然而然的存在状态，如《庄子·田子方》中所讲的"水之于汋""天之自高、地之自厚、日月之自明"的自然、《淮南子·原道训》所讲的"员者常转，窾者主浮"的自然之势。《庄子·天道》云："天地固有常矣，日月固有明矣，星辰固有列矣，禽兽固有群矣，树木固有立矣。"（郭庆藩《庄子集释》，中华书局 1982 年版，第 429 页）这就是庄子所说的自然物的自然。魏晋时期玄学家所说的"自然"，仍指自然而然、天然无为之意。王弼注《老子》第二十五章云："道不违自然，乃得其性，法自然也。法自然者，在方而法方，在圆而法圆，于自然无所违也。"（楼宇烈《王弼集校释》，中华书局 1980 年版，第 65 页）王弼认为：法自然，就是不违背自然。郭象注《庄子》，也常谈及"自然"。其注《逍遥游》篇说："自然者，不为而自然者也。"（《庄子集释》，第 20 页）又注《齐物论》篇说："自己而然，则谓之天然。"（《庄子集释》，第 50 页）"物各自然，不知所以然而然。"（《庄子集释》，第 55 页）郭象所说的"自然"，既有自然无为的意思，又有自然如此的意思。刘勰所说的"言立而文明"与"旁及万品，动植皆文"，就是郭象所说"物各自然"，是"不知所以然而然"的，此即牟世金先生所说的"万物自然有文的规律"。

其二，《辨骚》篇归属的讨论。刘勰《序志》明确把此篇置于"文之枢纽"。但是自范文澜以来，关于此篇的性质，观点就分为两派。一派认为此篇与《原道》等前四篇一样，是刘勰论文的枢纽，即《文心雕龙》的总论。持这种观点的人甚多，如刘永济、刘大杰、周振甫、詹锳等。另一派则认为此篇是文体论，以范文澜为代表。他以《辨骚》篇为文类之首，属于文体论。陆侃如和牟世金先生最早也认为《辨骚》篇是文体论。《文心雕龙译注·辨骚》即云："《辨骚》是《文心雕龙》的第五篇，从这篇起，到第二十五篇《书记》的二十一篇，是全书的第二部分。这部分主要是就文学作品的不同体裁，分别进行分析和评论。"（《文集》，第二册，第152—153页）《序志》篇"变乎骚"下注亦云："本书第五篇《辨骚》，是专门评论《楚辞》的。自此以下的二十一篇，是就各种文体分别进行论述。《辨骚》的性质和前四篇不同，而与后二十篇相近。"（《文集》，第二册，第785页）到了80年代，牟世金先生不断研讨《辨骚》篇的性质和归属，也在不断修改和调整自己的认识。1981年发表于《中国社会科学》的文章《〈文心雕龙〉的总论及其理论体系》认为，总论只有《原道》《征圣》《宗经》三篇，而《正纬》和《辨骚》虽属"枢纽"，却非总论。把"文之枢纽"的前五篇再分为两类，不始于牟世金先生，早此既有前三篇属正、后二篇属负之论。牟世金先生显然不赞同这种划分，但是却受了把"文之枢纽"分为两类的启发，把前三篇作为总论，后二篇则排除其外。但他马上面临如何解释刘勰后二篇列入"文之枢纽"的问题。牟世金先生此文是这样解释《辨骚》的"枢纽"性质的：刘勰论骚体，实为"论文叙笔"之首，刘勰之所以把其列为"枢纽"有两个原因：第一，"论文叙笔"的二十一篇分别探讨各种文体的创作实践，是为后半部分提炼出理论打基础的，具有论文的"枢纽"性质，故把论文体的第一篇《辨骚》列入"文之枢纽"；第二，《楚辞》是儒家经典后出现的最早的文学作品，在文学发展史上具有承前启后的作用，故其在经典与后世文学作品之间，具有"枢纽"的作用。1983 年收入《雕龙集》的《〈文心雕龙〉理论体系初探》重申了这一观点。

　　1985 年，牟世金先生在《近三十年来的〈文心雕龙〉研究》文章中说："经过近几年来的讨论，至少明确了两点：刘勰自己明明列《辨骚》篇为'文之枢纽'之一，则完全以此篇属文体论是难以成立的；无论持何种论者，都承认五篇'枢纽'以前三篇为主，则以前三篇为总论和五篇皆总论两说就缩短了距离。"（《文集》，第五册，第 316 页）这说明经过一段时间的研讨，牟世金先生已经接受了《辨骚》篇并非只属于文体论的观点。很显然，说刘勰认为"论文叙笔"很重要，就把文体论的第一篇楚辞论放到"文之枢纽"，这种说法理由比较勉强。所以 80 年代中期，经过数年的讨论，牟世金先生已经认

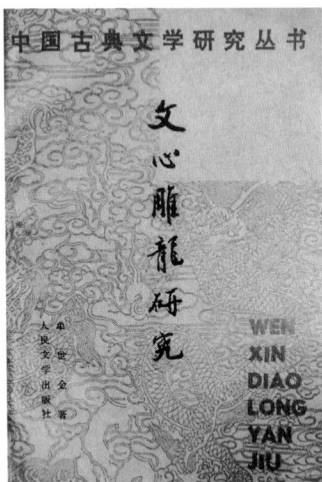

人民文学出版社 1995 年版

识到，坚持《辨骚》是文体论很难令人信服地解释"文之枢纽"的内在理论逻辑。

1995 年出版的《文心雕龙研究》重申了 1981 年的观点："在'文之枢纽'的五篇中，可以视为《文心》总论的，只有前三篇提出的原道论、征圣论和宗经论。此三论和'正纬''辨骚'的根本区别，就在它是贯穿于全书的基本观点，也是全书立论的基本原则。"（《文集》，第一册，第 107 页）然而，牟世金先生用了一节的篇幅专门阐述《辨骚》篇的性质。他首先明确此篇是一篇楚辞论。刘勰以一篇楚辞论作为"文之枢纽"之一，其意义与楚辞的特殊性质有关："照刘勰的观点，《诗经》是五经之一，是'不刊之鸿教'，不能当作文学作品来评论。因此，作为文学作品来说，以《离骚》为代表的楚辞，就是文学史上的第一部作品了。文学作品和儒家经典自然是不同的，所谓'辨'与'变'，其命意的关键，正应从这里去考察；刘勰以《辨骚》为'文之枢纽'之一，正由此透露出重要信息。"（《文集》，第一册，第 212 页）又云："总起来说，

《辨骚》的开篇就提出了楚辞在文学史上的特殊地位。这种特殊地位决定了刘勰不能不以'辨骚'为他论文的枢纽。因此，揭示其特殊地位的意义以及它的特殊性，就是本篇的枢纽意义了。"(《文集》，第一册，第 213 页）虽然在"论文叙笔"一章，牟世金先生仍以楚辞作为开篇，但是显然他在讨论中已经吸收了《辨骚》为枢纽论学者的研究成果，以至把论述的重点放在了《辨骚》篇枢纽意义的阐述上，揭示了刘勰置楚辞于枢纽的深意：楚辞之所以置于枢纽，是因为它在文学史上"轩翥诗人之后，奋飞辞家之前"，具有承前启后的特殊地位。此论是 1981 年文章论点的重申。然而 1995 年的《文心雕龙研究》，并未止步于此，对《辨骚》篇枢纽意义又有新的阐发，从两个方面继续揭示楚辞作为"文"之枢纽的意义。其一，楚辞既"取熔经义"，"亦自铸伟辞"，对后来的文学创作具有典范作用，"衣被文人，非一代也"。论楚辞的深远而巨大影响，这是文体论诸篇所少有的；其二，楚辞是一部"奇文"，具有充分的文学特征。总之，刘勰"本篇试图通过对楚辞的评论，为文学创作树立一个标，而由此转入对文学作品的评论，这就是其论文的枢纽意义。"(《文集》，第一册，第214 页）从对《辨骚》篇的讨论中可以看出，牟世金先生的研究，对自己已经形成的观点既不轻易言弃，同时又十分重视他人的研究，充分吸收他人研究的合理意见，不断修正自己的观点，使牟世金先生的《辨骚》篇及"文之枢纽"研究，不断贴近刘勰理论实际，不断获得深入。

总之，理论体系研究，是 80 年代《文心雕龙》研究的重点，也是难点。牟世金先生在此问题上著力甚大，为推进研究的深入，做出了重要贡献。在研究过程中，他坚持实事求是，立足原著，发掘意蕴；讨论问题，尊重他人的研究，慎重裁衡，惟务折衷，表现出稳重务实的学术品格。这些都为后来的学者研究《文心雕龙》做出了榜样。

（《中国文学思想的跨域探索——古代文学理论研究第五十五辑》，华东师范大学出版社 2022 年版）

第二辑　书评杂撰

考察当今大学人性异化的活标本
——评晓风长篇小说《回归》

　　老朋友肖瑞峰是中国古代文学研究的著名学者。这些年他摇身一变，变为晓风，文字也由古代文学研究的文体文章，变为小说。继中篇小说集《弦歌》《儒风》《静水》后，他又推出了长篇小说《回归》。自然，他的身份也发生了变化，由学者变为作家。其实应把二者综合到一起，称为文学家比较合适。

　　新文化运动以后的学者，大都是学者与作家集于一身的文学家，鲁迅、周作人、朱自清、闻一多、林庚、钱锺书等，可以拉出一长串的名单。本来这应该成为当代学者的基因，可惜的是，我们基本失去了这一传统。学者就是学者，只会写论文体、课题体的文章，不会写小说、戏剧、散文和诗歌。名为文学研究，不知文学创作况味，在学问与文学之间自筑起一堵高墙。晓风越过了这道墙，畅游于小说河流，兴风作浪，是为"晓风"了。当然这是我的理解。

晓风的长篇小说名曰《回归》。"回归"即意味着曾经"走失"。年届六十的东海大学校长、哲学教授薛鹏举退出领导岗位，决心要实现回归：回归平常人的生活，回归"哲人"的生活。具体地说，就是回归学术，回归生活，回归本真。然而这一回归过程是如此之漫长。因为十几年的官场生活，已经使薛鹏举的人性和生活都发生异化。他离开正常的教学、正常的学术、正常的家庭生活，更为甚之离开个人正常的心态，都已经走得很远，而且走失的时间也太久。所以他的回归需要时间，过程也充满痛苦。

从薛鹏举的回归之路可以看到，现代大学的权力运作，现代大学的学术生态，有如下几个方面的走失：

权力变成了交换，走失了权力运行的正常轨迹。薛鹏举校长为了学校学科发展，为其下属徐继忠以礼品贿赂相关人员开绿灯。徐继忠利用这一政策，在争取重点学科和项目方面，实行了钱物与学科发展的实际交易。这就使评审重点学科和项目变了味儿，正常的学科竞争变成了学校与学校的权力交换游戏。

学术变成了交易，失去了学术正常的规范与规则。裴忠明发表两篇论文的过程告诉我们，高校论文的发表，不是凭质量，而是论名头。陈去疾的留校，薛鹏举与王畅的交换条件是申报重大课题；蔡若水到师院任教，交换条件是薛鹏举帮助宫校长申报重大课题。优秀人才留校或到其他高校任教，实属大学正常的人事管理，却都变味儿为各种交换。

当下文学，无论什么流派、什么主义，都应当回到两个真实：一是真实地反映现实生活，反映生活的实质；二是真实地反映现实生活中不同族类、不同群体真实的人性。《回归》表现出了当今高等学校中生活群体的两个真实：人性的真实和生活的真实。《回归》真实地反映了高校的生态环境，高校中人的生存状态。主人公薛鹏举在教学、学术、个人生活、人与人关系等方面，都走到了迷失的境地，其人性已被官场权力体制异化。但他以教授与管理者的双重身份，挣扎着回归自我，这是人性的回归。作者在异化的现实面前留着温情，留存希望，这是一种坚守。薛鹏举的回归很痛苦，但他已经走在了回归的路上，这就是晓风留给我们的希望。

（在晓风《回归》新书座谈会上的发言，2018 年 10 月 28 日）

读刘跃进《中古文学文献学（增订版）》

  中国文学文献学有其特定的内涵，即张舜徽在《中国文献学》中所确定的版本学、目录学和校雠学，其主要内容和任务就是考证典籍的生成与传播。章学诚对中国文献学所提出的"辨章学术，考镜源流"，也是建立在以上内容之上的。按照传统文学文献学的界定，其研究的范畴主要包括：（一）作品总集和作家别集的编纂、抄写和刊刻过程中所形成的版本形态和目次；（二）总集、别集的笺注、评点、校点整理等；（三）正史、杂史、笔记以及其他资料所记载的作家生平事迹、文学活动；（四）诗文评文献。

  刘跃进《中古文学文献学（增订版）》显然是以传统的文学文献学所包含的内容作为主要研究对象的。上编内容集中在介绍此一时期总集的编纂：（一）《文选》《玉台新咏》的编者、成书年代、版本、注释；（二）唐宋以来所编中古文学总集《文馆词林》《古文苑》《文苑英华》以及诗总集、文总集、诗文总集和诗文丛书；（三）有关中古文学研究的其他资料，正史、其他史籍、文献类编等。这些均属于传统文学文献学所研究的范畴。

这一部分充分总结了既有的研究成果，并断以己见，为读者提供了真实可信的信息，如《文选》五臣注三十卷的底本和注音，依据黄侃《文选平点》，推断为萧该《文选音义》；依据《四库全书总目》，断李邕补益李善注之非；又据《崇文总目》《郡斋读书志》《遂初堂书目》等著录，证明北宋初年李善注与五臣注并行，六臣注本比李善注刻本晚几十年，由此驳《四库全书总目》评李注所说"自南宋即未见李注单行"之无据，皆言之有据，判断准确。

但是，《中古文学文献学（增订版）》的论介范围已经不再局限于此。与传统的文学文献学界定的范围相比，有了很大突破。最为明显的是第五章《中古文学的综合研究》。其中，陆侃如《中古文学系年》仍可划入传统文学文献学的范畴，然刘师培《中国中古文学史》之《文学风尚的阐释概括》一节、《诸家中古文学史》一节，显然已经超出了传统文献学的范畴。如《文学风尚的阐释概括》中，关于佛教与中国文学，详细介绍了佛教传入中国的二十条路径以及在魏晋南北朝的传播，然后介绍了孙昌武、陈允吉等专家的十余种研究专著。对徐嘉瑞《中古文学概论》，王钟陵《中国中古诗歌史》，葛晓音《八代诗史》，徐公持《魏晋文学史》，曹道衡、沈玉成《南北朝文学史》的介绍，不仅介绍章节内容，而且有比较精当的评论，尤其是对后两部文学史的优长与创新，有要言不烦而又持平公允的总结。如《魏晋文学史》在内容上的创新：1.论嵇康从人格魅力写起；2.论曹丕"经国之大业"，是杨修最早提出，曹丕只是发挥；3.以"宽松夷旷"作为西晋社会文化环境的重要内容；4.专辟吴蜀文学篇章；5.西晋文化中的佛教、道教影响，史学与文学的关系。几乎是对此部文学史的全部评价。对《南北朝文学史》的评价更为细致：在容量上，开辟了北朝文学史专章，过去忽略的作家有了专门论述，特别是北朝作家，是前人极少触及的。体例框架仍以时代先后为纲，作家作品为目，但加强了概说。文风流变的研究，看到了文学发展的线索，体现了史的特色。文学背景的阐释和文学观念的辨析有许多精彩之见。最后总结出此史"在辩证、求实的分析中自见心意的特色"。这样的章节评介，与其说是文献学，不如说是文学史学更为确切。它给读者提供的不仅仅是文献学方面的内容，如研究此一阶段文学史必读的文献，学术界在文献的发现、揭示与整理方面取得的新进展；还有此一阶段文学本体研究方面的前沿信息。所以，确切地说此书应称为《中古文学研究文献学》。

（在刘跃进《中古文学文献学（增订版）》出版座谈会上的发言，2023 年 2 月 21 日于中国社会科学院文学研究所）

选本与诗的经典化

——写在《新选中国名诗 1000 首》出版之际

　　中国文学史，从一定意义上说，就是文学经典史。经典之所以成为经典，自有其文本的价值所在。但经典之被确定为经典，则是在传播过程中形成的。经典的确立必须经历经典化的过程。一般认为，经典的形成都会有一个历史过程。从时间的维度看，经典是一个自然淘汰的过程，如冯友兰所说，经典是时间老人筛选出来的。但实际看，经典的形成有一个经典化的过程，这个过程不是自然淘汰，而是人为的汰选。经典化就意味着不是作家作品价值意义的自我显现、自然呈现，而是读者品鉴、评论、汰选的结果。经典化的权力体现为政治、教育、传媒和读者的综合作用。其一，官方的指定。历朝历代，权力在经典化过程中所发挥的都是权威的力量，决定着经典的话语权。五经的经典地位，就是被历代统治者指定为官学所决定了的。其二，名家评论。如贺知章说李白是谪仙人，直接影响到唐代及其后历代对李白和他的作品的评价。苏轼对陶渊明的评价，不仅确立了陶渊明的经典地位，也揭示了陶诗的经典意义。其三，载体的传播。这是本文要讨论的重点。

中国古代诗文主要以总集、别集两种形态传播。别集和总集中"网罗放佚"有诗必录的汇集本，是历代作家作品得以存世与传播的基础。而选本的价值主要在于作品的传播、评价与经典化。鲁迅先生曾对选本的重要性予以很高评价："评选的本子，影响于后来的文章的力量是不小的，恐怕还远在名家的专集之上。"（《集外集·选本》）据《史记·孔子世家》："古者诗三千余篇，及至孔子，去其重，取可施于礼义，上采契、后稷，中述殷周之盛，至幽厉之缺，始于衽席，故曰《关雎》之乱以为《风》始，《鹿鸣》为《小雅》始，《文王》为《大雅》始，《清庙》为《颂》始。三百五篇孔子皆弦歌之，以求合《韶》《武》《雅》《颂》之音。礼乐自此可得而述，以备王道，成六艺。"春秋时期传世诗歌有三千首，经孔子"去其重"，其实还有"取可施于礼义"的筛选，保留了现在的三百零五篇，这三百零五篇又都"弦歌之"，进入官方的礼制体系，使三百篇因此而成为经典，那些被孔子删除的诗歌，则几乎全部失传。魏晋南北朝时期，编辑文章总集已成风气。其中梁代萧统编《文选》，在中国诗文发展史上，影响至为深远，其本身就成为选本乃至诗文的经典。唐代文学上承汉魏六朝文学，加之唐以诗赋取士，《文选》是士人学习诗赋的主要范本。宋承唐制，亦以诗赋取士，《文选》仍然是士人的必读书，故有陆游"《文选》烂，秀才半"之语。明清两代科举考试以八股文为主，但也要考策、论、表、判等，清代还要加试诗，士人自然离不开《文选》中的文章范本。《文选》对于作家作品的经典化，至为重要。以元嘉三大家颜延之、谢灵运和鲍照为例，据孙歌的博士论文《"元嘉三大家"经典化研究》，后世选家选三大家之作，多以《文选》所选为参考；三大家为后人所赏的名篇佳句，也大多出自《文选》所录；历代效仿、借鉴三大家之诗，亦多以《文选》所录为典范。《文选》所选的诗几乎成为后人选集选录的必选篇目。因此可以说元嘉三大家的经典化自《文选》开始，而且从一开始，就决定了元嘉三大家的经典价值走向。

还有唐诗选本与唐诗的经典化。从唐代距今的一千四百多年间，不断有唐诗的选本问世，也不断有选本亡佚。孙琴安《唐诗选本提要》从古代类书入手，通过广泛勾稽，共获得唐诗选本六百五十九种，而据我们初步调查，数字还要多，应该有七百余种。在唐诗的经典化过程中，唐诗选本发挥了重要作用。以李白为例，出现于盛唐的唐诗选本《河岳英灵集》，入选李白作品十三首：《战城南》《远别离》《野田黄雀行》《蜀道难》《行路难》《梦游天姥山别东鲁诸公》①《忆旧游寄谯郡元参军》《咏怀》

---

① 按，即《梦游天姥吟留别》。

《酬东都小吏以斗酒双鳞见赠》《答俗人问》《古意》《将进酒》《乌栖曲》。《河岳英灵集》对于李白诗歌的经典化，有两个方面值得注意。其一，是对李白其人及其诗文个性特征的揭示："白性嗜酒，志不拘检，常林栖十数载。故其为文章，率皆纵逸，至如《蜀道难》等篇，可谓奇之又奇，然自骚人以还，鲜有此体调也。""志不拘检"，是对李白思想个性的概括，认为李白思想不受世俗约束，纵情任性。这应该是李白思想个性最早的概括。对李白的诗文，殷璠则概括为"纵逸"及"奇之又奇"。纵逸，即情思与表现风格的奔放不羁。"奇之又奇"，则是李白代表作的独特意象、情感给人造成的出人意表的惊异感。这两个方面的概括，准确把握住了李白诗歌的特征。还有一点，殷璠溯其源头，找到了李白诗文中所表现出的《楚辞》传统。其二，是对李白代表作的遴选。《蜀道难》《将进酒》《行路难》《梦游天姥山别东鲁诸公》《远别离》《忆旧游寄谯郡元参军》《答俗人问》《乌栖曲》等代表作多数在编。而这些代表作又印证了李白"纵逸"与"奇"的风格。还有北宋姚炫编《唐文粹》，收李白诗六十七首，《蜀道难》《行路难》《梁甫吟》《庐山谣寄卢侍御虚舟》《襄阳歌》《将进酒》《天马歌》《乌栖曲》《乌夜啼》《送孟浩然之广陵》《登金陵凤凰台》《望庐山瀑布》《春日醉起言志》《把酒问月》《古风五十九首》之"大雅久不作""庄周梦蝴蝶""齐有倜傥生"经典之作都被选入。这样的选本，由于选者有着极高的鉴赏力，因此通过选篇进一步确立和巩固了李白诗歌的经典地位。

现在，回到韩经太主编，葛晓音、莫砺锋等名家编写的《新选中国名诗1000首》。此套选本分先秦两汉、魏晋南北朝、唐代、宋代、辽金元、明代、清代、现当代八册，除唐、宋各二百首外，其余每册一百首，所以是纵跨古今的诗歌选本。在体例上，有"前言""作者介绍"，作品则有"注释"和"鉴赏"。这套书是当代名家选名诗的有益尝试，同时也不可避免地进入中国历代诗歌经典化的历史进程。

从经典化的历史进程来阅读《新选中国名诗1000首》，我的关注在如下两个方面：

其一，选诗是否经典。古代诗歌尤其是明以前的诗歌，经过了上千年的经典化，哪些是名篇、经典，基本已成定论。选篇表面看来不难，但在名篇中再选名篇，还是有诸多讲究，对选者而言是颇费考量的。是以作品在历代的影响为参照，还是以作品能够代表诗人风格为准？总体看，各选本在二者之间是做了权衡的，因此选篇都比较有说服力。比如唐代两位伟大诗人李白与杜甫，李白选篇十九首，杜甫二十首，在唐代诗人中，二人最多，突出了二者的地位。其次是王维十五首，也与王维在诗坛的水平、影响相当。而且选篇也是公认的经典之作，如李白《蜀道难》《行路难》（其一）、《梦游天姥吟留别》、《将进酒》、《静夜思》、《关山月》、《玉街怨》、《子夜吴歌》（其三）、《长干行》（其一）、《月下独酌》（其一）、《望天门山》、《早发白帝城》、《送孟浩然之广陵》、《送友人》、《夜泊牛渚怀古》、《下终南山过斛斯山人置酒》、《古风五十九首》（其十九），都是经典作品，选者既有精准的眼光，又考虑到了李白诗歌风格的多样性。当然，也有遗憾，如果说《峨眉山月歌》、《望庐山瀑布》、《赠汪伦》、《秋浦歌》（其十五）等诗因为人们太熟，可不选的话，《陪侍御叔华登楼歌》《庐山谣寄卢侍御虚舟》这样既体现了李白豪迈飘逸风格、又有很大影响的作品不入选，从读者阅读的感受说起，终觉不过瘾。

在八部选本中，最难为的是《现当代诗鉴赏》。选者张福贵先生已经认识到："如何从中国新诗百年的历史长河中打捞出 100 首当下读者认同的经典之作，并不是一件容易的事。"而且也提出："这难处不在于时间的长短，而在于经典的理解甚至是经典的有无。"作为现当代文学研究的资深学者，此选本看得出也是经过反复推敲与打磨的，所选作品，都是集中体现了"时代精神"和"艺术审美"的诗作。但也有疑问，雷抒雁是改革开放之初有重要影响的诗人，他的《小草在歌唱》以张志新事件为中心，抒写了一代人的反思与觉醒，有鲜明的时代精神和哲理化的抒情倾向。丢掉了这样的作品，经历过那个时代的读者会有疑问。也有的诗是我个人所不喜欢的，如黑大春的《圆明园酒鬼》，我不喜欢他恣肆、毫无顾忌的倾述。

其二，对经典的诠释。关于经典，我提出了经典的累积性特征。在经典的传播过程中，历代对作家作品的诠释形成了经典的次生层。对于后代的读者而言，次生层也是经典的构成部分之一。经典的新义，多存在于经典的次生层中。选本的意义，不仅在于是经典在当代的进一步确认，还在于对于经典意义与价值新的发现与发掘。在历代大量经典诠释之中做出选择是很难的工作，再生新义则更难。我注意到千首选者在鉴赏诗歌时所呈现出的突出特点，即对有争议的诗意解释选择了折衷的态度和方法。如《关雎》诗的义旨，有诗序的"后妃之德"说，也有胡适的青年男女爱情说。这是两种最有代表性的诠释，前者立足于经学的立场，后者则持现代的民间的立场。赵敏俐先生《先秦两汉诗鉴赏》如何在二者之间择取？他采取了折衷的解释。首先说明"这首诗写一个男子追慕一位美丽贤淑的女子"，显然是接受了胡适的爱情说。但赵敏俐又从"中国文化的层面"进一步发掘其"特殊的韵味"，即中国人的文化理想：女子所采荇菜既是食品又是祭品，描摹女子采荇菜的劳动，暗示了诗人心目中的"窈窕淑女"，既美丽贤淑又勤劳持家，体现了诗人高尚的审美观。还有，由琴瑟是古代高雅乐器，解释"琴瑟友之"，是一种高境界的爱情表达，是一种高尚的生活理想。显然是把诗序的内涵融入对诗的解释了。葛晓音先生《唐诗鉴赏》对李白《行路难》

（其一）中"长风破浪会有时，直挂云帆济沧海"的解释，也采取了折衷的态度。"长风破浪"用《宋书·宗悫传》故事，宗悫年少时告诉其叔宗炳志向："愿乘长风，破万里浪。"今一般多解释为李白此二句表达了他乘长风破万里浪、建功立业的远大志向。但旧注认为"沧海"有其特定的内涵，此句化用了孔子"道不行，乘桴浮于海"一语。所以明人朱谏《李诗选注》解释道："惟当乘长风、挂云帆，以济沧海，将悠然而远去，永与世而相违，不蹈难行之路，庶无行路之忧耳。"两种解释，截然不同。葛晓音先生解释此二句，指出："长风破浪"字面是用宗悫"愿乘长风，破万里浪"以表明自己远大的志向，但是"直挂云帆济沧海"，就不是以沧海之辽阔来形容前程之无限了，"沧海"语意出自《论语·公冶长》，表示隐逸之意。因此她采用了赵昌平先生的解释："末二句是说一旦能如宗悫那样建功立业，便当功成身退，乘舟浮海而去。"这样解释就很顺畅圆融了。

（在《新选中国名诗 1000 首》丛书新书发布会暨"中华诗词与当代中国"研讨会上的发言，2023 年 3 月 27 日）

文学的暖意跨越西东

——淡巴菰散文评析

沉静的写作者

淡巴菰说她既不像有的作家对西方文学流派如数家珍，也不研读各种名家鸿著以求牵引，完全是个不按套路出牌的本能写作者。在我看来，她是有写作自觉的，凭脚踏大洋两岸的经历和一颗善感良知的心，蹚出了一条别致的文学小径。没有自觉，仅凭本能恐怕很难找到适合自己的路径。但她应该是一个沉静的写作者，出道近20年来，有12本书问世，在十来家有人气的国家文学期刊发表作品，可谓小有所成。可她存在得寂然悄然。我分析这有两方面的缘由。首先是地理上的疏离。自2011年起，在国外就职的她远离了本土，自然与这里的文友与圈子相隔遥远。另外，就是她连朋友圈都从来不发的沉静本性。淡巴菰是个删繁就简躲避热闹的人，与那些热衷于获奖和排名的"以文字为竞技者"比，她宁愿关起门来把心思放在码字摄影和莳花弄草上。"萧红只活了三十多岁，一部《呼兰河传》不仅写出来了，还留下来了。如今许多把名声经营得响亮的作家，出版了厚厚文集的著作等身者，有谁的文字真能比肩她那薄薄的一册？"这看似柔弱的女子说话却有声响。

而有些同样寂寂无名的读者在默默喜欢、寻找着淡巴菰的文字。"我看哭了！——得知父亲在小县城闭上眼睛的中国女人，开车经过那靠着电线杆乞讨的美国大兵。她知道，退伍的父亲也有一件和这大兵身上一样的浅褐色衬衣。掏出一张纸币隔窗递出去，那一瞬，车里的人泪流满面，接过钱的人望着她无从问起……无论什么族裔国别，人与人之间的真情好温暖！"这是一个女大学生读到《搁浅在沙滩上的那些鱼》时在网上发布的心声。淡巴菰的读者除了大批的年轻人，更有银发族。一位内蒙古的老教师在图书馆第一次读到了她的书，便让孩子凡淡巴菰的书就买，后来加了她微信，知道《瞧这群文化动物》《听说》《一念起万水千山》《写给玄奘的情书》也是出自她手，只不过当年用的是本名李冰，便上孔夫子网——购得。老人给她的留言简单又深刻，"大洋两岸各色人等，你俯拾的全是打动人心的亮光"。

在我看来，淡巴菰的散文之所以能感动读者，是因为她的作品充满着温情，散发出暖意，写出了天地人间最根本的一点——世态人情。而这也许就是文学万世不会改变的根性，"在这脆弱的世界中，一切有人性的而且只包含人性的东西都具有一种更加热烈的意义"，加缪说。无论什么国度、什么地域、什么民族，也无论什么文体、什么题材，或者变出什么花样，有此根性才能在文坛立足，才会拥有读者。

念旧的情愫

淡巴菰35岁那年，不甘心再当记者，也许是受了两位作家的"蛊惑"。女作家虹影读了她的文字后非常率真地说："你的文笔非常独特，只当记者，多么可惜！"莫言和她对话后，看到两个整版的文字，欣然赠书题赞："李冰小姐，笔下有灵气，果然是才女。"正是因为这些真诚的鼓励，使她毅然辞职回家写小说。半年后，完成长篇《写给玄奘的情书》，中篇《项链之痒》在《江南》杂志作为头条刊发，并被《小说月报》选用。同时，她在《北京文学》发表了两篇颇为好看的散文。

《那个叫林赛的唐山妞儿》是因为一个相熟的实习生离开报社后失联而写。这篇散文初露淡巴菰写人的能力，在她的笔下，那个找男友要"有钱，好看，能力要强"的洒脱姑娘跃然纸上。但我更关注的是作者念旧的情愫，它似一片淡淡的轻烟薄雾笼罩着文章，而这在她后来的散文中也会常常显露。她写故乡那些出土的旧物。"春天回去给父亲扫墓，临回北京，有着怀旧癖的我迫不及待地跑去参观。汉代的陶罐、陶俑、陶马，唐代的三彩罐、风字砚，宋代的彩罐，辽代的银壶，元代的四系瓷罐……每一件都令我叹息连连，不同于美国大都会博物馆和法国卢浮宫那些漂洋过海收藏集纳的文物，它们，都来自不远的十里八乡的土壤下面。因而这小小的地方博物馆，更像一个农家的耳房———石斧、弓箭、碗盆罐杵、佛造像、泥砚台，摆挂着的无非是些爷爷用过的劳动狩猎工具和奶奶每日给家人鼓捣三餐（如果那时人们吃三餐的话）的炊具，以及过年祭祖和孩子们习字的工具。边走边看，我似乎回到了几千年前和祖先进行着无言的对话。"（《流浪之殇》）这样的文字，只能出自一个念旧而又有着良善细腻性格人的手。其实念旧既是一种情感记忆，又是一种挥之不去的挂怀，如同酒之陈酿，不仅日久生文，还会日久生香，它应该是散文作者必备的质素。

另一篇《有美人兮》是写与之相伴四载的美洲蜘蛛。"这是一只蜘蛛，约七八公分长，肚子有成人的中指肚大，全身棕粉色，尤其是头至肚子之间，那粉色渐变成了玫红。如果是在阳光下，从头到脚根根竖起的白粉色绒毛，颇有几分细腰蜂臀的柔美。"美人走后，她拒绝再找相似的来养，"那个注定与我相伴数载的美人儿，世间只有一个。我知道我其实不单是不舍这小虫子，而是悲伤于一种陪伴的结束。世间充满险恶不测，人类自私狡诈，能找到一种从来就无害的物种其实是何其之难！它甚至不同于猫狗类宠物，它不需要你太多关注，它亦不需要向谁讨好。它只是静静地在那小小一隅。你要它陪，它就在那儿。无论去哪儿，只要你带它，它绝不添加一丝一毫麻烦。我从不期望它与我有任何交流，在我累了倦了烦了，望它一眼，它就像个生命的记号，如树上一块不知从何时结在那儿的疤，就那么默然地存在着。不同的是，它是有呼吸的生命。无辜，不争，它活在它自己的世界里，也活在我的世界里。"在这篇文章中，我捕捉到了作者万物皆刍狗、众生平等的态度，即使是一只小虫，仍给予它伴侣般的情感。在以后的书写中，万物都能引起她专注的好奇与情感共鸣："树是有性别的，漆树无论如何高大粗壮，那垂柳般的丝绦让人毫不怀疑它是阴性的；棕榈树没几个叶片，却将军一般挺拔高大直指天宇，那是男性无疑。"（《在洛杉矶等一场雨·序》）她写阳台上那棵由果核变成的小树："算算，也该挂果当母亲了吧？我怀念与鳄梨有关的日子和散落天涯的朋友们。"（《与鳄梨有关的日子》）不因为我写你，我就是上帝；不因为我是人，彼是物，我就尊贵。我与世间的万物是伴侣，伴侣般的倾诉，朋友般的对话，情侣般的凝视，不因族类而疏离，不因种群而隔膜，在淡巴菰早期散文所初露的思想，延续到其异域写作的文章中，并得到放大。但《有美人兮》还是离不开念旧，珍惜人世间注定与其相遇的一段时间、一个生命，她把这种相遇与陪伴视为个人生命的一个记号。由此，念旧的情愫中显现出作者基于个体生命的思考。

人性无问东西

十年前，淡巴菰因做外交官去了美国。异国游走的经历拓宽了她的眼界，异域的文化打开了她的心境，但她对世事人情的好奇和关注，却没有改变。我注意到，此时她对世事人情的观察，对事物的评判，跨越了东西文化的界域，而且远远大于喧嚣在今时的利益考量。

在此之前，我也读过不少现当代作家旅美游历的作品，固然不乏优秀之作，但也不乏"到此一游"的篇什。淡巴菰沉潜到美国社会生活的诸多层面，记叙了当下美国生活的林林总总，以观察之深入、笔触之细腻而见作者的功夫；描写之有现实感、现场感而见淡巴菰的散文特色。加缪说"绝对写实主义是绝对的神"，对散文来说，尤为重要。《烫嘴的口罩》写新冠疫情开始时美国的百姓。一位老大爷去沃尔玛不戴口罩，被门口的保安拦在门口，于是上演了一场滑稽得令人哭笑不得的动作戏。他趁人不注意，像足球运动员一样冲进商场。牛高马大的保安左拦右阻，他左突右冲，发起三次进攻，终于闯到商场中心。而德国呢，一家医院的医护人员裸体出镜抗议缺乏基本的防护措施。全身赤条条的医生、护士，只用听诊器、解剖骸骷甚至卫生纸遮住私部。打出的标语是：我学会了如何缝合伤口，为什么现在我还要学会缝制口罩？这几乎就是现场的活报剧，生动地展现出疫情突来时百姓的惶恐，社会的无措。而裸体游行，是只有西方才会发生的文化。淡巴菰的散文所展现的异域文化和社会生活，因不同于中国的新异特质而吸引读者，又因为异域文化与中国文化的"人同此心"而获得读者亲切之理解，她的作品由此而显现出独特魅力。其展示的广度与开掘的深度，据我的阅读视野，在同类题材中也并不多见。

淡巴菰写自美国的散文依旧关注人——美国人。她把来自不同国度、不同文化"合众为一"，却又呈现为丰富的文化品格和个性特征的美国人，活灵活现地呈现在读者面前，使我们感受到美国人民的个性与生活态度。

淡巴菰关注身边的美国人，写他们的众生相。在她的笔下，有帽子上别满徽章，"不是把食物上撒点糖，而是把糖上撒点食物"的美国老人（《发生在维加斯，就留在维加斯》），有挂着"本摊所有物品只能以标价成交，拒不讲价"的跳蚤市场小贩（《跳蚤市场上空的鹰》），有"黑着一张脸，肩膀半倚在门框上，一副无赖嘴脸"的不讲理包工头（《隐形的护佑》），有日子过得总是很拮据，"把挣来的钱都花在了两件事上：付房租，买书籍"的老书痴（《在洛杉矶邂逅毛姆》）。

淡巴菰还把脚迈进美国的历史褶皱中，去寻找这个年轻国家的过去。她去荒野探访废弃的兵营，"如果有人问我，去一趟洛杉矶，有什么生僻但有味道的地方可看？我会毫不犹豫地脱口而出：Fort Tejon——一座建于1854年、群山环绕中的废弃军事堡垒，如今虽被辟为加州州立公园，却因地处荒野，它仍和一百七十年前一样，与那古橡山峦一起，缄默、忠诚地为美洲大地上的历史做着注脚，虽然当年那些有血有肉或快乐或痛苦地活过的白人、印第安人、墨西哥人都早已 ashes to ashes, dust to dust（尘归尘，土归土）。"（《一枚联邦军服上的纽扣》）她去探寻1875年由1500个中国人在美国建的铁路隧道："手机信号消失，窗外瞬间成了黑夜，钻入隧道的火车像驶入了时间真空一般令人恍惚。我轻闭上眼，不再挂念我那断翅的蝴蝶，而想象自己身边正有那150年前的先民忽悠着擦肩而过，我真想对他们说：嘿，哥儿们，well done（干得漂亮）!"（《在洛杉矶隧道与先民擦肩而过》）"而让我印象深刻的是他的目光，有点不识人间烟火的书生气，却又深邃高远，带着军人的果敢和诗人的梦幻，好像他在穿越红尘，打量着世界的终极未来。他那戴着肩章和胸徽的制服和他的过人军事才华一样令人瞠目。"（《用剑在中国历史上刻下英名的美国人》）写的是当年帮孙中山推翻帝制的美国军事天才荷马·李。

淡巴菰习惯于穿梭在大街小巷，与邻里街坊甚至不相干的人对话。对话中多见不同文化的理解与默契，自然也会遇到不同文化的碰撞。《喜欢跳舞的哥伦比亚男孩》中，写一个上门安装玻璃窗的男孩，那是比她儿子不过略长几岁的非法移民，他与作者如此交谈："我们哥伦比亚人喜欢跳舞。在地上、床上，哪儿都跳，我可以教你。"机智却明显充满挑逗。作者并没有因为受到冒犯而羞愤地赶走他，而是直接挑明话题："你这样随便，不怕染上性病？"然后耐心地听那男孩讲他的生命故事。"你的文字透着做人的大气"，一位刊物主编为此对她刮目相看。这段故事可以看作一个女性化解危机的机智，或者是一个作家探究人物心灵轨迹的老到，但是我感受到的是她对待异质文化的平心静气。

这种几近精致的描写与深入挖掘，也不仅只是因为作家遭遇了，探访了，留意了。在疫情险恶和政治的缠斗乃至战争硝烟的弥漫中，在信息爆炸和大数据的控制下，人类，有时是某些族群，有时是某些个体，日益被单向的信息所裹挟，进入自己的信息茧房，在缠绕中日陷偏狭。非我族类似乎成了不同文化背景下生活的人们最为惯常的心态。而淡巴菰秉持着人类情怀视野，其人其文所展现的是对异质文化报以善意的理解与包容。在世界向何处去、人类向何处去的喧嚣中，展示了一个中国作家的情怀与境界。

用心肠写作

作家木心认可两位作家，是他们以"有心肠"而写作。"安徒生有这个东西。他用心肠写作。有金光，有美彩。一个饱经风霜、老谋深算的人。""都德可说以心肠取胜。这个人一定好极了，可爱极了，模样温厚文静，敏感，擅记印象，细腻灵动。偶现讽刺，也很精巧。其实内心热烈，写出来却淡淡的，温温的，像在说'喏，不过是这样啰'，其实大有深意——也可说没有多大深意，所以很迷人。"

有心肠当然首指为人之良善。淡巴菰的文字之所以取胜，就因为她以笔写心。她的心和笔都是带温暖带火苗的，不热烈，却让你隔着很远就感到了它的存在。她的爱和温暖没有拣择，从骨肉至亲到陌生的乞讨者，她都用真情以对。《盛放的百合》写父亲与百合的两次相遇。淡巴菰把失去父亲的悲痛融入对百合的平静叙述中。父亲病重时，作者与侄子徒步为父亲买回来的"最好的百合"，插在花瓶里，可那本就鼓胀的花苞，到头来却像一条条饥饿而死的蚕蔫萎了。花被扔掉，父亲没能见到花开就被埋在了地下，生活仍然在继续。若干年后，她又买回了一束百合，未留意间百合突然开花了，她立马感受到了父亲遗像对绽放百合的凝视，花也有悲悯之心，满足一个父亲看花的心愿。百合的枯萎、盛开与父亲的逝去、遗像的微笑，在现实中是偶然的聚合，而在作者的笔下，人与花遇合的叙述，则融入了作者失去亲人巨大的悲痛和甚深的思念。

对亲人如此，淡巴菰对旁人也都怀有仁爱之心，甚至非我族属的他国人。淡巴菰的一篇散文写她得到一个星巴克的法式咖啡壶经历。她在洛杉矶，某天去打网球，在空无一人的球场长椅上看到一钱包。打开看到里面有厚厚的一沓现金，足有上千美元。有一个学生证，可没有联系方式。按里面一张名片打过电话去，对方是个银行业务员，他说每天发出上百个名片，无法提供任何线索。尝试了许多办法，最后在脸书上找到了那个学生的名字，一问，他果然是那焦急的失主，刚刚中学毕业，钱包里是亲友给的毕业礼金。那千恩万谢的男孩后来和叔叔一起前来取钱包，道谢的礼物就是这个咖啡壶和一包咖啡豆。似乎是一个很平常的拾金不昧故事。"我相信他未来遇到这种情况也会这么做。善良是可以传递的。"淡巴菰写道。她写这个故事就是为了善良可以传递的愿望。

有心肠，还表现在淡巴菰散文中亲吾亲以及人之亲、爱吾爱以及人之爱的悲悯情怀。她刚到美国时认领资助了一个玻利维亚小孩——泰勒，三岁，母亲死了，跟着父亲和姑姑生活。他父亲一个月的收入是19美元。淡巴菰看到了他的简短的介绍，毫不犹豫地签了认领协议，每个月自动从银行账号寄出18美元，想一直资助到他大学毕业。没想到三年后，中间牵线的教堂叫停了对泰勒的资助，理由是他的家人搬到了另一个教区。淡巴菰一想到那个孩子就怅然若失，她写道："我不是多么高尚，不过推己及人，想到如果那是我的儿子，我在地下岂能安心？"亲吾亲以及人之亲、爱吾爱以及人之爱，化自孟子的"老吾老以及人之老，幼吾幼以及人之幼"，中国还有一句老话"将心比心"，不是基于某个理念或宗教，只是把来自对亲人的情感推及到他人身上，这是典型的中国人的悲悯之心。

《搁浅在沙滩上的那些鱼》讲述她与一个美国退伍军人的相遇。作者从美国退伍军人那身姜黄色的衬衣，想到当兵的父亲也有一件。"这是怎么样的一个巧合？一个失业乞讨的美国退伍兵，在街角偶遇一个中国女子，她有一个刚刚升天了的中国退伍军人父亲，是什么样的命运之手让他们俩有了某种看不见的关联？佛家说，人活着就是受苦。可偏偏让我，从地球的南北两侧，同时见证着他们的苦。泪水止不住地流了一脸。"此篇文章生动地描写了作者"将心比心"的心理活动，正是这样的心理才会使作者写出温暖人心的文字。

艺术家的敏感

最后我想说的是写作才华。在现代女性作家中，不乏对生活敏感而又善于表现的才女，比如萧红和张爱玲。她们善感，细腻地体味生活，升华出自己的情感和思考，同时又具有足够独特的表达能力，因此而成大家。我很欣喜地看到了淡巴菰朝这一方向努力的潜能，她显然是具有写作才华的，就像一些演员的本色出演，文章无需过多雕琢即可观。

淡巴菰的写作才华显现为她对生活的高度敏锐，而这一敏锐又表现为她对生活似乎有天然的艺术化投入。古人所说的"感时花溅泪，恨别鸟惊心"，在淡巴菰的文字中真是俯拾皆是。此即是她不仅把"艺术生活化"，而且已然把"生活艺术化"的证明。否则她如何涉笔成趣，处处呈现人生感悟的鲜灵，把文字变得如此具有诗意？

她极爱植物，写到它们便是栩栩如生地自然流淌。《在洛杉矶等一场雨·序》写凌霄花"爬满了二层楼高的西墙，似乎听到火红的小喇叭们吹得响亮悦耳"，这还是落满俗套的比喻。但她写那家紫槭花树"开得浓烈，最正宗的紫色，大面积涂抹在整个树冠上，衬着瓦蓝的天，像梵高的灵魂在空中执拗地挥霍颜料"。梵高灵魂的比喻，虚中见实，出人意表的新颖。《在时间的沙尘中起舞》把风车茉莉和百岁樱花放在春天幽静的山谷中描写："在山谷里幽居，却并不感觉时光怠慢。这南加州虽少雨，四季的更替却也鲜明。这不，几声春雷滚过，雨水以云朵为花洒，让山谷里的一切生灵冲了个痛快澡。一夜之间，春天不期而至了。廊前的风车茉莉蛇吐信子一般把廊柱从头到脚攀缠得严实，枝条上嫩黄的叶芽比刚泡好的明前龙井还诱人，花没开，似乎香气已经四溢。街对面邻居家那株百岁樱花一扫冬日枯干面目，花团如雪似霞，在春风中起舞，累了倦了也不对兄弟姐妹牵肠挂肚，径直撒手坠落去亲近大地母亲。有些中途变卦，结伴飘落到主人的车上。第二天，城市里就多了一辆载着一车顶粉白花瓣的小红车，引得许多人驻足侧目。我看见春天了！——一个踩着轮滑的少年说。"是用花装饰春天的明媚，用花写幽居中对季节的敏锐感受，让我不由得想起萧红写她祖父的后园，那一拍大树都会响的阳光灿烂的后园，让人过目不忘，如身在其中。

淡巴菰喜爱植物应该来自她热爱大自然的天性，在自然面前，她不仅仅在观察，而是用心倾听，用灵魂感受。《哑巴蝈蝈》写蝈蝈："蝈—蝈—蝈……没有指挥，这合唱声浪却如此有弹性，动听一如丝线轻拂金箔，从我身后传来，渐行渐近，由轻柔变得强健。我愣怔了两秒，扭身回头看去，只见眼前金灿灿的一团，云朵一般，随着一辆自行车的前行飘然而至——那由上百只蝈蝈组成的流动乐队，正和谐欢快地唱着大自然的弦歌。它们带来的，似乎又不是歌声，而是一块散发着庄稼清香的碧绿田野。"先是描写渐行渐近、由轻变强的声音，而后才见金灿灿的一团云朵一般，分析写作技巧，切合场景次序。而从心灵感受看，此段描写真实地呈现出作者心灵之触觉的敏锐和细腻。下面的描写由动态转为静态："我把它们挂在客厅向阳窗子的把手上。阳光斜照进来，洒在笼子和两个小家伙身上，它们一动不动，像两只翠玉雕出的案头清供。"只有一个真正喜爱自然、又会欣赏自然的人，才会把其中的一虫一草都写得如此传神。

写景如此，写人更为精彩。《与鳄梨有关的日子》写教会她吃到最美味的鳄梨的日本女子："她坐在我对面，手背上几道黑色印第安纹饰让人不解其意，但衬着她细瘦的骨节和细腻的黄皮肤，透着几分神秘。与人交谈时，她的单眼皮下狭长的眼睛总是略带吃惊地瞪视着别人，有着因熬夜或吸烟过多的眼袋，扬起眉毛时便有明显的抬头纹，有几分风尘感。"《希尔顿的时光分享》写一位销售人员："如果在街头或酒吧遇到 Dino，我会以为她是个电影明星或模特女郎，最起码也是个靠晒时尚晒美好晒幸福而拥有几百上千万 fans 的网红。金发如缎子披散在肩头，明眸皓齿，笑容大方甜美，紧身的烟灰色连衣裙勾勒出完美身段，纤腰翘臀，让女人看了都不由艳羡。可她还真不是，她是希尔顿酒店的一位销售人员。'看，这是我儿子的照片，今年八岁，好 cute 对吧？我怀他时 42 岁，我本以为自己是最老的孕妇了，上个月突然听我们的邻居说她怀孕了，56 岁！老公 63 岁了……my God（上帝），我刚听说也和你一样吃惊，你看她的眼神，哈哈……'Dino 坐在电脑桌那端，开心地用手指着我冲 Jay 大笑，那眼神放松、友善，又带着些微不确定的审视。我知道她在营造一种轻松的气氛，却又谨慎地拿捏着分寸，以求一切适度。"这都是小说的描摹笔法，而在淡巴菰的散文中随处即是。还是上篇写刚到美国初尝牛油果："用小勺轻挖下去，其质地丝滑细腻如黄油，放入口中品味，却远没看起来那么诱人。它既没水果或甜或酸让味蕾与内心俱满足的滋味，也没蔬菜那似乎与生俱来的植物的芬芳。没错，像对待一勺冰淇淋一样细细咂摸，它确实有一股若有似无的清爽，可很快，口中便有一种肥腻之感，是肥油和肥皂混在一起的可疑。你要立在那儿愣几秒，理性地调动大脑功能，告诉自己这是特别健康特别受欢迎的鳄梨，继而，你咽下这一口，身体直接给大脑的反馈是：你确定吞下的是食物?"她的味觉如此之细腻，描写如此之细致入微，小说中会很常见，散文却罕见，显然是淡巴菰的散文挪用了小说技法来强化描写。下面的例子也可以证明这一点判断。"话音未落，只听咕咚一声，我们闻声扭头望去，其中一位爷们儿已经仰面躺在了地上。其同桌酒友似乎也并不慌张，反倒微笑着七手八脚将其扶起，安顿在硬木凳上，继续吃喝谈笑。从车间主任儿子的婚礼，到延迟退休的传说，从先前的'大酒缸'，说到猪肉价的起落。出溜桌子的那位则面色潮红地坐着一声不吭，不知是因为羞愧，还是真的喝高了。"(《在僻巷小馆，把酒言欢》)作者惟妙惟肖地表现出这喜感十足的一幕，像黑白老电影一般推向遥远，然而却又如此之真实，轻轻松松地把读者带入现场。淡巴菰阅读面很广，坦言最喜欢的作家却很有限，她钟情毛姆、福楼拜、哈代、马尔克斯等文学天才，我发现她的散文确实受到了这些小说家的影响。

淡巴菰说她很幸运，"享受用文字记录人生。一百年后，即使，哪怕，只有一个人偶尔读到这些文字，想一想当时有人这样活过，那就不枉我这些码字的时光"。如今因采访搁浅在美国的她把每天的见闻经历都记录下来，这生动有趣的三十万字应当是另一本散文集的素材。而她又开始过写小说的瘾。"写散文就像闲庭信步，记录寻常又有趣的过日子。写小说就像出门旅行，总有些戏剧性的意外和冲撞，更有构思上的弹性。"无论写什么，我都相信她一直会做那个捡拾柴火传递温暖的人。

（原载《当代文学研究》2023 年第 3 期，收入本书时有改动）

李白传

在此人世间，有的人生仅一世，死则"身与名俱灭"，化为一抔黄土而已。有的人非为当世生，亦为万世生；不惟为本土生，亦为世界生，唐代伟大李白即是。唐代诗坛群星灿烂，李白光芒四射，掩抑群辉，"李杜文章在，光焰万丈长"（韩愈《调张籍》），李白的诗歌，不仅是中国文学史上悬诸日月的艺术瑰宝，也是世界文学史上永映千秋的文学遗产。

川之子

如果说，李白的诗歌因其深微的艺术底蕴，永远使人体味无穷的话；那么，李白的家世和生平，则因文献记载的匮乏和历史传说的广泛而离奇，而成为一个破解不了、永远具有特殊吸引力的谜。

唐武周长安元年，即公元 701 年的某个夜晚，一位母亲即将临产。她做了极为奇异的梦：太白星从天而降，撞入怀中。醒后，即产下一子。因此梦，父母为这个新生儿起名李白，字太白。太白又名长庚，即启明星。此说见于李阳冰的《草堂集序》，亦见于范传正《唐左拾遗翰林学士李公新墓碑并序》。李阳冰是李白族叔，范传正是李白友人范伦之子，曾见过李白的孙女，二人听到的李白出生故事，当直接来自李白或其后人。说李白是太白星转世，是人们的附会，但梦太白星而生李白，当可信。李白的先人，字其太白，既是为了纪念李白出生之奇，也应该有其美好寄托。所以，李白一出生，就有了传奇色彩。

　　关于李白的生地，也有不同记载。旧说李白生于蜀地的彰明县青莲乡，即今四川江油。李阳冰和范传正都明确说李白是李客自西域逃蜀后所生，李白的朋友魏颢《李翰林集序》也说李白"身既生蜀"。三人之中，李阳冰和魏颢与李白有过密切交往，范传正也做过调查，亲访李白后人，得到过李白儿子伯禽手书十数行家事的记载，三人之说最具权威性。1923 年胡宜琛始对李白出生地提出怀疑。问题也是出在李阳冰和范传正的序。李白于肃宗至德二载（757）写的《为宋中丞自荐表》，称自己时年五十七岁，上推至武周长安元年（701），是李白的生年。据李阳冰、范传正序，李白应是东晋时西凉武昭王李暠的九世孙。李暠称自己是李广的十六代孙，所以李白自称是汉飞将军李广之后。隋朝末年，李白先祖蒙难，流离碎叶。碎叶，唐时属安西都护府，现则在吉尔吉斯斯坦境内。李白一家神龙初年（705）逃至蜀地，此年李白已经五岁，应出生于西域的碎叶城。所以陈寅恪颇疑李白本为西域胡人，至中国后方改李姓。郭沫若《李白与杜甫》又否定了胡人说。李白是否胡人，是个谜。为了解决生于蜀与神龙初逃归于蜀的矛盾，清人王琦猜测"神龙"或为"神功"之误。神功是武则天称帝后的第九个年号，即公元697年。魏颢《李翰林集序》称李白"眸子炯然，哆如饿虎"，似乎生得神采特异，非同常人，李白的父亲李客，生平事迹均不详。从李白挥金似土的生活，研究者推测其父是个商人。

李白出生何地其实并不重要，重要的是其先居于碎叶以及李白少时在蜀的两个截然不同的文化背景。在这样的家庭里，李白受到了传统与非传统的教育。

李白少时的教育自然以读书为主，而且读书很早，李白《上安州裴长史书》说："五岁诵六甲，十岁观百家。"汉代人"八岁入小学，学六甲、五方、书计之事"（《汉书·食货志》），而李白五岁就开始学习小学课程，十岁已经可读百家诸子，可见其发蒙之早。与普通人相比，李白不仅读书早，而且杂。《赠张相镐》其二说："十五观奇书，作赋凌相如。""百家"之中，当然应该包含儒家的经书，《唐才子传》说他"十五通五经"。李白一生热衷于建功立业，兼济天下，自有其儒家思想渊源。在正宗的学业中，诗文辞赋也是要学的。尤其是蜀地有司马相如和扬雄等辞赋家，他们对李白一生都有重要影响，"余小时，大人令诵《子虚赋》，私心慕之"，少年时就以之为榜样，作赋与其比试高低了。然而，所谓"奇书"，当指儒家经典之外的非正统的书。李白小时候的教育是比较随意的，接受的思想也比较驳杂，不主一家一派。虽然没有文献记载，李白此时所读之物，也应有道家和道教的典籍。在李白所接受的思想影响中，有深厚的道教神仙的思想。据《彰明逸事》记载，李白在这一时期，还曾向"任侠有气，善为纵横学"的赵蕤学习纵横术一年有余。纵横术乃王霸之术，赵蕤所著《长短经》就是此类著作。

壮年的李白曾写《嘲鲁儒》诗讽刺"白发死章句"的儒生，其实少时的李白，就不是一个安分的读书人。一面读书习文，"常横经籍书，制作不倦"（《上安州裴长史书》），一面开始了他早期的社会活动。李白《感兴八首》其五诗云"十五游神仙"，诗人求仙访道始于此时，且成为一生的兴趣。他在戴天山读书时期所作的《访戴天山道士不遇》，证明他这一时期就与道士有了交往。"无人知所在，愁倚两三松"，不遇道士的惆怅，最有说服力地表明了诗人与道士在情感上的亲近。李白此时写有《听蜀僧濬弹琴》诗，亦可见诗人与僧人交往的踪迹。传统的文士多尚儒雅，李白却喜仗剑任侠，在蜀中就学过剑术。李白《上韩荆州书》说自己"十五好剑术，遍干诸侯"。范传正《李公新墓碑》说："少以侠自任，而门多长者车。"刘全白《唐故翰林学士李君碣记》也说他"少任侠，不事产业"。李白甚至有任侠尚气、杀人红尘之举："结发未识事，所交尽豪雄。……托身白刃里，杀人红尘中。"（《赠从兄襄阳少府皓》）如果只是李白一家之说，那么他的"大言"是不足信的；但李白友人魏颢在《李翰林集序》中说他"少任侠，手刃数人"，就使我们不能不信了。李白不少诗中，也有杀人的描写，《结客少年场行》："笑尽一杯酒，杀人都市中。"《侠客行》："十步杀一人，千里不留行。"《白马篇》："杀人如剪草，剧孟同游遨。"文学中的少年剑侠，或许就是他个人少年生活的写照。唐代士人有干谒之风。开元八年（720），与张说齐名并称为"燕许大手笔"的苏颋出为益州长史，李白遂于道中投刺。苏颋甚为欣赏，称李白"天才英丽"，对群僚说，此子"若广之以学，可以相如比肩"。此时李白年方二十。

青少年时期的李白，受到的是一种比较特殊的教育。儒、道、纵横，兼收并蓄，接受各种思想的态度通脱随意，思想结构的形成就呈多元。李白一生积极入世，立业建功的理想始终不泯，是为儒家思想。尚气任侠，喜谈王霸之术，是为纵横家思想。蔑视爵禄，粪土王侯，寻仙访道，追求自由，是为道家思想。李白思想结构的多元特点，虽然是在他一生坎坷经历中逐渐形成的，但其青少年时期接受的教育，显然奠定了重要基础。青少年时期的李白性行就很特异，与其说他有文士气，倒不如说他更多豪侠之气、英雄少年之气。

仗剑行

李白是有天下之志的人，"以为士则桑弧蓬矢，射乎四方"。这样的一个青年才子，恰恰又生当大唐帝国的极盛时期，著名的开元、天宝之治，就浓缩在李白的青少年时代。强大的国势，对李白的世界观产生了重要影响，确立了他"申管晏之谈，谋帝王之术，奋其智能，愿为辅弼，使寰区大定，海县清一"（《代寿山答孟少府移文书》）的英雄意识。所以出川去寻找更广阔的天地，其势已如箭在弦上。

开元十二年（724）秋，二十四岁的李白，结束了蜀中生活，"仗剑去国，辞亲远游"，像一只六翮劲健、欲搏九天的大鹏疾飞出三峡，第一次也是永远地离开了他的家乡。李白沿长江出川，写下《峨眉山月歌》："峨眉山月半轮秋，影入平羌江水流。夜发清溪向三峡，思君不见下渝州。"四句诗，入地名者五，清晰地勾勒出此行的路线：峨眉山——平羌江——清溪——三峡，到达渝州，即今重庆一带。江行胜景随韵自呈，既见出川充满希望之喜悦，亦寓依依不舍故乡之情，炉锤之功老到，然自然流利，古今目为绝唱，只此首就已经展现出李白诗人的天才。

李白出三峡后的第一站是荆门。在此处他幸运地遇见司马承祯，司马承祯说他"有仙风道骨，可与神游八极之表"，引以为同道。司马承祯何许人也？他是道教茅山派第十二代宗师，两度被召入宫——睿宗召入宫，事之为师；玄宗迎入京，亲受法箓——是两代皇帝的老师。他称李白有神仙气质，给予这位年轻人很大激励，因此他创作了《大鹏遇希有鸟赋》，以喻其志。此赋是李白的成名作，广为流传。其后李白又修改为《大鹏赋》，礼赞逍遥于天地之间的大鹏。李白天宝初应召入京时，此赋已经家家都有收藏，产生了巨大影响。而李白也把大鹏作为个人的精神象征，在《上李邕》一诗中，李白以大鹏来比喻自己不同于世人的"殊调"："大鹏一日同风起，扶摇直上九万里。假令风歇时下来，犹能簸却沧溟水。"上摩苍穹，逍遥于恍惚虚无之场的大鹏，在《庄子》中，是作为逍遥浮世的理想而出现的。但是李白却赋予它特殊的意义，既表现了诗人对自己奇才的自许自信，又表现了他不受世俗羁约的性格。李白临终作歌，"大鹏起兮振八裔，中天摧兮力不济"，又把自己比作中天摧折的大鹏，以表达绝世才华不得其用的遗憾。

出川后，李白多事异举，蓄其声名，以求引起朝廷的重视。这些异举有任侠、求仙访道、隐居和干谒州郡长官。开元十三年（725），李白与友人吴指南同游洞庭。吴指南死，李白"炎日伏尸，泣尽继血"，埋葬了友人。后数年，又来湖边，起出尸骸，用布包裹，徒步百里，背到鄂城埋葬。由此可见他的侠肝义胆。开元十四年（726）李白东游吴越，途经江西，登庐山，观瀑布，作《望庐山瀑布》二首。一首是五古，另一首为七绝："日照香炉生紫烟，遥看瀑布挂前川。飞流直下三千尺，疑是银河落九天。"以银河落九天拟瀑布之状，乃天外之奇想，以此成千古名篇。李白吴越之行，先到金陵（今南京），带着家僮丹砂与小妓金陵子，过了一段谢安携妓东山的风流生活，因此被人称为"李东山"。然后去广陵（今扬州），游苏州、杭州，再去浙东，登天台，望渤海。李白在扬州，仗义行侠，不到一年，散金三十万，落魄公子皆得周济。

开元十五年（727），李白漂泊到淮南道安州安陆郡（今湖北安陆），隐居寿山。十六年（728），李白有了第一次婚姻，夫人是唐高宗朝宰相许圉师的孙女。李白与许氏生有一子一女，儿子伯禽，女儿平阳，从此寓居安陆十余年。李白有《赠内》诗"三百六十日，日日醉如泥"，应该是他安乐生活的真实写照。李白出川后始见饮酒诗，不仅有交际酒、朋友酒，还常独酌，酒后非歌即舞，应该有很高的音乐天分。酒隐安陆期间，李白以安陆为家，出走四方，寻找机遇。李白曾到嵩山与道士元丹丘隐居，又受友人元演邀请，北上太原小住，与元演同游太行。近年来，学术界有一影响较大的说法，认为在开元十八年（730）或十九年（731），李白曾有长安之行。他隐居终南山，结识了玄宗宠婿卫尉张卿。在长安北门曾与斗鸡之徒发生冲突。后西游邠州、坊州，再返终南，取道黄河离开长安。这就是所谓"一入长安"之说。李白还去过洛阳，正逢玄宗幸东都，李白亲见朝会之盛。一方面是去朝廷所在寻找政治机会，再者就是干谒地方长官。开元二十年（732），李白得知韩朝宗为荆州长史兼襄阳刺史，"高冠佩雄剑"，前去拜访，上《与韩荆州书》，希望得到引荐，就是一次有代表性的活动。

开元二十五年（737），或因许夫人离世，李白举家迁往山东兖州。与孔巢父、韩准、裴政、张叔明、陶沔共隐祖徕山的竹溪，时号"竹溪六逸"。李白在山东先与刘氏同居，分手后又与一妇人共同生活，且生有一子名颇黎。不过此子并无更多文献记载，颇疑早夭。

这一段漫游时期，正当开元盛世，李白对政治前途充满了幻想，加之饱览了祖国的壮丽河山，他的诗中充满豪迈风发之气。这一时期，他写了许多山水诗，描绘山河的多彩多姿之美，可见李白心胸之俊朗，思想之积极向上。此一时期的饮酒诗、游仙诗也都充满了豪放俊逸之气。

长安梦

天宝元年（742），李白诗满天下，名达"圣聪"，唐玄宗下诏征召李白进京。李白以为"兼济天下"的良机终于到来，踌躇满志，写下了堪称天下第一快诗的《南陵别儿童入京》："白酒新熟山中归，黄鸡啄黍秋正肥。呼童烹鸡酌白酒，儿女嬉笑牵人衣。高歌取醉欲自慰，起舞落日争光辉。游说万乘苦不早，著鞭跨马涉远道。会稽愚妇轻买臣，余亦辞家西入秦。仰天大笑出门去，我辈岂是蓬蒿人！"狂喜之情溢于言表。

李白到了长安，太子宾客贺知章在紫极宫乍见李白飘逸的风神气骨，惊呼其为"谪仙人"。读《蜀道难》，更称赏不已。《蜀道难》是大家熟知的李白代表作。李白极富天才的艺术想象力，他的诗言出天地之外，思出鬼神之表，如天马行空，飘然而至，忽然而去，充满了"出鬼入神，惝恍莫测"（胡应麟《诗薮》）的奇幻色彩。此诗描写蜀道的奇丽险峻，并不泥迹于现实中的山川，而是展开神奇莫测的想象，一方面驱驾历史、神话、传说，通过蚕丛开国的历史、五丁开山的传说、六龙回日的神话，来渲染蜀道的古老、高危、奇险。而在叙述神话、传说、历史的同时，又创造了"扪参历井仰胁息"这样新的神话般的境界，为全诗蒙上了一层神异迷幻的色彩。另一方面，又浓墨重彩地描写蜀道上的飞湍瀑流、奇峰古木、空山悲鸟，真实地再现蜀道的奇丽瑰伟。正是这忽而历史、忽而现实、忽而神话传说、忽而山川实境的天马行空般想象，才创造出了《蜀道难》千古不朽的艺术境界。

在朝中，李白得到了唐玄宗特殊的礼遇："降辇步迎，如见绮、皓。以七宝床赐食，御手调羹以饭之。"以翰林供奉的身份安置于翰林院。供奉翰林，是玄宗特许，"但假其名，而无所职。"（王溥《唐会要》卷五十七）李白在长安的优遇，传说很多，且多事渲染。其实，在玄宗那里，李白不过是个文学弄臣，待遇颇优，却无政事，偶尔侍从玄宗游赏宫中，写写歌词而已。一日，玄宗在宫中行乐，对高力士说："对此良辰美景，岂可独以声伎为娱？倘时得逸才词人吟咏之，可以夸耀于后。"遂命召来李白。李白时已大醉，宦官以冷水泼面，二人架着李白，把蘸好墨的笔交给他，"白取笔抒思，略不停缀，十篇立就，更无加点"，此即李白集中尚存八首的《宫中行乐词》。事见唐人孟棨《本事诗·高逸》和五代王定保《唐摭言》。李白另有《清平调词》三章，也是醉中被召，为玄宗与杨贵妃赏牡丹而写。虽为宫体，然仅"云想衣裳花想容"句，就非一般宫体诗可比了。

不过，据李阳冰《草堂集序》，李白初入翰林似乎也曾参与过国政："置于金銮殿，出入翰林中，问以国政，潜草诏诰，人无知者。"魏颢《李翰林集序》说他写过《出师诏》，刘全白《唐故翰林学士李君碣记》和乐史《李翰林别集序》说他起草过《和蕃书》，言之凿凿。

然而李白后来却被玄宗疏远了。李白之被疏远，《新唐书》本传记载为他得罪了玄宗的佞臣高力士和宠妃杨贵妃："白常侍帝，醉，使高力士脱靴。力士素贵，耻之。

摘其诗以激杨贵妃。帝欲官白，妃辄沮止。"此说本《松窗杂录》，乃小说家言，未必实有其事。然而高力士脱靴一事却颇具传神之笔地表现了李白傲视权贵的性格。李白自视甚高，曾言"长才犹可倚，不惭世上雄"（《还山留别金门知己》），认为自己就是旷世奇才，无人可与伦比。所以他一生都执著人生价值的自我实现，热衷功名事业。而其雄豪的尚气任侠性格，又使他粪土权门，敝屣富贵，保持着"安能摧眉折腰事权贵"的布衣尊严，不愿为人为物羁约，追求一种飘然而来、飘然而去的洒脱生活。李白辞京还山后写有《酬崔侍御》诗："严陵不从万乘游，归卧空山钓碧流。自是客星辞帝座，元非太白醉扬州。"从诗中可以看出，他把自己与玄宗的关系视为平等的朋友关系。君臣关系尚且是一种类似主客的平等关系，李白对那些权贵，就更不屑一顾了："手持一枝菊，调笑二千石。"（《宣城九日闻崔四侍御与宇文太守游敬亭，余时登响山，不同此赏，醉后寄崔侍御》其一）"揄扬九重万乘主，谑浪赤墀青琐贤。"（《玉壶吟》）"黄金白璧买歌笑，一醉累月轻王侯。"（《忆旧游寄谯郡元参军》）在权贵面前，李白表现出强烈的优越感、出类拔萃的布衣之傲，因此也产生了对权贵的极大蔑视。杜甫《酒中八仙歌》写李白："李白一斗诗百篇，长安市上酒家眠。天子呼来不上船，自称臣是酒中仙。"栩栩如生地刻画出李白这位"谪仙人"桀骜不驯的性格。天子之召尚不为意，更何况大臣们！这种这种目空一切的傲岸性格，招致贵戚权臣谗毁，并且最终导致玄宗的疏远，应是情理之中的。

李白被玄宗疏远后，在长安曾经有过一段不得意的生活。他"浪迹纵酒，以自昏秽"，与贺知章、崔宗之等人为八仙之游，众人称李白为谪仙人，为之赋《谪仙歌》数百首，可惜都未流传下来。在此期间，李白愤而作《行路难》三首，第二首描写了李白此时的境况："羞逐长安社中儿，赤鸡白狗赌梨栗。弹剑作歌奏苦声，曳裾王门不称情。"诗人已经有了入朝为官的经历，虽为虚职，身份已非布衣，故羞于再回到市井、如初入长安时的生活了。他现在所出入的乃是王侯权贵之门，然而这些权贵对李白的态度已发生了根本的变化，诗人所到之处遭遇的都是冷眼，这使诗人又感受到了韩信在市井遭人侮辱的耻辱。更令李白失望的是唐玄宗，他隆重地接待李白入宫，却因听信谗言，疏远并礼貌地把李白赶出宫门。李白哀叹"昭王白骨萦蔓草，谁人更扫黄金台"，那个招贤纳士的皇帝没了。"欲渡黄河冰塞川，将登太行雪暗天。"李白所有的政治出路都被阻断，李白虽有美酒而不能饮，虽有珍馐而不能食，四顾前途茫然。所以诗人要决然归隐了，他要似姜尚那样垂钓碧溪，等待机会，哪怕到老。因为他相信或有一天再一次梦到乘船而过日旁，如出身微贱的伊尹一样得到君主任用。而那时，相信凭个人的才能，终会乘风破浪，实现个人的理想抱负。功成名就，然后挂云帆而济沧海，完成其功成身退的人生之梦。

玄宗倡优蓄之的待遇与李白"申管晏之谈，谋帝王之术"的政治理想格格不入，李白终于请求还山，而玄宗也就给足李白面子，赐金放还了。天宝元年（742）入京，天宝三载（744）出京，李白在宫中前后生活了两年。

谪仙人

长安放还，李白又开始了他特有的生活方式——漫游。

天宝三载夏秋之际，有一件文学史上"当品三通画角，发三通擂鼓，然后提起笔来蘸饱了金墨，大书而特书"（闻一多《唐诗杂论》）的盛事：李白在汴州（今河南开封）与杜甫、高适相遇。三位诗人一见如故，同游古吹台。其后又携手去宋州（今河南商丘），在单父（今山东单县）孟诸泽打猎。李、杜又同游了兖州和齐州（今济南）。两位伟大诗人从此结下深厚友谊，分别时，李白写了《鲁郡东石门送杜二甫》，别后，李白又写有《沙丘城下寄杜甫》，表达惜别与思念之情。杜甫写了《冬日有怀李白》《梦李白二首》《不见》等多首怀念李白的诗。

李白在齐鲁，曾到安陵（今河北景县）请道士盖寰为他书写真箓，到齐州临淄郡（今济南）紫极宫请道士高如贵授道箓，入了道籍。李白一生热衷于求仙学道，这一次总算圆了他的仙道梦。天宝五载（746），李白又要前往江南，临行赋诗《梦游天姥吟留别》，一作《梦游天姥山别东鲁诸公》。此诗既是游仙诗，同时亦可视为山水诗，是李白自由的天性遭到屈曲而复得解放后所作。此诗穷极笔力，创造出奇山幻境。因是借梦写山，实写不足，继之以仙，山林变幻奇景，仙境瑰丽神奇。而从诗人梦醒后长嗟的"安能摧眉折腰事权贵，使我不得开心颜"来看，李白创造超拔宏伟的天姥之境，是有意识的。他写天姥，正是要释放他曾经在长安遭到压抑的自由天性。"天姥连天向天横，势拔五岳掩赤城。天台四万八千丈，对此欲倒东南倾。"天姥的横天之势，是否可以看作李白目空一切、为所欲为性格的象征？而梦中见到的奇幻之山水，遇到的飘然来去之仙人，全是与羁缚人的自由、屈曲人的天性的世间生活相对照的意象，依然是李白崇尚自然的性情与理想的一种形象反映。

李白重至金陵、扬州，多所游历，然后到会稽（今绍兴）寻访贺知章。而贺知章已经离世，"人亡余故宅，空有荷花生"，回忆起在初到长安时贺知章金龟换酒与己共饮的旧事，李白凄然伤情。天宝十载（751），李白返鲁地省家。天宝十一载（752），经广平、邯郸诸地至幽州，复又去了汴梁。在那里李白与宗楚客的孙女成婚。宗楚客在武周与中宗朝三次拜相，所以宗氏出身名门，她又热衷于求仙学道，与李白兴趣相投，李白有多首赠内诗，二人感情甚好。但李白终究不是居家之人，不久他就去了江南，漫游于当涂、宣城、秋浦诸地。这一时期的生活特点，就是"浪迹天下，以诗酒自适"（刘全白《唐故翰林学士李君碣记》）。

离开长安后的十年漫游期间，是李白思想上最为苦闷的时期。长安受挫被遣，李白所受的打击很大。他的功名理想和受此理想趋动的热情虽未灰飞烟灭，但是，一股强烈的遭世遗弃的孤独感却汹涌如潮地淹没了诗人的情感世界。诗人深刻地感受到了政治前途似飞蓬离根、落叶离本的无寄与无望。《将进酒》《梁甫吟》《答王十二寒夜独酌有怀》《陪侍御叔华登楼歌》等诸多代表作，即产生于此一时期。这些诗抒发了李白的苦闷，尖锐地抨击了不合理的社会现实。蔑视富贵，否定功名的思想，在这一时期的李白诗中也有充分地表现。《将进酒》是李白的名篇，一向以情感豪荡名世。诗人"长醉不复醒"狂饮所排遣的"万古愁"，直接原因就是诗人政治上招致放逐、奇才大志不为世用的遭遇；而人生日月飞逝、生命苦短的悲剧又如火浇油，使诗人悲不自胜。诗中类似"黄河之水天上来，奔流到海不复回"的巨大情感冲击力，从根本上说，是来自诗人"天生我材必有用"的自负和自信与蔑视人才个性的社会剧烈冲突而产生的悲愤至极情感。在创作时，李白极善于渲染情感以张大其力度。此诗起情如火山喷发、山洪出谷，具有一种撼人心魄的突发性和爆炸性，一下子就把烦忧的情感喷发出来，极为突兀，也极为震撼人心。不仅发情突兀，而且诗人善于通过泼墨式渲染，层层铺垫。此诗从四个层次渲染纵酒之必须：美好的生命与生命苦短、人生易老之间的矛盾，要用酒来缓解；自恃为天纵奇才与玄宗倡优蓄之的愤懑，要用酒来消解；"钟鼓馔玉"生活的虚幻给诗人带来的幻灭感，要用酒来充填；圣贤的寂寞与纵乐者留名的矛盾，要用酒来开释。正因为这样，开端突发式的情感宣泄，才有了后面有以为继的滔滔之势，最后推出"与尔同销万古愁"语，把情感推向终极。这种情感表达方式，看似不假思索，情感流动天然，实则无不体现了李白天才的艺术匠心。

李白诗极富艺术想象力，涌动着无尽的历史、神话、传说。借物象言情，是中国古代诗歌的一大突出特点，李白诗亦不乏托物言志之作。然而，他的诗更多的是利用历史、神话、传说等所谓的事象来抒发感情。《梁甫吟》一诗中，李白风云际会的理想与现实的遭遇不平，完全是通过历史故事与神幻境界表现出来的。诗人连用了两个"君不见"，历数了吕望与周文王、郦食其与汉高祖的风云际会，历史人物的风云际会与诗人的遭遇形成了鲜明的对照，极力赞美历史上的风云际会，正是为了反衬诗人自己的不幸。而后笔锋陡转，借助于幻设的神话境界，抒发了自己欲见君王以陈心迹，却又无门而入，精诚不为人理解的愤慨："我欲攀龙见明主，雷公砰訇震天鼓，帝旁投壶多玉女。三时大笑开电光，倏烁晦冥起风雨。阊阖九门不可通，以额扣关阍者怒。"神话传说在这里重新组合成一个惝恍奇幻的境界，而诗人在现实中的遭遇幻化成这一神话境界中的奇特经历。这种写法很明显是继承了屈原《离骚》的传统。

长安遭遇，无情地毁了李白的政治梦，却也成就了一个伟大的诗人。这一时期，是李白诗歌创作最富有成果的时期。无论诗歌的思想成就，还是艺术成就，都发挥到了极致。

正是长安生活，使诗人认识到政治的腐败、社会的不平、风俗的浇薄，李白的诗对唐代社会的许多腐败现象给予了尖锐揭露与批判。李白最鄙视的是那些靠取悦玄宗而暴贵的奴才们，对他们的揭露也最为深刻。《古风》其二十四："大车扬飞尘，亭午暗阡陌。中贵多黄金，连云开甲宅。路逢斗鸡者，冠盖何辉赫。鼻息干虹蜺，行人皆怵惕。 世无洗耳翁，谁知尧与跖。" 李白此诗乃为实笔，笔锋所向就是玄宗身边如贾昌、宦官等佞幸者流。这些得志的宵小，搜刮财富，广开甲舍名苑，如连云成片。出门时更是显赫骄横：车所过处，灰尘暴起，日月为之昏暗，气息逼人。李白此诗的价值在于生动地描写出皇帝身边奴才的本性、奴才的特点。

天宝年间，唐玄宗喜好边功，发动了多次边境战争。

天宝八载（749）有哥舒翰石堡之役。天宝十载（751）至十三载（754）数年，玄宗与南诏有泸南之战。李白《古风五十九首》之十四"胡关饶风沙，萧索竟终古"、其三十四"羽檄如流星，虎符合专城"，所写就是两次战争给百姓带来的苦难，李白并不在意这场战争正义与否，他所关心的是战争中无辜的百姓，李白的反战主张是从爱护人民、关怀人民出发的。

天宝十四载（755），安史之乱爆发，胡兵如疾电，迅速攻陷东西两京洛阳和长安。李白回到汴梁，带上宗夫人一起南奔，经溧阳、杭州，最后隐居庐山屏风叠。此时，玄宗逃往蜀中，永王璘受命为江陵大都督，经略南方军事。至德元载（756），永王兵下浔阳，三次征召李白。李白以为像谢安"一起振横流"的机会终于来了，应召参加了永王璘幕府，自信而又自豪地对永王璘宣称："但用东山谢安石，为君谈笑静胡沙。"然而，天真的李白无论如何也没想到，他成了统治阶级内部矛盾的牺牲品。就是在同一年，永王璘的胞兄李亨即位，是为肃宗。肃宗命李璘回蜀，璘不从，兵败被杀。至德二载（757），李白在彭泽（今属江西）被捕，系狱浔阳。经宗夫人、宰相崔焕、御史中丞宋若思等营救出狱，旋被判长流夜郎。乾元二年（759）在流放中途遇赦，回到江夏（今武汉），后又重游宣城等地。六十岁时，李白闻李光弼大举秦兵百万出征东南，他毅然前往金陵，冀申铅刀一割之用，不幸因病半途折返。李白回到当涂，寄居当涂县令、李白称为族叔的李阳冰家。代宗宝应元年（762），以"腐胁疾"病逝。

从安史之乱到流放夜郎这一时期，李白的诗多具忧国忧民的思想。《古风》其十九最典型："西上莲花山，迢迢见明星，素手把芙蓉，虚步蹑太清。霓裳曳广带，飘拂升天行。邀我登云台，高揖卫叔卿。恍恍与之去，驾鸿凌紫冥。俯视洛阳川，茫茫走胡兵。流血涂野草，豺狼尽冠缨。"李白向往神仙生活，但更关心国家的命运、人民的兵乱之苦，对安史乱军表达了强烈的憎恨。宋人论唐诗，多扬杜抑李，认为李白不关心苍生社稷，"不过豪侠使气，狂醉于花月之间耳。社稷苍生，曾不系其心胸。"（《鹤林玉露》），这种说法显然是一种偏见。李白既然常怀大济天下的英雄心志，具有强烈的拯时济物的社会情怀，不可能超然物外，对社稷苍生作壁上观。写于安史之乱中的作品，除《古风》其十九外，《奔亡道中》《经乱后将避地剡中留赠崔宣城》《赠张相镐》《扶风豪士歌》等，都反映了战乱给国家造成的破坏，给百姓带来的苦难，表现出了强烈的忧国忧民的思想情感。提起诗仙，人们就以为他是一个整日耽于神仙境界、超然世外的人，其实并非如此。

李白病危之际，在枕上把诗文手稿交给李阳冰，嘱其写序刊刻。经永王璘之祸，八年期间，李白作品"十丧其九"，李阳冰编为《草堂集》。肃宗上元末（761），李白好友魏颢偶然得到李白集，编成《李翰林集》。今所见宋人宋敏求编《李太白文集》即是在二书基础上编刊的，存诗九百余首。经今人辑佚，李白留诗一千余首。李白诗有极高的艺术水平，在其当代就享有盛誉，历代皆为经典。李白五绝、七绝都称名于世，五言古诗也写得很好。然而他用得最多也最擅长的是乐府歌行和七言古诗。李白集中，现存乐府一百四十九首，七言古诗八十余首。长短不拘，自由灵活的乐府歌行和七言古诗，为诗人抒发激荡奔放的情感，驰骋天才的想象，提供了广阔的天地。李白的代表作《蜀道难》《将进酒》《梦游天姥吟留别》《梁甫吟》等，都是乐府歌行或七言古诗。李白极熟练地运用了这些诗体，所以无论诗的思想内容怎样风雨争飞、鱼龙百变、怪伟奇绝，但都如同水随山转，云从风幻，自在天然。

李白去世后葬于当涂龙山东麓，宪宗元和末，范传正出任宣歙观察使，查访到李白的两个孙女，得知他希望的终老之地是青山，于是迁葬于青山南麓。

临终前，李白写下《临路歌》："大鹏飞兮振八裔，中天摧兮力不济。余风激兮万世，游扶桑兮挂石袂。后人得之传此，仲尼亡兮谁为出涕！"李白一生以大鹏自喻，以表达他"一鸣惊人，一飞冲天""扶摇直上九万里"的雄心壮志。但这只大鹏终于未能在唐代的政坛一飞冲天，壮志未酬，中天摧落，结束了具有传奇色彩的一生。苏轼《李太白碑阴记》极为赞赏李白"气盖天下"的士人气骨，他借用西晋人夏侯湛《东方朔画像赞》语评价李白人格："开济明豁，包含宏大。陵轹卿相，嘲哂豪杰。笼罩靡前，跆籍贵势。出不休显，贱不忧戚。戏万乘若僚友，视俦列如草芥。雄节迈伦，高气盖世。可谓拔乎其萃，游方之外者也。"可谓对李白人格的定评。杜甫《寄李十二白二十韵》："笔落惊风雨，诗成泣鬼神。……文采承殊渥，流传必绝伦。"韩愈《调张籍》："李杜文章在，光焰万丈长。"则是对李白诗歌艺术成就和影响的恰切评价。

（《传记文学》2021 年第 6 期）

隔空的文学史对话

——《国际汉学》特约栏目"与西方汉学界的中国文学史研究对话"主持人语

中国人虽有修史的悠久传统，文学史却是舶来品，最早的中国文学史，不是出自中国人，而是外国人。1880年就有了俄国汉学家瓦西里耶夫的《中国文学史纲要》，而更早还可上推到德国汉学家肖特1854年出版的《中国文学论纲》。日本最早的中国文学史也产生于19世纪80年代初。1881年，日本汉学家末松谦澄在英国伦敦作了一次演讲，次年根据演讲整理出版了日本首部中国文学史《支那古文学略史》。中国之有文学史，则到了19世纪末。1897年窦士镛编写了《历朝文学史》，于1906年铅印出版。此前1904年的《奏定大学堂章程》中，文学科中的"中国文学门"，有"历代文章流别"，其下注云："日本有《中国文学史》，可仿其意自行编纂讲授。"由是有了林传甲 1904 年在京师大学堂讲授的《中国文学史》和黄人在东吴大学讲授的《中国文学史》。窦士镛编中国文学史是否受日本启发不得而知；但林传甲的自序则写明，他编写中国文学史就是仿日本人笹川种郎《中国文学史》之意以成书。笹川种郎的《支那历朝文学史》1898 年初版，1903 年译成中文，上海中西书局以《历朝文学史》名出版，可见林氏之言不虚。其后，文学史的编写及教学，成为大学之必需，百余年林林总总数以千计。而外国编写之中国文学史虽也在不断累积，然为数有限。

2013 年以来，有两部英文版中国文学史相继译为中文在国内出版。一部是美国著名汉学家梅维恒主编的《哥伦比亚中国文学史》。此书英文版 2001 年由哥伦比亚大学出版社出版，新星出版社 2016 年出版了由马小悟等译的中文版。此书是梅维恒为其本科生和研究生研读中国文学而编，耗时十年，承担各章编写任务的也多是汉学界有影响的学者。出版后得到了西方学者的高度评价，宇文所安说此书"全面呈现了该领域的研究发展状况，为读者了解广大而又复杂的中国文学世界提供

了最佳门径"。另一部由著名汉学家孙康宜、宇文所安主编的《剑桥中国文学史》，英文版 2010 年出版，刘倩等译为中文，三联书店 2013 年出版。两部文学史都是通代文学史，打破了中国文学史与现代文学史分开的传统。文学史的结构框架各有不同，《哥伦比亚中国文学史》以文体作为结构方式，全书以诗歌、散文、小说、戏剧等文体分章，可称分体文学史。《剑桥中国文学史》则以时间断代的结构方式安排篇章，全书贯穿了整体性文化融入文学史的方法，可称文化文学史。

这两部产生于域外的中国文学史，虽由汉学家及部分华人编写，却是以欧美学者的立场观察、评判中国文学，体现了西方当代学术理念的文学史。面对同一叙述对象，在写作宗旨、读者对象、文学史观、编写体例及书写方式等各个方面，都与中国编写的文学史有很大差异，无论是文学史的叙述框架、历史细节的处理、文学史现象的评价，都呈现出疏离中国文学史传统的陌生

面孔。如《剑桥中国文学史》，宇文所安说"文学史是对以往文学文化的叙述"，这就是主编对于此书的明确定位。这种明显来自新历史主义和解构主义思想的文学史观，打破了中国传统文学史以经典作家作品为中心的叙述模式，转向历史文化语境中的文学史建构。

梅维恒在《哥伦比亚中国文学史》中文版序中说："希望西方学者的研究方法能对中国读者有所启发，中西方的研究方法要碰撞出火花。"两部文学史中文版面世后，确实引起了中国学界的关注。《剑桥中国文学史》中文版2013年出版，很快就在北京召开了出版座谈会，我有幸参加了座谈。2019年9月，受《光明日报》的委托，我在武汉大学主持了两个文学史的研讨会，与会文章发表于2019年11月18日的《光明日报》。本次，我又受命《国际汉学》编辑部，再次主持两个文学史讨论的专栏，邀请国内几位著名专家撰文，希望能对两个文学史及国际汉学的研究有所推进。

（《国际汉学》2023年第2期）

三家诗悟人生

　　读书能使人变得智慧。我所说的智慧，是指人生的智慧，与形而下的聪明不同，它不是小伎俩，不是小权谋，不是市面上畅销的厚黑学、帝王术，不是男女攻略、市场营销。古人云：庸人自扰。只有对人生没有洞察的人，才会有以上那样的权谋策略，才会患得患失，蝇营狗苟。

　　智慧是一个人对人生彻悟、对社会洞透之后所产生的超越的人生态度。它会使人生变得从容不迫、豁达大度。人生的智慧来自两个方面，即人生的实践和书籍。关于这方面的书籍，我个人认为中国古代有三个作家的作品可看：一个是陶渊明，这是平民智者的人生智慧；一个是王维，这是达官智者的人生智慧；一个是苏东坡，这是一个生活坎坷的智者的人生智慧。

　　读陶渊明的诗，你会感到意闲心淡，随意自然。陶渊明选择挂冠而去，回到田园。他之所以这样做，是来自他的新自然说，体现在陶渊明的组诗《形影神》中。这首组诗写的是面对生命的三种人生态度：形既是生命的物质形态，同时又是重生命物质属性的人生态度："得酒莫苟辞。"形体是生命之实，而影子则是生命之名，同时也代表了重名声的人生态度："身没名亦灭，念之五情热。"重名声的人于是主张"立善有遗爱"，留善名于后世，延长生命的价值。形为生命的肉体，影是生命的名字，而神则是生命的灵魂，实际上是生命的思想者。当然也代表了陶渊明的人生态度，即在死亡面前，老少贤愚一律平等，概莫能外。酒固然可以使人暂时遗忘痛苦，却不知那是加快死亡的饮料。而立善名于后世的想法就更为虚无，善与不善，有什么标准？谁去评价？所谓的遗善，不就是无根的奢望吗？放浪形骸难逃苦海，善名留后也是空谈，怎么办？思想者主张："甚念伤吾生，正宜委运去。纵浪大化中，不喜亦不惧。应尽便须尽，无复独多虑。"一句话，顺其自然。

陶渊明不但勘透了生命，勘透了人生，也勘透了自己，打开心的枷锁，做一个认真自得的人。好读书，不求甚解；写文章，聊以自娱；弃功名，远富贵，既不用文章博取功名，也不以读书为累。荷锄稼穑，不以为耻；有酒邀邻，醉任去留；蓄琴自抚，不在有弦无弦，可谓真正高卧南窗的羲皇上人。有了这种心态，他才能过上如诗如画的生活，"采菊东篱下，悠然见南山"，精神处于完全的放松状态，充满了闲情逸致，是一种诗意的栖居。

读王维的诗，你会感到心越来越平静，越来越和谐。其实心静很不容易做到，因为社会人生丰富多彩，吸引人的欲求实在太多。没有权力时千方百计要去争取，已经位极人臣又想保住它。贫困时要努力摆脱，富贵了又想长生不死，享尽荣华。王维能在显宦的位置上静下心来，做一个万事不关心的人，主要原因在于心理上的满足与和谐。"与世淡无事，自然江海人。"不在是否离职去隐居，而在心中无事，淡出世事。到了这种时候，王维的生活与社会现实处在若即若离的状态，他的心灵也与社会现实处在一种游离之状。王维有《终南别业》诗："中岁颇好道，晚家南山陲。兴来每独往，胜事空自知。行到水穷处，坐看云起时。偶然值林叟，谈笑无还期。"一切都任其偶然，顺其自用，一切都可以做，而一切又都不存心如何如何。

王维能够修炼到万事不扰、炉火纯青的境界，不完全是佛教的影响，还应有儒家、道家的浸染。他一生可谓基本顺利，少负盛名，壮登廊庙，虽然遭安史之祸，却并未影响仕途，官越做越大。到了晚年，王维已经功成名就，所以半官半隐，做身退的行事。他对现实社会已毫无不满，毫无要求，自然就获得了心灵的平安。因无欲而满足，与佛教相关。但是，无欲而不失生命的乐趣，却颇领益于道家逍遥游的思想。从这里边可以看出，王维的无所求不是不要生命的乐趣，不是不要现世生活，而是放弃物质的执著，追求精神上的适性，过一种闲逸的生活，而这恰恰是中国道家思想的精髓。

读苏轼的诗，你会旷达地对待人生的穷达、人生的得意与不得意。诗人一生在宦海沉浮，辗转于做官与贬谪流浪中，所到之处几乎大半个中国。他44岁因为乌台诗案被贬到黄州，59岁又被贬到惠州，62岁被贬到儋州（今海南），65岁才遇赦北归。苏轼自题画像说："问汝平生功业，黄州、惠州、儋州。"但是他并没有因人生坎坷而悲观，在逆境中寻求解脱，自安自适，永远保持积极向上的人生态度。

我们可以欣赏一下他贬到黄州第三年（1082）所写的《定风波》："莫听穿林打叶声，何妨吟啸且徐行。竹杖芒鞋轻胜马，谁怕？一蓑烟雨任平生。　料峭春风吹酒醒，微冷，山头斜照却相迎。回首向来萧瑟处，归去，也无风雨也无晴。"表达了苏轼从容面对世事风雨、我行我素的旷达情怀，对我们一生都有启发意义。

2007 年 9 月 24 日

第三辑　序跋

《中国诗体丛书》序

这是一套以"体"为铨选原则的古诗选本丛书。

古人谈"体",实际上含有二义,这一点罗根泽在其所著的《中国文学批评史》中早有论述:"中国所谓文体,有两种不同的意义:一是体派之体,指文学的格(风格)而言,如元和体、西昆体、李长吉体、李义山体……皆是也。一是体类之体,指文学的类别而言,如诗体、赋体、论体、序体……皆是也。"(上海古籍出版社1984年版,第146页)也就是说,在古人所说的"体"中,既有指风格的"体",又有指体裁的"体"。而在讲风格的所谓的"体"中,也包含了以风格为核心而形成的文学流派。这套丛书所说的"体"是指体派的"体",这一点是需要首先说明的。"文辞以体制为先"(吴讷《文章辨体·凡例》),讲"体"是中国古代文学的一个十分突出的特点。尤其是文学观念自觉之后,文人"体"的意识就更为鲜明。

有"体"无"体"甚至成为一个诗人有无成就、影响大小的重要标志，也成为一个时期的文学影响近远的标志。

一

本丛书虽然侧重于诗歌风格，但是讲风格不能不先讲一讲文体，这是因为古代的体类与体派有着至为密切的关系。

体类的划分早在先秦就已出现，而且当始于五经之辨。《庄子·天运》篇孔子谓老聃曰："丘治《诗》《书》《礼》《乐》《易》《春秋》六经，自以为久矣，孰知其故矣。"六经的类分，虽然不能认为就是对文体的认识，但如《庄子·天下》中疑为后人注窜入的文字："《诗》以道志，《书》以道事，《礼》以道行，《乐》以道和，《易》以道阴阳，《春秋》以道名分。"（马叙伦《庄子义证》）对六经不同功能的划分，应当会启发后人关于文体的分类及对其不同功能的认识。所以六经的类分，当是中国古代文体类分与认识的滥觞。徐师曾《文体明辨》认为文章有体，起于《诗》《书》，《诗》分风雅颂、赋比兴，《书》分辞、命、诰、会、祷、诔六辞。徐氏的说法未必完全准确，但应该说是有一定道理的。

汉成帝时，刘向校经传诸子诗赋，奏《别录》，刘歆成《七略》，"剖判艺文，总百家之绪"（《汉书·刘向刘歆传》），诗赋另立一类，虽不能说就是有了明确的文体意识，但是有了向辨析文体发展的趋势，并直接影响到了班固，班固《汉书·艺文志》的《诗赋略》已明显有了辨别不同体裁的意识。"观班志之分析诗赋，可以知诗歌之体与赋不同，而骚体则不同于赋体。"（《刘申叔遗书·论文杂记》）到汉末蔡邕，他的《独断》把天子下行文书分为四类，曰策书，曰制书，曰诏书，曰戒书；臣子上行文书也分为四类，曰章，曰奏，曰表，曰驳议。并对每一种文体的用途和写作要求都作了明确说明，辨体明晰，已经是比较成熟的文体论了。

魏晋南北朝是文体的自觉时期，也是文体论的成熟时期。谈到魏晋南北朝的文体论，当然首先要说曹丕的《典论·论文》，在这里，曹丕把文章划分为四科八体，即奏议、书论、铭诔、诗赋八种体裁，又依宜雅、宜理、尚实、欲丽等文体风格，分为四种类型："盖奏议宜雅，书论宜理，铭诔尚实，诗赋欲丽。"从一开始，就形成了比较完整的文体论形态。其后桓范作《世要论》论文体涉及的有序作、赞象、铭诔三篇，论以上诸体之"作体"又较《典论·论文》为详。到陆机的《文赋》在曹丕八体的基础上，进而分成十体，即："诗缘情而绮靡，赋体物而浏亮，碑披文以相质，诔缠绵而凄怆，铭博约而温润，箴顿挫而清壮，颂优游以彬蔚，论精微而朗畅，奏平彻以闲雅，说炜晔而谲诳。"文体风格的把握更为准确，也更向文学靠近。晋代的挚虞撰《文章流别集》，"以类聚区分"（《晋书·挚虞传》），应当就是文体的类分，而且按文体来考察其流变，所以名之曰"流别"。从挚虞的《文章流别志论》的佚文来看，这样的推论应是不错的，志论就是对不同文体的评论，今存的片段就涉及文体有 11 类，因此这部总集应该是古代最早按文体铨选文章的总集。梁时昭明太子萧统编《文选》，承袭《文章流别集》，以文体分卷，"凡次文之体，各以汇聚。诗赋体既不一，文以类分。类分之中，各以时代相次"（《文选序》），分文体为 38 类，几乎囊括了梁以前的所有文体，文体辨别之细是空前的。而就在同时，著名文学理论家刘勰撰写《文心雕龙》五十篇，前五篇是"文之枢纽"，相当于这部书的总论，继此总论的二十篇就是文体论，论述的文体有 33 种之多，对每一种文体都不但要"囿别区分"，分门别类，而且"原始以表末，释名以章义，选文以定篇，敷理以举统"，论述每种文体的起源和流变，解释文体的名称，评论代表作家作品，说明文体的规格要求。不但辨体，而且明体，文体论之完备和成熟如《文选》，也是空前的。

到了明代，吴讷的《文章辨体》分文体 59 类，徐师曾的《文体明辨》更细分为 127 类，文体因功能而越辨越细。

二

此处不厌其烦地介绍辨别体类，即文体的问题，就是因为中国古代的体派或曰体貌的认识，也就是今天所说的风格论，最早是产生于文体论的。古人谈文体，总是要讨论文体风格，这是因为不同的文体对文章的语言、文章的形式、文章内容的表达，会有不同的诉求，有不同的限制和要求，从而形成与这种文体相适应的文体特征和文章风格。曹丕的《典论·论文》中的"雅""理""实""丽"，就是奏议、书论、铭诔、诗赋四类八种文体的风格要求。刘勰讨论文体时，也特别重视文体对风格的影响。《文心雕龙·章表》论述章表文体时说："章以造阙，风矩应明；表以致禁，骨采宜耀。"就是在讲文体对风格趋向的影响。同时，不同作家对不同文体的择求，也对作家的创作个性产生了一定的影响和制约。《典论·论文》不仅讨论了文体，也论述了作家风格。我在《中古文学理论范畴》一书中讲过，《典论·论文》是作家论。曹丕所要解决的核心问题就是建安七子的创作个性问题。在探讨作家创作个性形成的原因时，曹丕主要是从主观和客观两个方面着眼的。客观方面是指文体对作家创作个性的影响，而主观方面则指作家所禀的"气"对作家的影响。在研究作家个性时曹丕已经意识到了文体与作家个性的关系，所以他指出"文非一体，鲜能备善"，王粲长于辞赋，陈琳、阮瑀擅长章表，文体与作家主体所禀的"气"同时影响了作家的创作个性，从而对作家的风格产生影响。

同时体类和体派联系紧密，还在于某一体派的诗人往往习惯于运用某些体类，用今人的话说，就是风格也决定或影响了诗人对诗的体裁的选择。李白的诗豪放飘逸，而与这种豪放风格相适应，他写诗习惯并且擅长使用的是歌行体。杜甫的诗沉郁顿挫，而真正充分体现了这种风格的是杜甫的七言律诗。

体之指风格，是六朝时期比较普遍的观念。徐复观《〈文心雕龙〉的文体论》认为："文体的观念，虽在六朝是特别显著，而文类的观念，则在六朝尚无一个固定名称。但从曹丕以迄六朝，一谈到'文体'，所指的都是文学中的艺术的形相性；它和文章中由题材不同而来的种类，完全是两回事。"这样说未免有些绝对，如上面所说的"文非一体，鲜能备善"显然是指体类，而不是风格。不过徐复观的论断也可以说把握住了六朝"体"的基本内涵。六朝之"体"，除了体类之义外，主要是指体貌，即今人所说的风格。刘勰的《文心雕龙》设《体性》篇，其所谈之体，就是文学作品的风格。詹锳先生《文心雕龙义证》对此论之甚详："《文心雕龙》中作为专门术语用之'体'，含有三方面之意义，其一为体类之体，即所谓体裁；其二为'体要'或'体貌'之体，'体要'有时又称'大体''大要'，指对于某种文体之规格要求；'体貌'之体，则指对于某种文体之风格要求。……而在本篇中'体性'之体，亦属体貌之类，但指个人风格。"在这篇文章中，刘勰主要探讨了风格与作家个性的内在关系，是六朝时期最为完整的风格理论。

风格的理论，在汉代以前是比较罕见的。这是因为汉代以前尚未具备风格理论形成的条件。两汉罢黜百家、独尊儒术的文化政策，限制了个性的发展，也限制了对人的个性的认识与研究。同时由于辞赋家模拟成风，自觉的作家风格追求也未出现。最早的风格理论出现于建安时期。曹丕的《典论·论文》把哲学之气引入文学理论，创立"文气"说，首次标举建安七子的不同风格。其后西晋陆机《文赋》论风格，也是把握住了个性爱好对风格的决定性影响，认为"夸目者尚奢，惬心者贵当，言穷者无隘，论达者唯旷"，文章的体貌是随着作家的个性爱好而变化的。晋代挚虞的《文章流别集》如前所言，是以文体来类分的文章总集，而在讨论文体时，挚虞也是看到了同种文体中作家之间风格的不同。

一般认为，某某体的提出始于宋代严羽的《沧浪诗话》，其实这种说法并不准确，最早以"体"来标举某一时期作家风格的应该是齐梁时期的沈约。在其所著《宋书·谢灵运传论》里，沈约讲到了文体三变："自汉至魏，四百余年，辞人才子，文体三变：相如巧为形似之言，班固长于情理之说，子建、仲宣以气质为体。"这里所说的文体就是讲的文章风格，实际上就是在讲相如体、班固体和曹植体、王粲体。而且这里所讲的文体又不限于作家的个人风格，更主要的是总结一段时期内时代风格的变化，几个有代表性作家的风格对创作风气的影响。萧子显《南齐书·文学传论》概观当代之文风，与沈约如出一辙，也是概括以三体："今之文章，作者虽众，总而为论，略有三体：一则启心闲绎，托辞华旷，虽存巧绮，终致迂回。……此体之源，出灵运而成也。次则缉事比类，非对不发，……唯睹事例，顿失清采。此则傅咸五经，应璩指事，虽不全似，可以类从。次则发唱惊挺，操调险急，雕藻淫艳，倾炫心魄。……斯鲍照之遗烈也。"所谓三体，就是受谢灵运、傅咸与应璩、鲍照影响而形成的一个时期内不同的文章风格。至梁代的钟嵘《诗品》论诗提出体出某某，以体派论诗的意识极其明确。如论王粲诗，说"其源出于李陵。发愀怆之词，文秀而质羸。在曹、刘之间别构一体"，显然是说在曹植和刘桢之间，王粲又别创一种不同的风格。钟氏虽未直接讲曹植体或王粲体，但这种意思已经十分直白了。

但是，明确说体有时代之体和作家之体的当然还是严羽。严羽在其《沧浪诗话·诗体》中说："以时而论，则有建安体，黄初体，正始体，太康体，元嘉体，永明体，齐梁体，南北朝体，唐初体，盛唐体，大历体，元和体，晚唐体，本朝体，元祐体，江西宗派体。以人而论，则有苏李体，曹刘体，陶体，谢体，徐庾体，沈宋体，陈拾遗体，王杨卢骆体，张曲江体，少陵体，太白体，高达夫体，孟浩然体，岑嘉州体，王右丞体，韦苏州体，韩昌黎体，柳子厚体，韦柳体，李长吉体，李商隐体，卢仝体，白乐天体，元白体，杜牧之体，张籍王建体，贾浪仙体，孟东野体，杜荀鹤体，东坡体，山谷体，后山体，王荆公体，邵康节体，陈简斋体，杨诚斋体。"在这里，严羽把诗体分为时之体和人之体，也就是所谓的时代风格和作家风格，揭示出了诗歌发展中的很重要的现象，此论一出，影响甚巨。有明一代，颇重审源流、识正变的辨体工作，高棅《唐诗品汇》分唐诗为初、盛、中、晚，胡应麟"体以代变"观的提出，以及许学夷专以辨体为著作宗旨的《诗源辨体》，就都受了严羽的影响。

三

以体论诗，诚如前面所说的，揭示出中国古代诗歌发展中一个十分重要的现象。中国古代诗歌在其漫长的发展过程中，形成了众多的风格流派，也形成了重风格的传统。而古人论风格又大都不出时代风格和诗人个人风格。

在中国古代，某一个时期、一个时代的诗歌创作，有时也会表现出某种艺术倾向，如喜欢用某种诗体，多表现某种题材，等等。却未必有其时代的风格，即未必形成"体"。但凡称之为时体的诗歌，都应当具备如下重要特征：

其一，要有数量可观的优秀诗人群体，而且在诗人群体中，应有对后代产生广泛影响的代表诗人或作品，如建安时期的邺下文人集团，不仅有曹操、曹丕、曹植那样的大诗人，而且有王粲、刘桢等所谓建安七子等一批优秀诗人。而曹操创作的《薤露行》《蒿里行》《短歌行》，曹丕创作的《燕歌行》，曹植创作的《白马篇》《赠白马王彪》《野田黄雀行》《杂诗》，王粲的《七哀诗》，刘桢的《赠从弟》，都是产生了广泛影响的优秀诗作。又如盛唐时期的诗坛，既有李白、杜甫这样中国古代最伟大的诗人，也有王维、孟浩然、高适、岑参等一流的诗人群体，如明高棅所言："开元天宝间，则有李翰林之飘逸，杜工部之沉郁，孟襄阳之清雅，王右丞之精致，储光羲之真率，王昌龄之声俊，高适、岑参之悲壮，李颀、常建之超凡，此盛唐之盛也。"（《唐诗品汇·总序》）至于这一时期脍炙人口的名篇则不以百数计，无法列举，影响之巨，亦堪称空前绝后。当然也有情况比较特殊的时体。正始时期，有所谓的竹林七贤，阮籍、嵇康之外，还有山涛、向秀、王戎、刘伶、阮咸等人。七贤当属于宫廷之外的文人团体。宫廷文人中尚有何晏、王弼、荀融、夏侯玄等文人。但这些文人很少有诗作流传下来，只有阮籍、嵇康二人留下数量众多且有鲜明风格的优秀作品。这一时期的文人生逢魏晋易代之际，政治险恶，人命危浅。玄风因之大兴于文人之中，形成近一个世纪的社会思潮。受政治形势与正始玄风的影响，这个时期的诗歌如钟嵘《诗品》所说，"颇多感慨之词"，托旨遥深，形成了与建安慷慨悲壮诗风不同的艺术风貌。

其二，这些诗人在创作中有意识或无意识地形成了相同的或相近鲜明的风格特征。这种风格特征，代表了这一时期诗歌创作的主流，而且成为区别于其他不同时代的艺术追求的重要标志。我们说建安体，就必然想到建安风骨。刘勰《文心雕龙·时序》篇说："观其时文，雅好慷慨，良由世积乱离，风衰俗怨，并志深而笔长，故梗概而多气也。"这是对建安文风最为经典的概括。建安文人遭受了汉末的战乱，饱受乱离之苦，乱而思治，激发出建功立业的饱满的政治热情。加上经学衰微、思想解放、生命意识觉醒带来的对于人生苦短的悲慨，造成了建安诗歌慷慨悲凉的时代风格。同样，谈到唐代文学，我们就要赞叹崇尚风骨、诗境兴象玲珑的盛唐气象。

其三，这一时代的诗风对后代诗歌的发展产生了重要的、深远的影响，成为一种后代或提倡弘扬、或学习效法的文学传统。比如提倡风雅体，就意味着在提倡一种写实精神和比兴传统。说骚体，并不仅仅是讲它的诗的形式，更为重要的是在讲它的抒情特征，再确切地说是它的抒写忧悲之情的浪漫特征。如中唐时期，白居易以风雅比兴裁量诗歌,《与元九书》认为,自秦以来,诗的风雅颂赋比兴六义就不断地被削弱,甚至李白那样的大诗人,"才矣奇矣,人不逮矣",但是"索其风雅比兴,十无一焉"。白居易对杜甫的评价最高,所谓"尽工尽善,又过于李",然而,杜甫堪称风雅比兴者,"亦不过三四十首"。从这些评价可以看出,白居易把风雅比兴视为诗歌的最高标准。白氏为什么要标举风雅体呢?究其实质,就是要提倡《诗经》的为时为事而作的写实传统。"每读书史,多求理道,始知文章合为时而著,歌诗合为事而作",这是白氏提倡风雅体的最好注脚。

时代的诗歌风格,往往并不是诗人有意识追求的结果,时代的诗歌风格一般多是由后人总结出来的。但是,一个时代能够形成总体的风格倾向,实非偶然,往往要决定于时代的社会生活、社会思潮、审美趋向、文人风习等主客观因素。对于这个问题古人有许多精彩的论述。如刘勰的《文心雕龙》论述时代的风格,就认识到了以上多种因素对其产生的影响。如论建安文学梗概多气的文风,就注意到了"世积乱离,风衰俗怨"的社会现实对文风产生的作用。而论正始文风,则云:"于时正始余风,篇体轻淡。"揭示出了正始文风与社会思潮的关系。

最后谈谈诗人之体,即诗人的个人风格。最早形成个人风格的当然是屈原,而最早的作家风格理论应是曹丕的《典论·论文》。其后可称有个人风格的诗人不胜枚举。严羽《沧浪诗话》所列多比较符合实际。但是应该看到，屈原的诗歌风格不是有意识追求的结果。

终魏晋南北朝之世，风格理论日趋成熟，形成个人独特风格的诗人也有很多，建安三曹、阮籍、嵇康、陆机、陶潜、谢灵运、鲍照、谢朓、吴均、萧纲、庾信等，都可称为风格鲜明的诗人，但风格的形成是否就是诗人自觉创造出来的，却未敢遽下结论。这些诗人在艺术上大多是有追求的，曹植的工于起调，阮籍的起兴无端，陶潜的体尚自然，谢灵运的极貌以写物，谢朓的流转圆美，都可以看出诗人艺术上的追求，但尽管如此，还不能说他们就是在自觉地创造作品的风格。只能说这些追求在风格形成过程中，不同程度地发挥了作用。唐代的伟大诗人李白曾写过"清水出芙蓉，天然去雕饰"的诗句，这说明他喜欢天然的作品，但也不能像某些文章说的那样，是他追求风格的宣言。因为他的豪放飘逸的风格，虽然与天然相关，但天然绝不是豪放飘逸风格的主要内涵。在中国诗歌发展史上，真正堪称自觉追求一种诗歌风格的诗人是韩孟诗派。韩愈孟郊诗派以怪奇为其主要风格特点，这是韩孟等人崇尚并有意识地追求雄奇怪异之美的必然结果。在《调张籍》诗中，韩愈表示："我愿生两翅，捕逐出八荒。精神忽交通，百怪入我肠。刺手拔鲸牙，举瓢酌天浆。"他追求的是想象的开阔奇异。韩愈《荐士》赞孟郊的诗："冥观洞古今，象外逐幽好。横空盘硬语，妥帖力排奡。"《醉赠张秘书》

又说他自己与孟郊、张籍等人的诗："险语破鬼胆，高词媲皇坟。"都明确地表明了他和诗派的其他诗人所追求的险怪风格。宋、明之后，门派林立，自觉地追求创造某种风格，也就成为比较普遍的现象了。

论及诗人的个人风格，还有一个很突出的现象应该引起我们的注意。古人论诗常常说某一个诗人体出前代的某一个诗人。古人写诗很注意向前代诗人学习，有的就直接模拟前代的一个诗人或一种诗体。这样的学习或模拟对诗人风格的形成会不会有影响呢？这是一个比较复杂的问题，似不可一概而论。

模拟的现象在魏晋南北朝时很风行。以陆机和江淹最为突出。陆机模拟古诗从情感到表现手法多得古诗之神，江淹对前代诗人作品的模拟亦多惟妙惟肖。模拟应该说是学习前代诗人的行之有效的途径。通过模拟，可以从感性上把握前人作品的风神，提高诗的表现水平。但客观地说模拟并未对这两个诗人的作品风格产生很大的影响，因为风格反映的是诗人个性的独特的创造。所以停留在模拟之上，而不是走出模拟，就永远不会有个人的风格。向前人学习也是如此。宋代的江西诗派奉杜甫为此派之祖，特别强调向老杜学习，但风格似老杜沉郁顿挫者却较稀见。可见学习而能出新，才可能形成个人的风格。所以，所谓体出某个诗人的说法，虽然确实反映了诗之创作中的一种现象，古代的诗人也很注重向前代诗人学习，在诗歌创作中，的确有风格受前代诗人影响的情况，但不能说是风格形成的主要原因。体出某个诗人的说法，更主要的还是批评家和理论家一种观察问题的角度，或者说是一种批评的角度。

向前人学习借鉴，在此基础上不断创新，并形成个人的风格，这样的现象不乏其例。唐代著名诗人王维作品的淡泊诗风，如论者所言，确实是受了晋代著名诗人陶渊明的影响。但是王维的淡泊却不同于陶渊明的淡泊。王维由陶渊明的田园而转向山水，其思想内涵亦由庄老玄学转向佛学。所以陶渊明是自然真淳的淡泊，如苏东坡所说是似淡而实腴，寄至味于淡泊；而王维却是空寂的淡泊，由声色而归于静灭。王维是出于陶而实别于陶。正因为这样，王维才在文学史上独成山水诗派一家。可见决定诗人风格的不是模拟和学习，而是诗人创作个性的发挥与创造。这也是我们讨论到诗人之体时应该辨明的理论问题。

四

书肆流传的选本众多，但迄今为止，似乎还没有一部以"体"为编选体例的丛书，所以编写这样的一套丛书，对于业内学者研究中国古代诗歌或诗歌爱好者学习鉴赏中国古代诗歌，都会有所帮助。

诚如前面所说，体分时体与诗人之体两类，所以这套丛书以时代之体诗和诗人之体诗作为选诗原则。以时体选诗，有风雅体、骚体、正始体、齐梁体等多种，以诗人之体选的诗则因具体情况而更多些，如太白体、少陵体等。

因为侧重于诗体，所以所选的作品同一般的选本有所不同。一般的选本，以优秀的作品为铨选的标准。而这一套诗选丛书，却不仅要考虑到所选作品的优秀与否，还要从整体上考虑所选的作品是否代表了诗人的风格，或者是否具备了时代的风格特征。正是如此，有些本来很优秀的作品，却未必一定选入。诗人的风格并不是一成不变的，这是因为诗人的个人风格有一个形成过程，而且由于受各种因素的影响，诗人的风格也会有变化。诗人的风格也有一个风格多样化的问题。这些问题在选诗时也要认真斟酌，决定去取。

选本的体例，有注释，还有说明文字。说明文字既要简要概括诗的义旨，还要对作品里十分突出的艺术特征加以提示。为了使读者对一个时代、一个诗人的风格有比较清楚的认识，丛书的每个选本前面都撰写了前言，重在分析和介绍每一体的形成及其艺术特征。编选者把选诗、前言、说明、注释作为一个整体，希望通过这几个环节能够完整地揭示出每一体的艺术风貌。

（《中国诗体丛书》，河北大学出版社 2004 年版）

面对经典
——《论经典》后记

专业是中国古代文学研究，我却跳到界外，写了一本《论经典》的理论书，这不能不让朋友们感到突兀与诧异。因此，不能不写一篇小文，交待我撰写此书的目的和动机。而这，或许还可以帮助读者更真切地了解这本书。

2003年至今，我已经有了十余年的图书馆的馆龄。过去，我作为一名人文学者，自然是离不开书的。但是，读书仅仅是个人的事情。做了馆员，不仅与书结下更深的缘分，而且领会到读书对于个人和社会的重要，深切感受到倡导读书之于图书馆员的责任。所以，利用国家图书馆和中国图书馆学会这方天地，组织了一些推动阅读的活动。随着这些活动的深入，我逐渐看到了一些关于读书更深层次的问题，即大众文化的流行，不仅令文化变成了供人消费的商品，而且也使读书退化为单纯的消遣娱乐，读者正在远离数千年累积下来的人类优秀文化遗产——经典，经典已然被边缘化。这自然使有些人暗自高兴，而这委实是一个不祥的兆头。所以，我们不单是要推动阅读，使这个世界多几个读书人，而且还要提倡读经典；这个社会不仅有轻飘飘的阅读，更应该多些有深度、有厚重感的读书。然而，进入"经典"这个话题，我发现自己进入了一个很深的陷阱。原来，围绕经典，自20世纪以来，竟有一场硝烟弥漫的文化战争。原来，很久很久以来，就有学者在解构经典了。所以，提倡读经典，必须从头说起什么是经典，经典是如何形成的，然后才会解释清楚，人们为什么要读经典。

即使从文学学科的角度来考虑，研究经典也有其必要性。文学学科中，自20世纪初以来，最为重要的课程设置就是文学史：中国古代文学史、现当代文学史、外国文学史。一百多年过去了，文学史的模式没有太大的改变，主要以介绍作家、作品为主。但是，哪些作家、作品可以进史或者不能进史，并没有什么理论依据，基本上依靠经验和事实。而这，应该说是不严谨的。其实，文学史遴选作家、作品，至少有两个条件，或曰编选者的考虑：其一，是作为一个时期文学的代表，即一种文体、一个流派、一种文学现象的样品，选入文学史；其二，即是作为优秀的文化遗产——经典，在文学史中给予介绍。如果选择经典进入文学史，就必然涉及何为经典的问题。

这里，我还要坦露此书写作过程中的心曲，那就是随着温习经典越来越多以及写作的深入，在沉着坚定地以仁义、民本思想救世的孔孟面前，在愤世嫉俗地以自然无为救人的庄子面前，在奋起抗争黑暗、高呼"救救孩子"的鲁迅面前，在柏拉图、莎士比亚、托尔斯泰等西哲面前，我强烈地感受到对于当今学者文士甚至包括我自己甚深的失望。"可怜你这受了伤害的名字！我的胸膛就是卧榻，要供你栖息。"这是莎士比亚的话，被托马斯·哈代引用来作《德伯家的苔丝》一书的题词。读了它，我看到了自身的"小"，几乎无地自容。缺乏思想和信仰，没有悲天悯人的情怀，斤斤计较于一己之利，我们于世已经变得可有可无。

文章千古事，得失寸心知。我于2010、2011两年读书准备，理清思路，2012、2013两年撰写完书稿，2014年继续修改，前后用了五年时间。不过，我知道，这部书稿虽然自己作了努力，框架结构和基本观点已经粗具，然而由于未能结合经典的具体文本展开论述，所以其内容尚不饱满。同是讨论经典，此书缺少哈罗德·布鲁姆《西方正典》对于一部部经典详尽的分析，更没有他面对论敌咄咄逼人的气势和嚣张的气焰，但那需要的是饱读诗书的底气！

我于2014年1月26日卸任国家图书馆管理职务，进入隐居的状态。卸职会上，我口占《致仕》一诗："脱却章服换布衣，桑榆告老正相宜。京南春甸应遛狗，城北秋郊好斗鸡。冷暖人生多进酒，是非文坛少弄奇。自今老叟逍遥日，勤向窗前拜六籍。"然而，生活中实在无缘遛狗、斗鸡的闲逸，每日里沉浸于读书、写书或教书中，却也从中获得了由优孟衣冠生活到找回真实自我的欢欣。尤其是阅读经典，思接千载，视通万里，不时体会到心胸扩大的舒畅。所以，我这里更应该感谢的是先贤为我们所备下的精神圣餐——经典。

2015 年 1 月 22 日于国家图书馆办公楼 617 室

（《论经典》，人民文学出版社 2015 年版。收入本书时有改动）

何妨做一次唐·吉诃德

人文学科研究的方法、路径千差万别，但其起点和终点都应该是问题。发现并提出问题，通过一定的途径解决问题，这是所有学科研究的出发点和终结点。因此，无论个人著书立说，还是辅导学生论文，学者们都特别强调问题意识。而问题的产生和提出，有的来自某一学科发展的进程，有的则直接来自现实。《论经典》这一选题的生成，主要来自现实生活中读书的焦虑。

中国进入 21 世纪后，大众文化流行，不仅令文化变成了供人消费的商品，而且也使读书退化为单纯的消遣娱乐。大众阅读下的阅读习惯和阅读心理，同人们接受大众文化的心理一样，首先表现出快乐主义和享乐主义倾向。这是一种快乐至上的非理性阅读心理。它追求享乐，放纵官能，止于快感，陷入阴暗的混沌的本能领域。阅读领域的快乐主义盛行，不仅使读者沉溺于感性的受用，还使读者逐渐丧失理解和感受作品内涵的能力，使读者的阅读能力平庸化。快乐主义和享乐主义的盛行，也使阅读成为逃避社会现实的避难所。由回避精神产品中有深度的思考内容，延伸到对社会问题的逃避。大众阅读心理还表现出趋同性和盲目性：缺乏个性，盲目从众。这成为阅读的普遍心理。一方面是大众传播媒体的强势进入，渗透进大众的日常生活，客观上挤压了个人独立的文化空间，诱使读者的兴趣和习惯都自觉或不自觉地与大众传媒保持一致，日渐变为阅读取向标准化的读者；另一方面，则是读者主动交出其阅读的自由裁量权力。乐观地分析，读者不愿花费脑力思考问题，是其原因之一；但更严重的是大众阅读也许令读者失去了判断力和理解力，所以习惯于跟风，跟着广告走，跟着电视走，大众传媒喂什么，读者就吃什么。这种大众阅读，会塑造成什么样的读者？给阅读带来什么样的后果？就是使读者自然而然疏离经典，并且最终远离经典。实际情况也是如此，当下的读者正在远离数千年累积下来的人类优秀文化遗产——经典，经典已然被边缘化。而这委实是一个不祥的兆头。所以，我们不单是要推动阅读，使这个世界多几个读书人，而且还要提倡读经典。这个社会不排斥轻飘飘的阅读，但更应该多些有深度、有厚重感的读书。既然提倡读经典，就必须从头说起什么是经典，经典是如何形成的，然后才会解释清楚人们为什么要读经典。所以我下决心花点时间深究此一问题，这是我研究经典的最初动机。

　　然而，进入"经典"这个话题，我发现自己进入了一个很深的陷阱。原来，自20世纪以来，围绕经典竟有一场硝烟弥漫的文化战争。欧美的经典之争，始于20世纪70年代文学教育的民主化进程，其焦点是传统经典的合法性问题，重构经典是其主要目的。我国的经典之争最早反映为20世纪90年代重写文学史的争论，衍化为文学理论界关于经典的讨论，经过近二十年的探讨，形成了一批有学术价值的研究成果。然而认真梳理既有的研究成果，可发现经典研究存在的不足。首先，研究经典，局限于编写教材的需要，关于经典的讨论，更多是来自高等学校，因此关注的角度偏于甚或主要在文学教育，文学史教材编撰中何人可列为经典，是经典争论的起点，也是终点，却忽略了社会普通读者这一重要阅读群体的阅读现象，这样的研究显然是不全面的。跳开经典教学为了规范、树立标准的立场，站在普通读者的立场来看经典阅读，究竟为什么要读经典？这些问题没有得到回答，或者说没有得到认真而令人信服的回答。其次，在经典的讨论中自然形成了本质派和建构派。本质派认为经典决定于文本本身，而建构派则认为经典是建构起来的，并不决定于文本，二者各执一词。这样的争论，既深化了对经典的认识，同时也在某种程度上遮蔽了研究的视野，使这一问题的研究无法做到圆融通照。如关于经典的内部属性，在基础理论研究方面，缺少有理论深度、有说服力的研究成果。欧美和中国反经典与捍卫经典两派的理论，对经典内部品质都缺乏集中而又深入的研究。而在研究经典建构的各种关系时，一些十分复杂的关系被简单化，有的现象被有意无意地忽视或遮蔽。如讨论经典与政治的关系时，一些文章过于强调主流意识形态对经典的决定性影响以及经典对政治的从属性，忽视或无视经典与政治关系中的另外一个向度，即少数的经典并不符合主流意识形态，这些经典实际上是冲破了权力的禁锢与干扰而得以传世的。

研究经典，不仅是理论问题，也是阅读实践问题。研究经典，必须熟悉经典。从作品出发，不仅可以使经典理论研究更加有血有肉，而且可以解决诸多关于经典的疑难问题。用经典来说明经典，是此研究最为可靠、也最为得力的研究方法。为此，我集中时间，重新阅读中外经典著作，仅仅一年时间，就阅读了五十余部经典著作。通过梳理理论问题和阅读经典，我初步形成了自己的基本观点。我认为，经典属于优秀的文化遗产，不过，它不是只具有标本意义的文化遗产，而是"活性"的、仍然参与当世文化建设的文化遗产。经典的形成，首先来自它自身的品质，只有具备了这些条件，才有可能在其传播过程中，确立其经典的地位。当然，经典文本所具有的品质，还仅仅是其成为经典的文本条件。必须承认，经典是在传播过程中建构而成的。本书正是在问题意识之下，实事求是地调和"正典"和"非典"两家的观点，首先在分析历史遗留下来并被认可的经典的基础上，讨论何为经典、经典的价值及其存在的意义，而后再来探讨在历史传播与建构过程中经典与政治、媒体以及教育的关系。

在《论经典》一书中，我用了近一半的篇幅，讨论经典的内在属性，意在解答阅读经典对于个人、民族和人类的重要性。作为人类优秀的文化遗产，经典首先具有传世性。一部精神产品，在传播与接受过程中，经过两个以上的文化阶段，不同时代、不同时期的读者克服了阅读的"时尚性"，达到了对一部作品价值的肯定性共识，才可能成为经典。所以，儒家的经典《周易》《诗经》《论语》《孟子》和道家的经典《老子》《庄子》历经千年，流传至今。在漫长的古代社会中，儒家经典作为主流文化直接影响到社会的政治制度，也影响到士人的安身立命。道家经典，则作为与儒家思想并行的思想体系，作用于政治，成为儒家思想的补充。如道家无为而治的政治观，在不同时期与儒家积极有为的政治观互为消长，共同构成了封建社会的政治治理理念。而对于士人而言，道家思想与儒家思想一样影响深刻，出则为儒，入则为道，几乎成为大部分封建士人的处世之道。1911年后，中国的社会制度发生了深刻变化，儒家和道家赖以存在的社会制度已经不在，但是儒家经典《十三经》，除《尚书》《周礼》等逐渐变为只具有认识价值以外，以上所说的几部儒家经典和道家经典，作为思想资源，依然对中国社会发生着重要影响，其经典的地位并未因社会变迁而发生根本性的动摇。其原因即在于这些传世经典凝聚了中华民族的智慧，保存着前面所说的超越了时代和意识形态的历史共识，并且已经深入这个民族的血脉。

经典的第二个属性在于它的普适性。任何可以称之为经典的作品，都会跨越时空，超越族群、阶级和性别的局限，得到读者的普遍认同。这是因为经典反映了人类普遍关注的问题，并试图给出解决的方案。此外，作为人类共同的文化遗产，经典探讨并深刻地反映了人类共同存在的人生、人性问题，同时也积淀了人类基本的价值观，如：任何社会、任何国家的人民，都有对真善美的追求，对假恶丑的憎恶，对自由与民主的渴望，对专制与压迫的反抗，对真理与正义的坚持，等等。

经典的第三个属性是其权威性。经典的权威性来自经典的判断优先。即读者在阅读经典过程中，认识到自己见解的局限，承认经典的判断比自己先行一步，而且比自己的见解更加高明，因而对其心悦诚服。如果一部经典在历代读者的不断阅读和评价中，都得到了承认和认可，就形成了杜威所说的"集体理智"或曰"共识"，因此而具有权威性。通过经典内在属性的揭示，旨在告诉读者，经典凝聚着人类思想的成果，是人类文明的体现。阅读经典不仅使社会得到不断进步，而且也使读者个人达到自我完善，套用朱利安·班达的话，正是由于有了经典，"在两千年里，人类虽然行恶，但是崇善"。

在欧美，20世纪70年代后掀起一股反经典的浪潮，女性主义者、非洲中心主义者、西方马克思主义者、师法福柯的新历史主义者或解构论者，重新审视和评价传统经典，对其合法性提出质疑。耶鲁大学教授哈罗德·布鲁姆是美国著名的文学批评家，也是捍卫经典的主将。他面对经典的"憎恨学派"，写下《西方正典》一书，对一部部经典予以详尽分析，从经典的审美价值论证传统经典的合法性，成为捍卫经典的代表作。但在中国，尽管20世纪90年代以来学术界开展了多次经典研讨会，但至今尚无一部专著系统地研究经典问题，分析大众文化对经典的解构与侵袭，理直气壮地提倡阅读经典，这是令人遗憾的。我前后用了数年时间，写了这本小书，应该说是尽了心力。但能否对读者回归经典产生一些影响，却很难说。如今，大众文化潮流汹涌，大有荡平一切之势，这本小书连同它所倡导的经典，也许很快就被它淹没。

即便如此，又何妨做一次唐·吉诃德！

（《博览群书》2016年第2期，原名《这本书会和经典一起"淹没"吗》）

《经典与李白》序

　　我的杂撰类文章，多触物而兴，随性而写，甚至就是因为一句语感而成文。应用类的文章则拘于文体，文字亦较整饬。近年来整理成书稿，其面貌终不出文学的学术圈。我常说，圈子就是每个人的命运，看来学术亦然。

　　学术研究著作不敢稍有马虎，一般是先做文献长编，再抽取出问题，依此构思全书框架结构、章节细目，然后一章一章写下来。全书成型之后，再一篇一篇打磨，交给刊物发表，听取意见，再做修改。所投刊物中，《文艺研究》是首选。最初起兴投《文艺研究》，原因真简单，就是看它封面设计"艺术"，典雅精致有文气；内文排版疏朗，觉得有文发在这样的刊物上文字不憋屈。因此最初一念，成为《文艺研究》的作者，逐渐发展为老作者。又因推敲文章而与编辑、主编交流甚或交锋，终成真朋友。

　　收到此小书中的文章，关于经典的研究文章有两篇，出自《论经典》。此书入选 2014 年度"国家哲学社会科学成果文库"，人民文学出版社 2015 年 3 月出版，2016 年 9 月再版。这是国内学术界首次以"经典"为中心探讨经典属性及其建构的研究著作。写作此书的动机，不仅仅在于从理论上解决经典的一些基本问题，还在于为中国古代文学史和现当代文学史的编写提供理论支撑，为提高全民阅读的质量提供理论支持。全书分为十章，三个部分：首先讨论何为经典以及围绕经典的相关争论；其次以传世的经典文本为基础，阐释了经典的五个属性；最后探讨了外部因素对经典的影响，即经典在传播与建构过程中与政治、媒体、教育、大众阅读的关系。

　　本书的基本观点认为：经典属于优秀的文学遗产，但不是只具有标本意义的文学遗产，而是"活性"的、仍然参与当世文化建设的文学遗产。经典的形成，首先来自它自身的品质，如传世性、普适性、权威性、累积性、耐读性等。只有具备了这些条件，才有可能在传播过程中确立其经典的地位。当然，经典文本所具有的品质，还仅仅是其成为经典的文本条件。必须承认，经典是在传播过程中建构而成的。本书试图调和"正典"和"非典"两家的观点，首先在分析历史遗留下来并被认可的经典的基础上，讨论何为经典、经典的价值及其存在的意义；而后再来探讨经典在历史的传播与建构过程中，经典与政治、媒体以及教育的关系。最后讨论大众阅读与经典面临的挑战问题。

《"经典"的属性及价值》一文，撷取的是《论经典》第二章到第六章的主要内容，重点讨论经典文本的内在属性及其价值。文章认为，经典是在传播过程中建构起来的，但是经典之所以成为经典，亦有其自身的价值所在，值得我们去认真研究。哈罗德·布鲁姆说："谁让弥尔顿进入正典？这个问题的第一个解答是约翰·弥尔顿自己。"也就是说，经典的确立，首先在于经典文本本身，没有文本自身的质量，很难成为经典。因此，研究经典必须研究经典文本本身所具有的品质。

第二篇《论经典的权威性》是具有挑战性的学术话题。经典是否具有权威性，是围绕经典展开争论的主要话题之一。本文虽然认为不是所有的经典都具有权威性，但是并不赞同后现代反经典和反权威的观点。理由很简单，即按照现代诠释学的理解，权威并不等同于权力，也不是衡量经典的唯一标准，然而却是经典之所以传世、受到历代读者重视的原因之一。所以研究经典，就不能不承认相当一部分经典所具有的权威性，不能不探讨经典的权威性问题。

我的文章主要辨清了三个问题。其一，权威性不是衡量经典的唯一标准。其二，真理性不是经典具有权威性的唯一原因，经典的权威性不完全决定于经典是否承载了某种真理。在传世的经典中，无可否认有些作品是承载了真理或具有真理性的内容，但是并非所有的经典都具有这样的认识价值。所以不是所有的经典都具有真理性，而有无真理性也不能决定经典是否具有权威性，即真理性并不是衡量经典是否具有权威性的唯一标准，那些非带有真理性的经典并不因此而有损于它的价值。因为经典之所以传世，正在于它内涵的无限丰富性，它提供给读者的不仅仅是认识世界的价值。尤其是文学艺术，它的主要功能不是理性地认识世界，揭示社会发展的某些规律，而是作者面对世界的心灵感受。如果它也有什么认识价值的话，这种认识也是作者对于社会人生的一种审美把握，审美判断。对于这样的经典，读者越是试图从里边寻找什么规律和真理，也就越容易失去对经典的丰富内容的理解。其三，在精神产品中，权威并不等同于权力。本书借鉴了杜威科学权威乃是"集体理智"的定义和伽达默尔《真理与方法》中的"前见"说来解释经典的权威性，提出了经典权威来自判断优先的新说。经典的权威性来自读者在阅读经典时对于合于自己价值观的前见的承认和认可。如果一部经典在历代读者的不断阅读和评价中，都得到了承认和认可，就形成了杜威所说的"集体理智"，或曰"共识"，因此而具有权威性。经典的权威不仅如伽达默尔所说的表现为对经典的承认和认可，还表现为对经典的信任与信服。如果说承认和认可是读者阅读经典时对经典接受的理性判断的话，那么读者对于经典的信任和信服，则带有明显的情感成分，是理性判断和情感仰慕相统一的阅读接受。

2021 年，我研究李白的著作《诗仙·酒神·孤独旅人：李白诗文中的生命意识》在生活·读书·新知三联书店出版，这是我研究经典的具体实践。此书从生命角度观照李白，结合李白的生平遭际分析其诗文文本，论述李白诗文中光阴意象所表现的生命本质、李白快乐主义的生命观、李白对生命价值的追求与生命本质的塑造、李白作为天才诗人独特的孤独心理体验、李白的心灵逃逸与解脱之道，试图呈现一个肉体与精神的李白、天才诗人与俗世凡人的李白。此书出版后，一年之间四次印刷，获得国家图书馆 2022 年度文津图书奖。

发表于《文艺研究》的两篇，借用现在的项目语言，属于撰写此书的阶段性成果。李白之纵酒、李白诗文中所表现出的浓郁的追求快乐思想，都是李白身上带有胎痕性的印记，如何评价，是学术界面临的难点。纵酒尚可解释为魏晋以来士人追求个性、反抗现实的传统，是李白大济天下的理想与现实发生冲突的矫激反应。但快乐主义，尤其是李白身上表现出的及时享乐思想，很少有人正面评价，甚至避而不谈。因为我们从来就视快乐主义为一种负面的人生态度。我的文章引证中外哲人关于快乐的论述，肯定了快乐主义生命观，认为快乐从根本上说是生命的目的，也是生活的目的。在对待生命的态度上，李白是典型的快乐主义者。他的作品毫不掩饰地表现出对生命快乐的向往以及得到快乐的幸福感。李白追求的快乐，既有社会所肯定的事功、崇尚声名不朽的精神层面，亦有古今中外多持否定态度的声色宴饮等感官层面。文章从内在思想基础和外在原因对李白诗文中经常出现的及时行乐思想作了分析，认为及时行乐思想是李白实现生命社会价值的追求与社会发生冲突、理想无法实现的矫激行为。文章还通过分析李白不辞富贵与粪土王侯的矛盾得出结论：对于以李白为代表的中国古代士人而言，人格的尊严、心灵的自由，是其获得生命快乐的根本源泉。正面肯定快乐主义生命观，似乎要冒很大风险。但诚如古希腊哲学家伊壁鸠鲁所说，快乐是"首要的和天生的善"，罗素亦说"我把快乐视为善"。追求快乐，回避痛苦，是人的天性，不应否定。我认为，对李白追求生命快乐的描述，还原了一个真实的有血有肉的李白。

四篇文章，在《文艺研究》刊发而扩大影响，本就十分幸运。如今又结集出版，与《文艺研究》的缘分又加深了一层。借此机会，感谢原主编方宁先生和主编金宁先生的厚爱，感谢陈斐先生的推荐和编辑。陈斐先生是古代文学研究青年才俊，近年来与我在唐诗选本整理方面有很好的合作。他治学颇为严谨，这也表现在他的编刊上。在学术研究的道路上，能够遇到这样的编辑，也是一件幸事。

2023 年 6 月 10 日

（《经典与李白》，文化艺术出版社 2024 年版）

《青龙满族自治县村镇志》序

　　方志之名，可上溯到周代，《周礼》记载，"小史掌邦国之志"，外史"掌四方之志"。"志"者，记也，载也，邦国之志，就是国史；四方之志，就是地方志。可惜四方之志，只见记载，未见文献。寻其迹，当是《尚书·禹贡》《山海经》之类。

　　中国传统的图书四部分类中，方志归于史部地理部。唐刘知幾《史通》中说："九州土宇，万国山川，物产殊宜，风化异俗，如各志其本国，足以明此一方，若盛弘之《荆州记》、常璩《华阳国志》、辛氏《三秦》、罗含《湘中》，此之谓地理书者也。"乾隆时编《四库全书》，方志依旧归于地理类。地理类又分宫殿簿、总志和都会郡县、河渠、边防、山水、古迹、杂记、游记、外纪等十类，其中总志和都会郡县是典型的方志。

　　其中总志是全国性的方志，唐代李吉辅撰《元和郡县志》被冠为总志之首，盖以其"体例亦为最善，后来虽递相损益，无能出其范围"。其次为宋代乐史撰《太平寰宇记》："其书采摭繁富，惟取赅博。于列朝人物，一一并登。至于题咏古迹若张祜《金山诗》之类，亦皆并录。后来方志，必列人物、艺文者，其体皆始于史。"北宋王存等撰《元丰九域志》："其书始于四京，终于省。废州军及化外羁縻州，凡州县皆依路分隶。首具赤、畿、望、紧、上、中、下之名，次列地理，次列户口，次列土贡。每县下又详载乡镇，而名山大川之目，亦并见焉。"可见到北宋时期，方志的体例已经十分完备，包括区划、户口、特产、山川、人物、艺文等。

此为总志。到地方志，宋代《乾道临安志》，内容更为具体，分为沿革、星野、风俗、州境、城社、户口、廨舍、学校、科举、军营、坊市、界分、桥梁、物产、土贡、税赋、仓场、馆驿等。

古代的方志一般多止于县，虽然记载的内容包括了县以下的乡里，限于体例自然不会十分具体。现在为乡镇而写方志，自然环境、行政沿革和乡里风俗、乡贤人物等也会更为细致，更为具体。不仅是方志在行政单位方面向下的延展，覆盖面更广，也更多地发挥了方志的百科全书作用。

自古以来，志即属地理之学。作为地理之学，方志的特点是在记载一个地方的山川地理、特产土风和乡贤人物。

如果说史书的内容主体在于记述历史事件，而方志则更接近于一个地方的百科全书，知识性和资料性强，因此章学诚说"志体横看"，也就是说方志所记多为一个地方各个方面的基本情况。所以，今日编乡镇的方志，实有一册在手，即可知一乡、一镇基本概况的作用。举凡行政区划、沿革、自然地理、经济特产、文化教育，都能够借此而粗知一二。本乡人读此可知本乡历史文化，外地人读此可了解当地基本乡情，可谓善莫大焉。

清代，有的学者开始强调方志的史的特质。章学诚即讲"志为史体"，《文史通义》："夫家有谱，州县有志，国有史，其义一也。"方志本来就归之史类，为何还要特别讲志为史体？

其真正意思，首先是突出史的真实性，这一点恰恰是方志所缺乏的。古代方志的撰写者多为地方文人，所依文献或有不查，方志记载的史实，有时与实际情况不符。尤其是方志所载的人物和艺文，张冠李戴、移花接木的现象多有，后人使用，稍有不慎，即被其误导。我注释李白集时，就强烈地感受到这一点。所以学生使用方志时，我常常嘱咐，使用方志要谨慎，要复核文献。古代方志的此一问题，大大减损了它的使用价值。读《青龙满族自治县村镇志》，古代方志的史实文献不实问题，基本得到解决。看得出来，乡镇志每一个条目的内容，都经过严格的核查，甚至用了大量的数字和图表来说明，以增加其科学性、可信性。我认为此志的内容是真实的，而且也一定经得住历史的检验。

章学诚讲六经皆史，史也负有教化之义。方志既要循史例，就要讲教化。因方志主要内容是介绍一地的基本情况，行政区划如何，山川地貌如何，教育文化设施如何，等等，如果说有何教化意义，观民风民俗而知盛衰，博览博观、"多识于鸟兽草木之名"，只能说勉强靠得上。切实而言，方志对于今天的读者来说，其教育意义也许就是知历史，懂国情。

强调志为史体，还应该有提倡一字而寓褒贬的涵义。按说，史学的一个基本原则，就是秉持客观，实际情况是很难有不偏不倚的历史书写，春秋笔法就是中国史学的一个优良传统。然而用记述历史事件来褒贬社会的春秋之义，方志中却比较少见，写作中实际也很难操作。作为志书，《青龙满族自治县村镇志》撰写者的史学态度是认真而客观的。但也看得出来，作者对家乡的热爱天然会影响到文笔，如写人民的生活水平，"居民出行以车代步，饮食荤素搭配，住房结构新颖，衣着追求时尚"；写自然环境，"河流无污染，环境状况良好"，赞美之情溢于言表。而写到 1958 年，"人民公社大炼钢铁，大量柞树、松树被砍伐用作燃料，森林植被遭到破坏"，批判之意显在，这里边就融入了中国史学精神。

旧例，一本地方志书的出版，都要请领导作序的。此书却破例，要两个出自青龙的文士作序。愚也不敏，而且不治史，本没有资格的。但乡亲之命不敢违，亦不能违。好在学过目录学，对青龙的一些乡镇也算熟悉，更主要的是，青龙永远是我感情的根，所以拉拉杂杂写了一些方志的常识问题以应命，同时也借此表达我对故土的厚爱与厚望。

2017 年 8 月 18 日

（《青龙满族自治县村镇志》，中国文史出版社 2017年版）

《〈朱子语类〉文章学研究》序

　　刘振英确定博士学位论文选题时，与我商量要写《朱子语类》，他的硕士论文就是以朱子为题，继续研究也很自然。但《朱子语类》收录朱熹一万四千多条语录，字约二百三十万，如振英所言，包括对天地、鬼神之理的探索；对性理、学行的审问和深研；对儒家核心典籍的诠释；对学术异端的论争、对道学传承和正统的捍卫；对历代卓越人物和历史事件的讲述、对社会兴衰治乱规律的总结。我感到有相当难度，心里颇犹疑。后与振英聊，发现他崇敬朱熹，《朱子语类》已经读得很熟，这增强了我的信心。

　　朱熹是宋代著名理学家，历元明清，他的学术思想一直是官方主流意识形态，自宋代以后，儒学主要是通过朱熹而对中国产生影响的。正因为如此，研究朱熹的成果甚多，哲学、美学、语言学研究都已经十分深入。朱熹也是中国著名的教育家，他为官十余年，而讲学却长达半个世纪。乾道五年（1169），朱熹返里守丧期间，创办了寒泉精舍，讲学八年之久。淳熙七年（1180），朱熹知南康军，修复白鹿洞书院，并主持、主讲书院。淳熙九年（1182），迁台州，主管崇道观，于武夷山建武夷精舍，在此讲学亦达七年之久。绍熙四年（1193），朱熹离潭州之任回归故里，又建竹林精舍，成为他晚年居家讲学的学院。所以如果要为朱熹正名，他名副其实就是个老师。

老师的天职是授课，但朱子讲课的方式与今绝不相同。今日一些高校教师讲课，本科基本是满堂灌，教师讲完就走，很少与学生交流。研究生尚好，但据我所知，硕士也是以导师讲课为主，博士或许研讨较多。我一直认为，文史的教学，应以读书为主，辅之以教学辅导。而今天恰恰反而行之，孰对孰错，没人检讨。书院教学，就是以读书为主，然后师生互相研讨，老师的作用就是解惑答疑，于是有了《朱子语类》之语体。这个语体，不同于《国语》的语体，与《论语》大体相似，是一种独立的语体。它类似教材，又不同于教材。它有问有答，有来有往，形同对话；可它又不同于对话，虽然有问有答，但讲话主体却是老师。所以语非七嘴八舌的杂语，话非对等的对话。《朱子语类》的语体是建于宋代书院体制之上的讲授体，是发生在师生之间的一种讲授艺术。

朱熹不仅是位教育家，还是一位文学家，其诗文在文学史上亦占有重要地位。他与学生学术交流，或论道，或讲经，或讲史，很重章法，颇具语言艺术，体现了朱熹文章学的深厚功力。研究朱熹的论著多矣，很少有人研究朱熹作为文学家与学生研读讲授的语言艺术；研究文体的论著亦多矣，也未见研究教育家创造的一种文体——极为特殊的讲授体。总之，立足文章学研究《朱子语类》，揭示其文体内涵和价值，振英论文的学术意义也许正在于此。

论文写作难度较大，过程并不顺利。南开大学教授查洪德研究元代文学，于理学颇有心得，我请他和我一起辅导振英的论文。我、洪德和振英几乎是在不断讨论中理清思路的。论文取得的收获，窃以为主要在于扣准文章学，首次研究并揭示出《朱子语类》作为授课语体的语言艺术。

首先是讲述语体的研究。为了总结社会兴衰和治乱规律，朱熹常与学生讲述历史、评论当代人物事件，形成了《朱子语类》的讲述艺术。振英的论文着眼于《朱子语类》人物与事件的叙述，总结其讲述人物的语言艺术：既注重人物之间的映衬关系，又注重人物学术灵魂的捕捉，气韵生动、虚实相生，立言立心。而朱熹讲述事件，注重情节的上下相接和"因果互生"，按照讲述目的来安排讲述情节的先后，讲述中的"插叙""倒叙""补叙"都能使事件讲述别开生面。

其次是讲解语体艺术的研究。朱熹与学生研讨的重要内容仍是儒家经典，即《四书》《五经》。在讲解儒家经典之中，阐述朱子理学的天地、性理之学。振英论文以文章学为视点，把握朱熹讲解《四书》《五经》的语言艺术，从体裁论、体要论、体貌论等几个方面分析朱熹的讲解过程，剖析理学思维与讲解方法、讲解篇体之间的内在联系。结合朱子的理学思维解析其解经的文章学内涵，应是论文的难点。总体来看，此部分取得的收获也最大，在研究朱熹的论著中有其独特的价值。

最后是论辩语体艺术研究。论文把朱熹在课堂上梳理学术分歧、明辨是非、判断价值、构建道统的内容，归为论辩艺术。振英具体研究了朱熹辨析问题时，论辩之气势、论辩之节奏、论辩之语言和论辩之方法。细致到论辩的起势、蓄势、收势，虚字、文眼，造语、口语。振英论文的第一稿就是把《朱子语类》作为语料来研究的，虽然后来改变了路数，但第一稿所下的功夫，在此一部分充分展现出来。

振英总自谦不如别人聪明，果真如此，此论文就是笨人读书研究的成果。肯于下笨功夫，爬梳文献，吃透内容，理出思路，一个问题一个问题研究清楚，写出自己的心得，由此而推进些许朱熹文章学的研究，这也许正是笨的收获。

2021 年 3 月 30 日

（《〈朱子语类〉文章学研究》，社会科学文献出版社2021 年版）

《王世贞诗文论资料补辑与新论》序

　　隆庆四年（1570）李攀龙逝后，王世贞才最高，地望最显，为后七子领袖，独领文坛二十年，"操文章之柄，登坛设埠，近古未有"（钱谦益《列朝诗集》丁集卷六《王尚书世贞》）。在中国古代，文坛领袖多为高官能文之人，官卑人轻者，文章再好，难为首领。"李杜文章在，光焰万丈长"，李白、杜甫影响固然无可伦比，却非盛唐诗坛宗主。宋代柳永之词应是婉约词的代表，却也难成魁首。王世贞所以成为明代中叶文坛领袖，其原因之一，是自嘉靖二十六年（1547）二十二岁中进士到万历十八年（1590）六十五岁卒，四十余年一直为官，在朝中，官至刑部郎中，外任过多地的按察使、布政使，南京兵部侍郎，累官至南京刑部尚书。王世贞所任皆为要职，手握重权，以中国传统，说话自然有地位，占分量，一时士大夫及山人、词客、衲子、羽流莫不奔走门下，自是常态。但既为文坛领袖，重要的还是以文说话。《四库全书总目》说："自世贞之集出，学者遂剽窃世贞。故艾南英《天佣子集》有曰：后生小子不必读书，不必作文，但架上有前后《四部稿》，每遇应酬，顷刻裁割，便可成篇。"王世贞作品影响之大，由此可知。王世贞确立其文坛地位，不仅在其作品，还在其复古以开新的文学思想。一般认为，集中反映其复古文学思想的就是收入《弇州山人四部稿》中的《艺苑卮言》。

《艺苑卮言》是王世贞不满四十岁时所作，此后二十余年，其文学主张不可能一成不变。而且，一个人的思想不可能完全体现在其一部著作中。贾飞就是出自如此考虑，留意聚合《弇州山人四部稿》《续稿》《续稿附》中序跋、书牍、墓志、碑铭和传记所载的文论材料，再整合《艺苑卮言》等著作，考察王世贞一生文学观念的演变，进而试图建构起其统绪完整而又动态变化的诗文理论体系。

王世贞著述甚丰，文学思想亦复杂多变，仅此一部书稿，是否就可实现贾飞之雄心，另当别论。但读罢《王世贞诗文论资料补辑与新论》，还是为他取得的成绩感到高兴。他是下了大功夫的，从《弇州山人四部稿》《续稿》《续稿附》中收集并整理了近十万言的文论材料，不仅为他研究王世贞的诗文理论打下坚实基础，也为他人研究王世贞做了一件有益工作。有了这项工作，再来考察王世贞的诗文理论，也就多有新的发现与认知。旧论多以为李攀龙和王世贞共同鼓吹"文必秦汉，诗必盛唐"，《明史》《四库全书总目》皆持此论。此书则细加辨析，分辨出王世贞与李攀龙文学主张的异同，指出：王世贞虽然也推举西汉之文，主张天下为文者，"高者，探先秦，摭西京"（《弇州山人续稿》卷四〇《袁鲁望集序》），但又不拘止于西汉，还要"挟建安，俯大历"（同上）乃至"欧韩之文"。就学诗而论，王世贞一方面主张取则盛唐，另一方面又不废中晚唐甚至同时代的诗人，"取中晚唐佳者及献吉、于鳞诸公之作，以资材用"（《弇州山人续稿》卷一八二《徐孟孺》）。从而可使我们窥见王世贞师古的真实思想是捃拾宜博，师匠宜高。前后七子法古，皆重格调。李梦阳论诗尚格古调逸，李攀龙亦然。贾飞论著在前人研究基础之上，结合新文献，对王世贞的格调论内涵又做了更深入探究，揭示出王世贞以才、思入格调的理路："才生思，思生调，调生格。思即才之用，调即思之境，格即调之界。"（《弇州山人四部稿》卷一四四《艺苑卮言一》）。才思是格调的内涵，而格调则是才思有形式规格要求的呈现。由此突出了王世贞格调说既传承二李而又出新之处。尤其是关于王世贞基于格调理论追求"自然"之境的论述，更是对王世贞超越复古的文学主张有很好的发明。贾飞论著不受王世贞复古之说的遮蔽，考察王世贞的诗文追求，发现王世贞诗文始终尚性情、重真我，实为性灵说之先驱。这就揭开了王世贞复古主张的面纱，露出了其真实面目，就是借汉魏、盛唐驱除"诗家魔障"，还诗文以真性情。

2009 年，我厌倦了仕途，颇怀去意。恰逢上海交大发展中文学科，经许建平教授牵针引线，王杰院长操持，我被聘为讲席教授。贾飞就是我在交大招的唯一博士生。在交大，我受到了马德秀书记和张杰校长的礼遇，但终觉工作上不能适应工科院校的考核，生活上不习惯南方的习俗，未及数月，终止了合同。贾飞实际上由建平辅导毕业。但贾飞是尊师之人，始终待我为亲老师，每年都要北上看我，我自然也就认了他这个亲学生。如今，他论著即将付梓，我写了以上文字，既是读者的一点感受，亦有老师的期勉之意。

2021 年 6 月 10 日

（《王世贞诗文论资料补辑与新论》，社会科学文献出版社 2021 年版）

明诗唐辙探路

——孙欣欣《明代唐诗选本与诗歌批评》序

中国古代诗歌以两种形态传世，一种是别集，一种是总集，唐诗的传播亦如此。据初步调查，唐诗总集应在七百余种，存世四百六十种左右。别集因为关涉诗人研究，历来受到学者的重视，而总集研究则相对较少。在总集中，又因辑录唐诗文献的分量，更重视有诗必录的汇集本，而不甚关注唐诗选本。然就研究意义而言，选本的价值不在别集之下，甚至有过于别集。它不仅有传统学术的作品辑佚和校勘的价值，更可借此描述某一时期作家作品的传播与接受，考察批评家或某一文学流派、某一地域的文学观念。选本研究，还有我近些年所强调的研究文学经典化的价值。因此研究梁代萧统编《文选》甚至成为一门学问，称之为"文选学"。进入 20 世纪 80 年代以来，唐诗选本逐渐引起学术界的重视。先是孙琴安、陈伯海、朱易安先生从揭示唐诗总集的书目文献入手，出版相关著作，继之傅璇琮、陈尚君先生率先开展唐人选唐诗整理与研究，渐次成果日多。聚焦明代，既有金生奎《明代唐诗选本研究》专著，另有查清华《明代唐诗接受史》、孙春青《明代唐诗学》亦涉及选本，至于论文也是日见其多了。

孙欣欣此书的初稿是博士论文。她的研究兴趣在唐诗选本，对明代唐诗选本文献颇下功夫，查阅一手资料，对现存明代唐诗选本作了总体性考察。但受博士培养方向为文学批评史的限制，不得不选了这样一个题目，即以唐诗选本为入径，考察明代的诗歌批评。明代诗学思想极为活跃，各张门户，标榜己见，然如黄节所言："有明一代之诗，步趋唐辙。"（《诗学》）批评仍然是围绕如何学唐而展开。明初高启以唐诗为模范，"盖明诗步趋唐辙，季迪实为之倡，而摹拟之风，亦季迪为之始。"（同上）弘治以还的前七子，虽言复古，而诗尚中唐。至王世贞、李攀龙等后七子起，论诗"必推盛唐"。到了公安三袁，始反王世贞、李攀龙"文则必欲准于秦汉，诗则必欲准于盛唐"，"王、李之风渐息"。然无论公安三袁，还是竟陵的钟、谭，都是浸淫唐诗甚深者。所以明代诗学与唐诗的渊源甚深，而唐诗选本则是明代诗学各家表达诗学观的重要载体。唐诗选本发展至明代，在继承前代唐诗传播与接受历史的基础上，与诗学批评密切结合，取得了超越前代的成就。明代唐诗选本体例完备、内容丰富，体现了明人在唐代诗歌文献整理方面的卓越成绩，同时也活跃了明代诗歌批评，丰富了明代诗学，极大地促进了明代文学创作的繁荣。因此以唐诗选本为入径研究明代诗学，是颇有学术眼光的。不仅如此，此一选题，也避开了明代唐诗选本和明代诗学已经取得很多成果的正面的综合性研究，在众多的同类研究中独具特色。

孙欣欣的答辩很顺利，论文得到专家的充分肯定。毕业后，她未急于出版论文，继续做明代唐诗选本研究，2015年加入国家社科基金重大招标项目"历代唐诗选本整理与研究"课题组，为子课题"明代唐诗选本研究"的负责人，更是集中精力于此，从文献到选本的内容，更为全面而又具体地考察明代唐诗选本，研究不断精进，修改论文亦见明显提升，同年获得国家社科基金后期资助。近些年来，项目评审是否促进学术进步，争议日显。肯定者自然占多数，但也不乏负面的评价。如现在流行的"项目体"，就含贬损之意。此处不想议论当下评职称以及升职中项目是硬指标给社会带来的趋利行为，仅就国家项目评审而言，年度项目看选题与设计，判断非实，带有一定的推测性，故评审结果未必一定合理。后期资助评的是书稿，而非选题设计，书稿学术水平决定了专家的取舍，评审结果更为科学实在。入选后期资助，说明欣欣论文的学术水平又一次得到未名专家的认可。

此书之创获在两方面最为突出：

深入考察唐诗选本与诗歌流派关系，探讨流派之争中

明代唐诗选本与诗歌批评

Tang Poems Anthology and Poetry Criticism in the Ming Dynasty

孙欣欣 著

中华书局

唐诗选本所发挥的重要作用，从选本的角度重新审视明代各家流派的诗学思想，以唐诗选本中的批评印证流派的诗学主张，此为其一。明代不同历史时期，都有诗学领袖揭起诗学主张的旗帜，或倡复古，或尚趋新，或论格调，或主性灵，呈现出鲜明的流派特征。而不同的派别，也都编刊有自己的唐诗选本。值得关注的是，孙欣欣此书为我们揭示出明代唐诗选本的编撰与诗歌流派之间所形成的独特的相互依存关系。一方面，唐诗选本的大量产生依托于各个诗歌流派宣扬诗学主张、确立诗歌范本的需求；另一方面，众多诗歌流派的诗学主张因同气相求的唐诗选本而传播得愈发广远，影响也愈大。此书围绕二者之间这种紧密联系展开深入探讨。例如，在唐诗选本与复古诗派一节中，以选本为主线，通过选目之比较以及对评点、序跋的解读，不仅以有别于诗话等著作的视角重新考察复古派的诗学理论，同时也勾勒出了一条与复古派诗学思想发展变化交叉并行的选本发展线索，二者相互交织，共同展现了明代中期诗学复古的主流思潮。性灵派影响下的唐诗选本则是通过对个案的分析来反观这一诗学流派在明代后期的巨大影响，从选诗对象、选诗标准及具体的诗作评点等入手，展现其与复古派之间激烈的诗学纷争。明代末季，竟陵派异军突起，其领袖钟惺、谭元春以编选唐诗的方式再次证明了诗歌选本在诗学论争中的重要作用，其《诗归》也成为风靡一时的诗歌选本。其中《唐诗归》亦有单行本存世，集中体现了选家对唐诗的认识以及竟陵派的诗学思想。欣欣对《唐诗归》的解读细致深入，尤其是对钟、谭不以盛名选诗深层原因的分析，很有说服力，丰富了学界对《唐诗归》的认识。明末清初的诗坛，在流派纷争中慢慢呈现出调和融通的趋势。本书通过对其中极具代表性的一部唐诗选本李沂《唐诗援》的深入考证与解读，不仅纠正了学界对其作者与编选时间的著录错误，同时展示了这部唐诗选本融合各派思想、调和折衷的选诗特色。

梳理唐诗选本序跋与评点，发掘提取明人的诗歌批评观，丰富了明代诗学，此为其二。明代唐诗选本具有很高的诗学价值，它以一种更为具体形象的方式传达出了具有明代特色的诗学观念。孙欣欣此书爬梳明人唐诗选本，归纳抽取出明代诗学中最突出的三个理论话题。首先是辨体论。明人在辨体方面有着独特的心得体会，辨体理论的发展较前代也更为突出。但到目前为止专门从唐诗选本角度探讨明人辨体观念的却不多见。而此书则通过对明代唐诗选本体例、序跋的分析解读，考察了明人对古体、律体的辨析，对绝句与律诗的关系探究，对五言古诗的古、唐之辨，对乐府的古、唐之辨，总结出明代唐诗选本大都采用的"以体为序"的编选体例，以及高棅《唐诗品汇》所构建的独特的辨体模式，从有异于诗学论著的角度充分展现了明人独特的辨体成果，为我们更加全面地了解明人的辨体观提供了新的视角。其次是格调论。"格调"论是明代复古派诗学主张中最为重要的组成部分。此书在唐诗选本视域下重新考察明人的"格调"论，既有某一时期唐诗选本中所体现的"格调"论的横向分析阐释，又从先导者高棅的《唐诗品汇》以"格调"论诗、到践行"格调"论的胡缵宗《唐雅》将"雅格""雅调"作为铨选诗歌的标准、再到李栻修正与改良"格调"论《唐诗会选》的纵向考察。一纵一横，从选本的角度较为全面地展示了最具明代诗学特色的"格调"论。最后是性情论。"性情"一直是中国古代文学批评中的重要话题。本书同样是透过唐诗选本这面镜子清晰地映现出明人"性情"观发展嬗变的过程。作者通过对大量唐诗选本的深入解读，结合选诗评诗，提炼出明人丰富的性情观。其中有的选本体现出的是受理学思想浸染强调"性情之正"的"性情"观，有的选本则是在性灵思潮影响下，对"性情"的理解更侧重于人的一己真情，发现了选本形态下"性情"更为丰富的层次。

目前学界在处理选本这一批评形式上，还未具备像研究诗话那么丰富的经验，毕竟选本没有呈现给我们直接的批评语言，它最直接的批评就是选诗。然而要真正地掌握这种批评方式，对其做深入透彻的分析研究，不仅需要对诗歌史有深刻的理解，同时还要具备对诗歌作品的良好感悟力。孙欣欣此书尚存在对选诗的把握不够到位、理论与选诗结合不够紧密的问题。但是学无止境，面对古人留下的这笔文学遗产，我们晓得本着严谨的研究态度一步一步地去努力，就一定会发掘出更多更珍贵的诗学理论。相信孙欣欣现在正在撰写的另一部明代唐诗选本专著，会呈献给学界更丰厚的内容，更新颖的面目。

2021 年 12 月

（《明代唐诗选本与诗歌批评》，中华书局 2021 年版）

《王安石文章经典化研究》序

　　20世纪50年代以来的中国古代文学研究所走的路径大致可查：50年代到80年代，集中于经典的研究；90年代到21世纪的前十年，疏离经典，关注中小作家和二三流甚至是不入流的作品；近些年来，中国古代文学研究，逐渐有回归经典的趋向，学界呼声日高，诸多被冷落的经典又被重拾了起来。

　　古代文学研究本无界域，从研究的性质而论，何可研究、何不可研究的指认，并无道理。中国古代文学涵盖范围极广，经史子集无不涉及，不管研究哪些方面皆有意义。况且经典也有一个再发现的过程，英国18世纪诗人威廉·布莱克，在时人看来，是个反理性的偏执狂，一个梦幻家和神秘主义者。他的作品生前没有得到官方认可，也未得到公众的赏识。直到19、20世纪之交，叶芝等人重编了他的诗集，人们发现了他作品的玄妙与深沉，伟大诗人的地位才确立，而这已经过去了两个世纪。如果没有叶芝的发现，也许至今布莱克都会默默无闻，我们也无缘聆听他与神的晤谈，从"一粒沙里见到世界，一朵花中见到天国的消息"。这不能不说是研究无名之辈很过硬的理由。但古代文学研究的主要目的还是要清晰描述出古代文学的通变轨迹，总结出文学生生不息发展的经验，同时也有把人类优秀作品介绍给读者的责任。而这三个目的，哪一个离开经典都免谈达到。所以研究中国古代文学虽有无数之路径，而回到经典研究，方是大路，是通衢。

王安石是唐宋古文八大家之一，自然是中国古代经典作家。李楠选取王安石的文章经典化作为研究的对象，就研究对象的学术价值而言，有其良好的开端，起点不低。但是，王安石显然是一块难啃的骨头，而王安石的经典化，更有其难度。犹如爬坡，王安石这道坡不仅陡峭，而且堆满乱石，长满荆棘，满布陷阱。历史上的王安石，不是作为单纯的文章家而名世的，而是作为宋代最有争议的名相——拗相公、作为中国古代著名的政治改革家而名载历史。李楠的判断是对的："他是文学家，更是政治家，他的身后史，是文学与政治和学术纠缠在一起的历史，这是王安石经典化研究的特殊性所在，也是研究王安石文章经典化进程无法越过的地方。"无论当代乃至后代，对王安石评价都向正负两级分裂。苏洵在《辨奸论》中借王衍以讽王安石"衣臣虏之衣，食犬彘之食，囚首丧面，而谈诗书，此岂其情也哉？凡事之不近人情者，鲜不为大奸慝"，并断言："误天下苍生者，必此人也。""天下将被其祸。"而曾巩的看法却相反："巩之友有王安石者，文甚古，行称其文。……然如此人，古今不常有。"欧阳修对其评价也很高："学问文章，知名当世，守道不苟，自重其身，论议通明，兼有时才之用，所谓无施不可者。"又云："翰林风月三千首，吏部文章二百年。"用李白的诗和韩愈的文比喻王安石的诗文。司马光是王安石的政敌，但对王安石为人及文章的评价却持执中之论："人言安石奸邪，则毁之太过；但不晓事，又执拗耳。""文辞闳富，世少伦比，四方士大夫素所推服。"最为公允的应该是南宋大儒朱熹："以文章节行高一世，而尤以道德经济为己任。被遇神宗，致位宰相，世方仰其有为，庶几复见二帝三王之盛。而公乃汲汲以财利兵革为先务，引用凶邪，排摈忠直，躁迫强戾，使天下之人，嚣然丧其乐生之心。卒之群奸嗣虐，流毒四海，至于崇、宣之际，而祸乱极矣。""近千年的历史进程中，王安石一直都是一个颇具争议性的人物，人们对王安石人品的评价反差极大，有人认为他正直伟岸、光明磊落、廉洁奉公，还有人认为他善用奸佞、要挟君主、独断专权。两种截然相反的评价集中在一个人身上，这样的情况并不多见。"中国古代论文，风尚知人论世，对文的评价往往受人的影响，因人废文现象极为常见。千年来，对王安石的毁誉，政治、学术、人格与文章纠缠在一起，夹杂不清，声名时起时伏，震荡于波峰与浪谷之间。对于王安石这样或毁或誉趋于两端的人物，如何考察他的文章经典化过程，不能不说是个复杂而艰巨的研究工作，所以我很赞许李楠的学术勇气。

然文学研究是极为复杂的精神活动，文献之多寡与准确、观念之正确与新旧、路径和方法之合适与否，都影响到研究是否成功以及质量水平，仅凭勇气，冲锋陷阵，左突右冲，未必就能有所斩获。为了实现王安石经典化研究的目的，李楠设计了一条切实可行的路径："以王安石经典化进程为中心，在时间的链条上把握王安石文章经典化的进程，把经典化看作是一个动态的过程，而非静止不变的状态，从而进一步明确其经典地位奠定、确立、巩固的进程。"按照此研究思路，此书具体而切实地考察了宋及元代王安石文章经典地位的奠定、明代王安石文章经典地位的确立、清代王安石文章经典地位的巩固以及20世纪以来王安石经典化的传播。在考察每个时期王安石文章经典化的过程中，李楠都将经典序列的形成、艺术风格的阐释、艺术典范的影响及作者人格精神的接受融入每个章节内，作为整体性研究的内容，解释每个时期因时代或接受者的不同而带来的差异。这就使文学史中固定而僵化的王安石变得丰富而又鲜活起来。这样的研究既恢复了王安石本身的丰富性，同时也可以复原历代传播与接受王安石及其作品的复杂性。对于读者而言，这也正是他们所期待的价值和趣味所在。当然，如果按照此期待而深研此书，也有不足。论著比较全面地论述了每一个朝代文人对王安石及其作品的评价，而对每一位评价者为何如此评价，有些地方缺少联系评价者自身处境的更加深入的追索。比较而言，宋代讨论欧阳修、苏轼对王安石的评价，能关注到他们之间复杂的关系；考察近代梁启超对王安石变法评价的翻案、对王安石文学史地位的高度评价，亦能结合梁启超所处的晚清维新变法而开展研究。在这样的章节中，王安石不是固化在 11 世纪亦非 21 世纪的王安石，而是历史过程中的王安石，与他的接受者生活在一起的王安石，问题不再表面化，而是深入王安石经典化的肌理。可惜明清两代，就稍显文字匆匆，无暇顾及评价者本人的政治身份、性格特点、文坛地位、文章趣尚对评价的影响了。

经典化是作品在历代传播过程中完成的。在传播过程中，作品的价值与意义有其不断被评价、评估，反反复复而得以确认和确立的历程。古人评价作品，多与作家同步，作家也有与作品相生相伴的经典化遭际。今天的文学史，王安石的文章是经典，王安石本人是经典作家。但历史上的王安石文章和王安石其人，时分时合，有的时期，肯定其文章的经典地位，却否定作者本人；有时文章因人而同遭抹杀。所以王安石的经典化研究，人与文，既需要尊重历史作实事求是的考察，又应有耐心细致地辨析。在此方面，李楠的论著既注意到历代都有为王安石变法正名、同时确立王安石正面人格的过程；亦关注到自宋代起就有人与文分开评价的现象。宋人很多反对新法、极力抨击荆公新学的人，如苏轼、朱熹，却不影响他们赞赏和肯定王安石的文学成就，他们对王安石文章的认同，已超越了政治观念上的纷争。还有清人，对王安石文章的接受，自觉地将政治与文学分开，即便在政治上反对王安石的人，也能从文学立场出发，较为公正地审视王安石的文章。这样的论述就避免了简单化，使研究更加精细。

李楠随我读完博士学位后，到天津外国语大学工作。那里是河北大学的老校区，导师詹锳先生就住在和平楼。我在天津读研究生和工作时，每天出入校区，或去詹先生家请安求教，或去日语系学习日语，或到天外食堂蹭饭。数年前到天外讲学，李楠陪我旧地重游，物是人非，颇生感慨，也很高兴李楠幸运地留在那里工作，但愿师生三代学习工作过的地方，能给她的治学留下底气，给她的生活带来幸运。

2021 年 12 月 2 日

（《王安石文章经典化研究》，天津古籍出版社 2021 年版）

《杂体诗词类编》序

　　杂体诗，一般定性为正体之外的变体，实则就是古代文士的文字游戏诗。旧说多以为起自南朝，但近些年的研究证明，汉代就有了。如乐府《古两头纤纤诗》："两头纤纤月初生，半白半黑眼中精，腷腷膊膊鸡初鸣，磊磊落落向曙星。"每句前四字描摹事物，如猜谜的谜面，后三字点出事物名称，如用谜底填空。至于《古五杂组诗》："五杂组，冈头草，往复还，车马道，不获已，人将老。"当时未必是游戏之作，但后来文人的拟作，变成一种填空式的诗体，一、三、五句"五杂组""往复还""不获已"与《古五杂组》相同，唯更改二、四、六句。宋严羽《沧浪诗话·诗体》："论杂体则有风人、藁砧、五杂组、两头纤纤、盘中、回文、反复、离合、建除、字谜、人名、卦名、数名、药名、州名，如此诗只成戏谑，不足为法也。又有六甲、十属之类，及藏头、歇后等体。"已经把其列为杂体之一种。到了南朝，杂体诗陡然多起来，刘宋著名诗人谢灵运写了多首离合诗，鲍照有字谜诗、建除诗、数名诗。齐之王融最为突出，作有《春游回文诗》《后园作回文诗》《离合赋物为咏》《药名》《星名》《四色咏》《双声诗》《代五杂组》《奉和纤纤》等。有人总结南朝的杂体之作，如离合、回文、建除、数诗、六府、六甲、八音、四色、十二属、药名、郡县名、卦名、鸟名、星名、宫殿名、百姓名、藁砧、五杂俎诗、两头纤纤诗等，有诸多花样。正因为如此，杂体诗引起刘勰的关注，在其《文心雕龙·明诗》中专门论述："至于三六杂言，则出自篇什；离合之发，则萌于图谶；回文所兴，则道原为始；联句共韵，则《柏梁》余制。巨细或殊，情理同致，总归诗囿，故不繁云。"关于杂体诗包含的类别，明代徐师曾《文体明辨》有总结："按诗有杂体：一曰拗体，二曰蜂腰体，三曰断弦体，四曰隔句体，五曰偷春体，六曰首尾吟体，七曰盘中体，八曰回文体，九曰仄句体，十曰叠字体，十一曰句用字体，十二曰藁砧体，十三曰两头纤纤体，十四曰三妇艳体，十五曰五杂俎体，十六曰五仄体，十七曰四声体，十八曰双声叠韵体，十九曰问答体，皆诗之变体也。"然据本书作者统计，古代杂体诗的种类远不止此，高达二三百种之多。唐宋时期，诸多著名诗人都曾涉足此类游戏，刘禹锡、皮日休、陆龟蒙、王安石、苏轼、黄庭坚、朱熹都有杂体诗作。最早把此类诗归为一种诗体的应是皮日休，他有杂体诗一卷，写了《杂体诗序》，序云："由古至律，由律至杂，诗之道尽乎此也。"此说未必符合诗体演变的轨迹，然杂体之名由是而出。

杂体既为游戏之作，故历来对其评价不高。严羽《沧浪诗话》认为这一类的诗"只成戏谑，不足法也"。明人胡应麟《诗薮》更视杂体是"诗道之下流，学人之大戒"。沈德潜《说诗晬语》也认为"近于戏弄，古人偶为之，然而大雅弗取"。此类批评，本书之"前言"征引已经很多。不过既是诗之下道，为何还会有那么多著名诗人乐此不疲呢？愚以为，凡有一种诗体，都会有其生成与存在的原因。中国古代士人，视诗至为神圣，自《诗经》时代起，诗就担起言志的严肃大任。然其实，从诗产生之日起，就有娱情功能，我曾有文专门讨论这个问题。只是由于古人高调强调诗的言志作用，它的娱乐作用被忽略了。杂体诗就是适应士人娱乐要求而出现的。而且这种游戏并非如斗鸡、蹴鞠一样粗鄙，它是士人才可以做的智力游戏。此游戏只有深谙汉语言文字的特性与规律者才能玩。做这样的游戏，不仅可以遣兴娱情，还可以锻炼写诗技巧，并且如士人竞技用典一样，也是文人聚会比试才学的一种方式。所以严格说来，作杂体诗乃是士人的一种雅趣。

今天研究古代文学，杂体诗仍是不可或缺的文献，可略陈其价值一二。凭借杂体诗出现的历史，可作诗词演进的考察。近体未建之前的杂体诗，多以文字游戏为主，如汉末孔融的《离合作郡姓名字诗》:"渔父屈节,水潜匿方;与时进止,出寺施张。吕公矶钓,阖口渭旁;九域有圣,无土不王。好是正直,女回于匡;海外有截,隼逝鹰扬。六翮将奋,羽仪未彰;龙蛇之蛰,俾也可忘。玟璇隐曜,美玉韬光。无名无誉,放言深藏;按辔安行,谁谓路长?"离合诗是围绕汉字结构做文章,去一字某一部分与另一字的某一部分合成新字。此诗就是利用这一规则,离合成"鲁国孔融文举"六字。自近体风靡,遂有"四声"之"平体""仄体","双声""叠韵""声母诗""韵母诗"等杂体。如陆龟蒙《夏日闲居作四声诗寄袭美·平声》:"荒池菰蒲深,闲阶莓苔平。江边松篁多,人家帘栊清。为书凌遗编,调弦夸新声。求欢虽殊途,探幽聊怡情。"皮日休字袭美,其《奉酬鲁望夏日诗·平声》:"塘平芙蓉低,庭闲梧桐高。清烟埋阳乌,蓝空含秋毫。冠倾慵移簪,杯干将铺糟。倏然非随时,夫君真吾曹。"全篇字皆平声,显然是故意背离近体平仄规则的游戏。所以可据这些文字游戏考察文坛风气以及诗人的文学修养。杂体诗虽总体看多为游戏,但也不排除士人作为言志缘情的载体,如能圆熟掌握某种形式,表现什么都不关紧要。文士的爱好、特长,写诗时的心境,从其杂体诗中未尝不可以知其一二。

　　杂体诗虽为古体、近体之外一种特殊的诗体,而且古代著名诗人不乏诗作,但历代对于此类文献并不重视。宋代有编辑《乐府诗集》的郭茂倩曾编《杂体诗集》,惜已不传。宋代还有陆游外甥桑世昌编、后经明人张之象补的《回文类聚》，有明万历四十四年刻本。另据牟巘《厉瑞甫唐宋百衲集序》，元初诗人厉震廷编有《唐人百衲集》，"唐宋集古乐府皆在焉"。又李昌龄《序》"今见厉隐君集唐人诸家句为诗数百篇，目之曰'百衲'"。是元初诗人厉震廷编有《唐宋百衲集》。在明代杨士奇《文渊阁书目》、钱溥《秘阁书目》、叶盛《菉竹堂书目》中都曾有记录，可惜已亡佚。恕我孤陋寡闻，未见清代编杂体诗总集。丁胜源、周汉芳两位先生弥补了这一缺憾，他们辑编的《杂体诗类编》，收杂体诗十六类，一千八百余首，应该是宋代以来首部杂体诗总集，为学术界提供了重要的杂体诗文献。

去年，国家图书馆出版社原社长郭又陵先生打电话给我，嘱我给《杂体诗类编》写序。知上海成人教育研究所丁胜源先生以八十高龄携夫人周汉芳辑编《回文集》，凡三百万字，分六卷，2012年在国家图书馆出版社出版。傅璇琮先生作序予以褒扬。此后，二位先生又以风烛残年，辑编成《杂体诗类编》。我在80年代撰写博士论文时，对南朝的杂体诗有过研究，以为是游戏之作，无甚价值。更何况我为人作序，多是自己的学生，偶有一二朋友。而此作者并不相识，故有推掉之意。但听又陵讲了丁胜源、周汉芳的故事后，我改变了主意。读两位老者为我提供的各种类型的杂体诗作品，也改变了我对杂体诗的成见。故以

此序写下我读杂体诗的
粗浅之见，同时为两位
可尊敬的老者献上我的
敬意。

2022 年 3 月 10 日

[《杂体诗词类编》
（初集），广西师范大学
出版社 2022 年版]

《"元嘉三大家"经典化研究》序

　　孙歌同学是我 2014 年在南开大学招收的博士生，2017 年毕业，所撰博士论文《"元嘉三大家"经典化研究》获得答辩委员好评，以此获文学博士学位。现在，她的论文即将付梓，嘱我写序，能就孙歌和其论文说几句话，我很高兴。

　　经典化是我多年来比较关注的问题。在文学发展的过程中，所有的作家作品都有一个经典化的过程。文学史不但要告诉读者这就是经典，还要解释它们是怎样成为经典的。研究经典，不应只关注它作为经典的思想艺术特征以及成为经典后的影响，而是要探讨在整个经典化过程中，作家作品所经历的微妙历程，作品主体与传播接受者的冲突、交会与融合的复杂变化。在实际的文学史中，任何一个经典作家都经历过从作品的经典化到作家的经典化的过程，这个过程就是作家作品意义的凝练、价值的揭示和典范意义的确立过程。这个过程也许是一帆直航、两岸欢声的，如唐代的两位伟大诗人李白和杜甫；也许是道路曲折漫长，甚至反反复复，终成定论的，南朝刘宋时期的陶渊明和"元嘉三大家"即是。陶渊明终南朝宋、齐之世都不甚显，无法与颜延之、谢灵运相比，到梁代才被萧统发掘出来。然经唐宋，尤其是宋代，不但确定了其经典地位，而且其影响大大超越了颜延之、谢灵运和鲍照。所以，经典的确立必须经历经典化的过程。而经典化就意味着不是作家作品价值意义的自我显现、自然呈现，而是读者的品鉴、评论、汰选所决定的。经典化的权力体现为政治、教育、传媒和读者的综合作用，而这些在我们的文学史中其实是被忽略了的。即使是在近些年兴起的文学史的传播与接受研究，也很少集中研究这个问题。所以，当孙歌确定以"元嘉三大家"的经典化作为博士论文选题时，我很满意她选了一个颇有学术价值的题目。

此书最大的创新之处在于从《文选》传播的角度考察"元嘉三大家"经典化的过程。《文选》的传播研究自不必

说，一直是学界研究的热点；"元嘉三大家"的接受研究，近些年亦时见之。但往往是花开两朵，各表一枝，未把二者紧密结合起来。现在，孙歌在研究"元嘉三大家"的经典化问题时，以《文选》的传播为切入点，突然发现，《文选》的传播对"元嘉三大家"经典化竟然具有十分重要的意义。我们进而可以推论，《文选》的传播不仅在很大程度上影响了"元嘉三大家"的经典化，而且影响了先秦至南朝作家作品的经典化，我以为这是此书的一大特色，也是其新的贡献。

以《文选》为切入点考察"元嘉三大家"经典化的过程，显然出自孙歌对《文选》地位影响的准确把握。如孙歌所说：《文选》本身就具"权威性"，萧统以太子之身主持编辑此书，以"略其芜秽，集其清英"为主要目的，"以选立言"的编选思想，今天看来就是自觉的"经典化"活动。南朝以后，《文选》地位有升有降，历代文坛领袖对《文选》的态度，很大程度上影响到"元嘉三大家"经典化的进程。

《文选》在中国诗文发展史上，影响至为深远，其本身就成为选本乃至诗文的经典。唐代文学上承汉魏六朝文学，加之唐以诗赋取士，《文选》是士人学习诗赋的主要范本。宋承唐制，亦以诗赋取士，《文选》仍然是士人的必读书，故有陆游"《文选》烂，秀才半"之语。明清两代科举考试以八股文为主，但也要考策、论、表、判等，清代还要加试诗，士人自然离不开《文选》中的文章范本。明代文坛，前、后七子标榜复古，提出"文必秦汉，诗必盛唐"的口号，《文选》重新受到重视。清代士人普遍重视学习《文选》，朱鹤龄、冯班、施闰章等都明确提倡阅读《文选》，评注《文选》成为明清文坛的重要现象。在此背景下，"元嘉三大家"的经典化与《文选》在历代的传播与接受密切相关。

孙歌的论文以纵向历时性研究为主，比较历代选录"元嘉三大家"之作与《文选》所选的异同，考察历代对《文选》及"三大家"的评价，揭示"三大家"诗对后世文学创作的影响，深入研究了《文选》与"元嘉三大家"经典化的关系。从其论述我们得知：《文选》在后世地位的升降成为"三大家"作品经典性的重要参照，后世选家选"三大家"之作，多以《文选》所选为参考；"三大家"为后人所赏的名篇佳句，也大多出自《文选》所录；历代效仿、借鉴"三大家"之诗，亦多以《文选》所录为典范。《文选》选"元嘉三大家"诗，以谢灵运为首，颜延之次之，鲍照又次之。谢灵运有一半以上诗歌借《文选》得以流传，这些诗几乎成为后人选集选录的必选篇目。颜延之绝大部分诗文赖《文选》得以保存，后人对颜作的辑录都是在《文选》的基础上进行。《文选》录鲍照作品虽然在"三大家"中最少，但后世选鲍之作多从《文选》所录。这些论述，不仅细致考察了"元嘉三大家"经典化过程中《文选》所发挥的重要作用，同时也为《文选》在历代的影响提供了坚实的例证。

此书的另一贡献，是从历代选录、评论、拟作等多个角度，揭示了不同时期、不同诗歌流派对"元嘉三大家"诗价值、意义及其文学史地位的认识，为学界梳理出一千五百余年间"元嘉三大家"的经典化脉络。

《玉台新咏》与《文选》都是梁代出现的选本，而且也是先秦至南朝幸存的两个选本。同出一个朝代，对待"元嘉三大家"的态度却有很大差别。《玉台新咏》多选《文选》未选的三家诗，其鲍、颜、谢的排名，刚好与《文选》谢、颜、鲍的排名相反。这里可明显看出《玉台新咏》与《文选》的文学观不同，左右了选家对作家作品的择选与评价。萧统认为诗文应与经国之志相关，《文选》所录"元嘉三大家"便多言志的雅丽之作；而徐陵撰录却着眼于"艳歌""巧制"，抱着娱乐、玩赏的心态看待文学，所以其选颜、谢、鲍作品，偏爱咏物写景状人之什。但两家皆选三家之作，亦可见三人在南朝影响之大。两家总集虽然文学观颇有差异，却从不同角度促进了"元嘉三大家"的经典化。隋唐时期，《选》学兴起，士人重视《文选》之选，争相记诵、模仿，谢、鲍、颜之作必然也成为时人学习的典范。然"元嘉三大家"所受重视的程度却颇不同。总体来看唐人学习最多者为谢灵运山水诗和鲍照乐府诗，谢灵运在唐代的经典地位依然，鲍照地位上升，颜延之地位有所下降。其原因在于唐人文贵自然的观念，推崇芙蓉出水、浑然天成、优游不迫的美学境界。宋代愈加"反绚崇淡"，陶渊明诗文的自然冲澹之美受到崇尚，谢、颜的经典地位受到冲击。颜、谢、鲍三家，"颜不如鲍，鲍不如谢"，皆因颜延之太雕琢，而谢灵运近自然。其中，苏轼崇尚自然的文学观和理学家崇尚纯正的文学思想发挥了重要作用。明代前、后七子主张"古诗学汉、魏"，而谢、颜、鲍诗近于汉魏，故获得高度肯定。晚明诗主性灵，士人着力发掘谢、鲍、颜诗作的情感价值。"元嘉三大家"中，谢灵运五言诗的经典地位更加牢固，鲍照五言诗的地位继续提升，颜延之的地位不及谢、鲍已成定论。清代《选》学兴盛，三大家诗普遍获得较高赞誉，三家《文选》未选之作，也受到《选》诗同样的重视，受赏亦多。谢、鲍地位之争激烈，颜延之与二人差距过大，逐渐被边缘化。孙歌的以上论述，对我启发很大：研究经典化，虽为同一时期，亦应关注不同的诗文观对作家作品经典化的影响。

经典化是读者为主体的活动。在经典化过程中，作家作品所处的是被动的被人评价与汰选的地位。不过，一个作家、一部作品在一定时期成为经典，不能离开作家作品本身的价值与意义。孙歌论文的学术价值，不仅体现于以上内容，还表现在从经典的角度分析"元嘉三大家"作家和作品的内在品质。论文从"权威性""耐读性""累积性"

等多个方面分析"元嘉三大家"诗的思想内涵和艺术性，其论述内容亦多为既有的研究所少见的。

孙歌性格平和内敛，不常言笑。我与查洪德教授合作培养研究生，常感慨孙歌不善于主动与老师交流。但洪德说她肯于学习，读书认真，也有己见。我与她的数次交谈，亦感绪密思清，言语畅达，这些在她的论文中也有充分表现。现在她身在九江，与我们相隔更远，更难听到她的话了，但很希望能常见她的文章，这样的交流更可喜。

2022 年 7 月 6 日

（《"元嘉三大家"经典化研究》，东方出版中心 2023 年版）

《孤鹜已远》再版序

托尔斯泰说:"唯有沉醉在生命中,我们才能活下去。"然活下去却颇有不同。人的生命,存在于现实与精神两个空间,如果再加上梦,就成三个空间。其实就性质而言,梦亦属于精神的维度。在现实的维度中,每个人都有其生老病死,过程相同,命运却有差异。有人驰骋天下,叱咤风云,出将入相,古人称之为达者。有人蜗居一隅,箪食瓢饮,默默无闻,其命可谓穷。然无论穷通,都归一死;而其死后,或名垂汗青,或遗臭万年,还是未能逃过命运的捉弄。人的精神世界差异之大,不啻天壤之别,更非现实世界可比。精神世界的芸芸众生,心灵之贫瘠,几乎就是沙漠,不见一丝绿色。而那种真正拥有个人精神生活的人,则是拥有世界的巨人。

精神上拥有世界的人,定是心灵向古今、向八维敞开者。罗素说:"凡是达到心灵伟大的人,都会敞开思想的天窗，让来自宇宙间四面八方的风自由地吹入。他所看到的自己，人生和世界都像人力所能达到的那样真实；由于认识到人生的短暂与渺小，他也会认识到已知的宇宙中一切有价值的东西都集中在个人的头脑中。他还将看到，凡思想反映着世界的人，在某种意义上将与世界一样巨大。摆脱了环境的奴隶所感受的恐惧之后，他将体验到一种深沉的快乐，虽然表面上的生活起伏不定，他在自己的心灵深处始终是一个快乐的人。"那些醉心于个人精神世界的士人，曾经与其前人有过灵魂的照面，让自己的心灵吹过往古的风。林语堂就说：袁宏道是苏轼的转世，而苏轼又是庄周或陶渊明的转世。说明袁宏道曾敞开胸襟任凭苏轼的遗风吹拂，而苏轼也曾让庄子和陶潜的雨丝润泽过自己的心灵，数代巨子，都有隔空的谈心，或醍醐灌顶，或灵犀一点，天窗顿开，乃有人生之至乐。

今日话说古代诗词的人多矣，研究古代文学的自不必说，许多写家近些年也盯准了传统这一卖点，媒体召开的诗词大会，更是热闹非常，大家似乎都在做精神层面的事情。但就个人而言，接触古代诗词，话说古代诗词，是否就与自己有了情感的触动，就有了精神的交接，就有了心灵的照面，就有了灵魂的对话，却很难说的。我观察，研究古代诗词的人，未必读懂古代诗人，说大有人在就夸张了，可说不在少数，应符合实际。写家之弄诗词，如小说家说古代文人文事，散文家弄笔古代诗词，翻旧返新，多了花样，添了看点，其中自有与古人心有戚戚者，然恕我直言，更多的是隔靴搔痒，不伦不类，徒增笑料，而不是笑点。至于大会云云，把一切变成了知识、知识的竞赛，还是不议论为是。

《孤鹜已远》是个令人遐思的书名。"落霞与孤鹜齐飞，秋水共长天一色"，是今人与之渐行渐远的诗境？"孤鹜何时失旧群，空郊迥立如长人。疾风拂地忽惊顾，欲起不起低昂频"，还是作者萧含如一只孤鹜落单徘徊的性灵？只此一句，我感知到了作者沉潜历史深处，追随古人足迹，阅读古人作品，所兴起的怅然若失的心境。那是灵魂与灵魂对话后的醒悟与迷茫、燃烧与幻灭、快乐与悲伤。年前，收到萧含寄来的《孤鹜已远》，似孤鹜飞来，在岁末年初的土地上留下雪泥鸿爪。而我则追随作者的文字，再与司马相如、司马迁、班固、扬雄、曹丕、曹植、阮籍、嵇康、潘岳、陆机、陶渊明、谢灵运、王维、孟浩然、白居易、柳宗元、韩愈、李商隐、欧阳修、范仲淹、苏轼、王安石、黄庭坚、秦观、陆游、辛弃疾、杨万里等相遇。我既是一个旁观者，有时也是情不自禁的参与者，倾听萧含与诗人的对话，看他对诗人情感的感受，对诗人灵魂的探看。他描写曹植"顺境时得意忘形，傲视天下；逆境时心灰意冷，万念俱灰"的性格，发出"子建啊子建，造物主赐给你如此天才，为何又给了你如许弱点"的感叹。他感受阮籍"必须在大刀刃儿上手舞足蹈乐呵呵，在滚烫的油锅边沿自如玩潇洒"的灵魂被撕扯之痛。他体验陶渊明的心灵似一只飘逸鸟儿的快乐。他用诗的语言捕捉李商隐的诗心："凄美的诗意,迷离的爱情,渺无踪迹的伤感——这是一颗经纬天地、细如游丝的诗心,在浩浩寰宇之内,茫茫人海之中,要找到真正的知音,恐怕要上天入地求之一遍了!他只能寄之于生死不渝的爱情,寄之于哀婉凄迷的诗句。"他不无艳羡地赞赏王安石与苏轼虽是政敌、却是朋友的互为敬重与欣赏,把二人的相见描写得如此温情:"两人在阳光下彼此相望,仿佛听闻了过往岁月的温婉与风雪,才华绝代,江山如裁,人生如寄——此刻,两个叱咤风云的一代伟人,眼角眉梢却在蠕动。屈指算来,他们已经十几年不见了。往昔恩怨,杳如黄鹤。"因是作者与古代诗人的对话,融入了个人心性与理解,我不便做评价和更多的引述。当我掩卷之时,情不自禁地说了一句话:他读进去了。此为我的评价。

2022 年 3 月 19 日

《唐代赠序文研究》序

重读杜文婕的《唐代赠序文研究》，已是北京的深秋了，虽不至于"高天晚秋，杀气动地"，早晚间却也感到几分寒气。今年北京气候颇怪异，夏天高烧不退，酷热至十月初。刚到月中，突降寒气，窗前的槭树数日三变，本是油绿，一夜变黄，迅速染绛，红老不过三日，就片片飘零如人之泣泪。说话间，冬天过早地露出它冰冷的面孔。"十月寒矣，艰哉是行"，想唐代行人此时路上，陡增"欲渡黄河冰塞川，将登太行雪满山"的悲慨；小院空庭，深夜寒砧断续，又有多少父母妻儿无眠呢！江淹《别赋》说，"黯然销魂者，唯别而已矣"，此季节最易生成赠别诗文。骆宾王《秋日饯曲录事使西州序》言，"闻秋声之乱水，已怆分沟；对零雨之飘风，倍伤歧路"，此时生成的文字，又最能增悲催泪。《西厢记》写张生赴京，十里长亭，安排下筵席，早是离人伤感，况值那暮秋天气，莺莺唱《端正好》："碧云天，黄花地，西风紧，北雁南飞。晓来谁染霜林醉？总是离人泪。"这是人人皆知的名段。又唱《耍孩儿》："淋漓襟袖啼红泪，比司马青衫更湿。伯劳东去燕西飞，未登程先问归期。虽然眼底人千里，且尽生前酒一杯。未饮心先醉，眼中流血，心内成灰。"喝的是祖饯酒，也是断肠酒；唱的是生离曲，也是泣血文。纵是铁石心肠，哪个闻之不流泪的？柳永《雨霖铃》那句名词说得好："多情自古伤离别，更那堪，冷落清秋节！"

赠序是临别赠言的文体。姚鼐《古文辞类纂·序》云："赠序类者，老子曰：'君子赠人以言。'颜渊、子路之相违，则以言相赠处。梁王觞诸侯于范台，鲁君择言而进，所以致敬爱、陈忠告之谊也。唐初赠人，始以序名，作者亦众。至于昌黎，乃得古人之意，其文冠绝前后作者。"曾国藩《易问斋之母寿诗序》曰："古者以言相赠处，至六朝、唐人，朋知分隔，为饯送诗，动累卷帙，于是别为序以冠其端。"就其题材类型来说，就是赠别文学。所以，文婕告诉我博士论文要研究唐代赠序文，我很高兴她找到了好题目。赠序虽是应用文体，然其文学性极强。女性学者文思缜密，剖判情感细腻，研究此类文体，极可能出成绩。唐代文学成就之高，无须再论，只一唐诗，不知耗尽了多少学者的一生精力，所出成果水平亦高。其实唐代文章与唐诗堪可比肩，也不乏研究佳作。然当时国内对唐代赠序文还未引起关注，文婕检索结果，只有台湾花木兰文化出版社 2011 年编辑出版的《古典文学研究辑刊》中，有蒲彦光《韩愈赠序文研究》和姜明翰的《中唐赠序文研究》。前者只研究韩愈的赠序文，后者也仅仅扩大到中唐。而这实在是辜负了唐代赠序文的文学史价值。

唐代是古代士人比较自由、充满浪漫情怀的社会，科举、入幕、寻仙鼓动士人掀起漫游之风，赴任、贬谪、量移又推动官吏行走在路途。人有悲欢离合，如同月有阴晴圆缺一样成为常态，由此催生了赠别文学，赠别诗成为唐诗中的一个主要分支，赠序文也陡增而为文章中重要的文体。据文婕对《全唐文》《唐文粹》《文苑英华》及各家子集进行梳理筛查所作的统计，从唐建国到南唐灭亡，即公元 618 年至公元 975 年，计有赠序文 554 篇。其中似王勃《滕王阁序》、李白《春夜宴桃李园序》一样的名篇甚多。闻一多评价说："唐代早期某些散文，如王勃《滕王阁序》，李白《春夜宴桃李园序》等，原来只是作为集体写诗的说明书而存在，是附属于诗的散文，到中唐便发展成独立的一体，可说是从诗演化出来的抒情散文，它形成了所谓八大家式的古文，显然受到了唐诗的影响而别具一格。"林纾在《韩柳文研究法》中说："愚常谓验人文字之有意境与机轴，当先读其赠送序……赠送序，是昌黎绝技。"前者识唐代赠序文有"别具一格"的艺术性，后者以为赠序文是考察文章"意境与机轴"的样板，而且是韩愈这位古文大家的"绝技"，评价甚高。

但真正进入研究，却颇不容易。

首先，赠序文从何而来？这直接关涉到赠序文的文体属性与功能。文婕的论文探其源头，将赠序文的起源上溯到上古祖道祝词。"祖道"为出行前祭祀路神的仪式。古人出行，先要祖祭路神，求一路平安，而后出行。《五经要义》曰："将行者有祖道，一曰祀行，言祭祀道路之神以祈也。"文婕引睡虎地秦简《日书》以见这种祭祀活动的特点，认为祖道时的祝辞应为送别文字的滥觞，是"赠人以言"的起源。早期的祖道仪式中，以祭祀活动为主，饯饮为辅，随着祖饯活动的普及和泛化，人与神之间的交流逐步被人与人之间的交流所取代，祖道逐渐让步于饯行，祭神祝辞最终演化为临别赠言。这是就文化风俗探求赠序的起源。论文最后还是回到文体，经过对赠序文形式的研究，发现赠序文脱胎于序跋、起源于《易传》的特点，决定了其解题、记录的文体功能和记叙、议论等表达方式。两条考察路线的扣合，清晰地解释了赠序文的文体来源与演变。

自然，本书的重点是研究唐代赠序文。唐诗有初盛中晚四唐之分，学界已经普遍接受。唐赠序文的演变轨迹如何？是否也可分为四个阶段？文章体式和内容又有哪些变化？都是此论文应有的研究之义。文婕的著作在对赠序文作品进行准确系年的基础上，将唐五代赠序文分为唐初、初唐末及盛唐时期、中唐、晚唐五代四个阶段。这种划分，与唐诗的划分同中有异,分出唐初,又将初唐末与盛唐合为一个阶段。我开始颇怀疑这种阶段划分的合理性,但细读之后,知道她是在深入研究作品的内容、体式、风格基础上审慎处理的。即以唐初与初唐末和盛唐的赠序文相比较,初唐的赠序文多表现凌云壮志与仕途蹭蹬下的人生感叹,体式上结构固定单一,多为众诗之序,风格特征宏博雅致。而初唐末与盛唐的赠序文很接近,表现出建功立业、积极入仕的壮怀,送别亲友之作逐渐增多,体式上由众诗之序向赠诗附序发展,风格特征以慷慨豪迈为主。文婕论文的以上分析,皆建立在她对文章的细读、体验与判断之上,故有很强的说服力。

总之,如其个人所言,她的论文"分别探讨了各阶段的主要思想内容、文体形式、代表作家及风格特色,揭示了唐五代赠序文,由感叹人生到披露乱世现实、表达儒家民本思想这一逐渐丰富的过程;从诗前小序到众诗之序、赠诗附序、无诗而徒有序的独立及发展过程("序后附诗"阶段是在宋代出现的);从骈文到骈散结合、到散文的转变过程;从宏博雅致到壮怀豪迈、深沉凝重、致化尚实的流变过程,展现了赠序文在唐五代357年间完整的演变轨迹"。文婕论文全面勾勒出唐代赠序文的发展脉络,深入阐述了赠序文的文体特征与意义。其对唐代不同时期赠序文从内容到体式风格等特征的分析与总结,在很多方面应属首次,于唐代文学研究有添砖加瓦之功,同时也推进了散文文体研究。

每一种文体的生成，都来自社会的需要；每一种文体的发展与消亡，也有其深刻的文化原因。所以研究某一时代的一种文体，无法绕开对时代背景的考察。文婕的著作在全面观照唐代政治文化背景的基础上，选择与赠序文产生、发展密切相关的因素展开论述，涉及唐代的飨燕、漫游之风，唐代幕府制度、科举制度、流贬官制度以及唐代诗歌，这些因素不仅促进了赠序文的产生和发展，而且深刻影响着赠序文的创作。文婕的这部分研究，将赠序文放到广阔的历史环境中，综合探讨多方关系，揭示出赠序文在唐代兴盛的社会文化原因及与其他文学现象的关系。

近些年研究赠序文的论文逐渐多了起来，宋代赠序文和元代赠序文研究，都成为博士论文选题，后者还是由我评阅和主持答辩的博士论文。文婕先行一步，在博士研究生毕业后，进入博士后流动站，接续赠序文研究，撰成《宋代赠序文研究》，并成功申请到国家社科基金后期资助。现在她的《唐代赠序文研究》即将付梓，我对她的《宋代赠序文研究》面世又充满了期待，如同阴沉肃杀的秋末期待着葱茏的春晨。

2022 年 10 月 26 日

（《唐代赠序文研究》，社会科学文献出版社即出）

《李广研究》序

王福栋《李广研究》书稿要付梓，兴冲冲嘱我写序。其时我正走在"向阳"路上，浑身无力，精力无法集中，加上周边皆是阳了、阳过、阳康、复阳、少阳、老阳、阴阳转换之声，此时此刻，此情此景，虽李广之勇亦不能救治隳颓、沮丧、失望、愤懑、无助于一二，所以拖了些时日。但学生的事总是个事，还是要说几句聊充书序。

福栋撰写博士学位论文以战争文学作为研究对象，研究李广应该是他博士学位论文的副产品，或者是延伸研究。战争从来就是以士兵作为主体的，离开士兵的血肉之躯，什么样的将帅领袖，都是摆设。士兵冲锋在前，牺牲在前，用尸骨堆起皇帝的宫阙，用鲜血染红王冠的红缕，"凭君莫话封侯事，一将功成万骨枯"，但翻遍中国的史籍，没有留下一个士兵的姓名，连篇累牍记载的都是帝王将相的发迹史。所以研究中国的战争文学，不能不把将帅翻转为研究的主体。福栋研究战争文学，再研究李广，既限于史料，也基于传统的史识。

本书围绕李广形象如何生成、如何传播两个问题展开研究。在福栋的书中，将李广设置为三重形象：历史上的李广形象，史书中的李广形象和文学、文化中的李广形象。这三重形象的设置，符合历史人物的存在事实和传播逻辑。

本书第一章将李广作为一个历史人物进行研究，《李广年表》是本章的核心内容。福栋通过细致的梳理和辨析，试图还原一个真实存在的李广。然而历史人物的存在形式，也颇不相同。有的既有正史、杂史、笔记的记载，也有个人流传下来的诗文等著述，这样的历史人物，可以通过诗史互证的研究方法，勾画出更为丰满的人物形象。譬如李白就是这样的历史人物，他的历史存在，其一依赖于两《唐书》正史的传记、碑铭墓志和文集的序跋，其二笔记与民间传说，其三就是李白的别集。有的则只有正史的记载，其他文献皆阙如。李广就是这样的历史人物存在，除了《史记》和《汉书》，再无其他文献记载。试图在《史记》《汉书》的基础上，还原一个与《史记》《汉书》不一样的所谓历史上真实存在的李广，其实是徒劳的。所以本章的结论，要辨析"历史上的李广与《李将军列传》中的李广确实是不一样的"，"李广的'名将'之称应该是名不符实的"，也是一件无功而返的工作。但此章也有它的价值：其一，把李广的事迹通过编年形式更加具体化；其二，通过李广射石故事的生成与演化的考察进一步证明，李广的形象是史学家塑造出来的。

第二章探讨《史记》中李广形象的生成，这是本书的重头戏。司马迁为何要将李广塑造为名将，以及如何将李广塑造为名将，是本章重点讨论的问题。此书通过李广与《史记》中项羽等其他人物的对比，论述司马迁是如何塑造了李广的人物形象的。进而分析司马迁为何要塑造李广这个人物，福栋发掘出如下原因：李陵之祸深深触动了司马迁，他以如椽巨笔塑造李广形象，目的是自证坚韧精神与人生价值。"司马迁喜欢李广身上的'奇'，理解李广身上的'悲'，挖掘李广的'立德'之名，欣赏李广舍身护名的举动，于是《李将军列传》便产生了。但同时，司马迁也完成了对于李广的超越。与其说司马迁的《李将军列传》是在书写李广，倒不如说他是在书写自己，司马迁的人生价值观由此可以一窥无遗。"福栋的研究说明了我的一个观点：对于书写的

《史记·李将军列传》书影

历史而言，以"可信"作为标准，似乎可商。与其说"信史"，毋宁说"良史"更为确切。所谓"良史"，就是书写的历史事件与人物，是做出了有良知判断的历史。

本书后面六章重点探讨李广形象传播史，广及各种文献。汉唐之间李广的传播，不但有诗歌，还涉及诸子之作。唐代李广形象的传播研究，除重点关注诗文外，还扩至小说、文学理论、《文选》注、类书等更广泛的领域，甚至扩展至武庙祭礼。本书把宋代作为李广形象传播的转折期，揭示出两点新变，其中之一是赋予李广以爱国主义内涵。这也说明，历史人物是因历史的不同时期而被赋予新的形象内涵的。明代也是如此，李广的爱国形象在戚继光抗倭相关诗篇中熠熠生辉。清代的李广传播，突出表现在一批台湾的诗作涌入诗坛。还有一些明末清初遗民以及以丘逢甲为代表的爱国诗人的作品引李广入诗，很好地反映了当时的国际、国内情况。

我读书稿，认为本书主要有如下创获。首先，本书以李广为例，从文学接受学角度具体分析一个历史人物如何一步步从真实走入史书，再由史书进入文学，形成经典形象，最后又走入文化领域，这是文学接受理论指导下的一次具体的实践。其次，此书还是从宏观的文化角度审视文学现象的一次尝试。受唐诗中的李广形象研究的启发，本书对于李广形象的研究一直向外、向深拓展，走向文学理论探讨、书画理论探讨、战争问题探讨、历史问题探讨、性格命运探讨、祭祀现象探讨等。李广形象传播史的冰山逐渐显现全貌，这是单纯的文学研究所难以实现的。最后是关于李广形象的生成与传播背后推动力量的寻找。纵观整个李广形象的生成史与传播史，可发现所有发生在李广形象上的文学、文化现象，都与不同时期的社会现实相关。社会现实所发生的问题与李广形象的契合，推动了李广形象内涵的拓展与传播。由此亦可知，所有的历史现象都是现实的折射，所有的历史人物都有可能活在当下。

2023 年 1 月 2 日

（《李广研究》，人民出版社 2023 年版）

《孤本品诗仙：〈瑶台风露〉整理与研究》序

　　王红霞教授与我说整理《瑶台风露》，我很感兴趣。李白虽是伟大诗人，影响历代文人甚巨，但选本却很少，不过十余种，无法与齐名的杜甫相比。《瑶台风露》虽是晚清的李白诗选本，但物以稀为贵，更何况又是孤本，这些因素也都抬高了此选本的价值。我鼓励她完成，却把写序的承诺忘得干干净净。都说新冠病毒专门攻击人身体的薄弱之处，看来它选择了我的"弱智"发起攻击，以致造成健忘，也算是给红霞的一个答复吧。

　　《瑶台风露》选入李白五言古诗一百七十九首，编选者的旁批和眉批多达七百余条，选诗数量颇大，评点也多精彩，对于李白诗歌的分体研究来说，具有重要的参考价值。《瑶台风露》自成书以来，几经世乱，该抄本一直流落于民间，未及刊刻，幸为四川江油李白纪念馆收藏，才得以保存至今。

最先关注到《瑶台风露》的是王定璋先生，他发表于1985年的文章《〈瑶台风露〉——新发现的李白五古精选精批手抄本》，简略介绍了《瑶台风露》的文物价值与文学意义。詹锳先生主编《李白全集校注汇释集评》，撰有《李白集版本源流考》，全面梳理了李白集版本以及李白诗选本的流传情况，《瑶台风露》是列举的十种古代李白诗选本中的最后一个。詹锳先生只介绍了该书所收五言古诗的篇数和收藏单位，具体内容未作陈述。其后郁贤皓主编的《李白大辞典》，张忠纲主编的《全唐诗大辞典》，陈伯海、朱易安编撰的《唐诗书目总录》，也都提及了《瑶台风露》，其介绍大都十分简单。

作为唯一的李白五言古诗选本，《瑶台风露》既十分罕见，又弥足珍贵，但从上面的考察看，它长久以来并没有得到李白研究者的重视。其主要原因有二：一、《瑶台风露》是手抄孤本，一直没有机会刊印面世，如同沧海遗珠，埋没于故纸堆里无人知晓；二、《瑶台风露》的编选者不详，抄本上仅见桐华舸与笈甫字号，而不知其所系何人，这也限制了选本的传播和推广。现存的古代李白诗歌选本数量十分有限，而学人对《瑶台风露》鲜有问津，这也说明，关于李白诗歌选本的研究是相当薄弱的。

王红霞、刘铠齐的著作《孤本品诗仙：〈瑶台风露〉整理与研究》分为上、下两编，首次对李白五古诗选《瑶台风露》展开了全面而深入的研究。上编依照《瑶台风露》

的体例进行编排，极大程度上保留了选本原貌，使一直鲜为人知的孤本得以正式面世，为广大李白诗歌研究者和爱好者提供了方便。下编则对《瑶台风露》的编纂者、选诗和评点情况展开了全面的考察，能够较好地呈现出该选本的特点和价值，有助于加深读者对于李白五言古诗的认识和理解。

《瑶台风露》编选者在正史中均无记载，学界亦无相关研究。在材料有限的情况下，《孤本品诗仙：〈瑶台风露〉整理与研究》以人物字号、钤印为线索，结合诗文集、地方志文献，考证出了《瑶台风露》的编选者系清人鲍瑞骏和王鸿朗。

此书不仅全面梳理了编选者的生平、交游、著述情况，还借此来探究他们的创作主张和诗学理论，从鲍、王二人之间亦师亦友的关系入手，考察出《瑶台风露》的成书过程，为进一步研究《瑶台风露》的选诗和评点奠定了基础。该书通过仔细比对选诗文本与各个版本李白集之间的异文情况，来探求《瑶台风露》的抄写底本，发现《瑶台风露》抄本与《全唐诗》本的李白集十分相似，但又存在多处与众通行版本均不相同的异文现象，是更为少见的版本，修正了王定璋先生"以两宋本和萧本为蓝本"的结论。两位研究者坚持"有一分材料说一分话"的严谨治学态度，校勘仔细，言必有据，使人信服。

在选诗研究中，该书列举古人和今人的李白诗选来进行比较研究，以数据和图表的形式，直观地呈现《瑶台风露》对不同题材诗歌的收选比重，使《瑶台风露》侧重于"古风""乐府""赠""寄""感遇""游宴""闲适""闺情"等题材的五古篇目选诗特点得到揭示。不仅如此，此书还结合编选者的生平交游和选本的序跋批点，分析背后的原因，其研究由浅入深，挖掘出编选者以"高古"风格为主、崇尚诗教传统、重视行文章法的选诗宗旨。尤其难能可贵的是，该书在研究《瑶台风露》评点时，还能观照编选者的人生经历和诗学渊源，知人论世地展开讨论，将鲍瑞骏家族受桐城派影响的背景作为前提，联系刘大櫆的"神气、音节、字句"之说，对鲍、王二人的评点以"神气"为主、"音节、字句"为辅的路数进行分类和归纳，使之皆统筹于李白的"仙才"之下。全篇章节环环相扣，前后呼应，逻辑完整。

自唐代以来，世人普遍认为李白以天才作诗，其诗无迹可寻，不可捉摸，不似杜甫、韩愈等法度谨严。时至今日，学界对于李白艺术技法的研究仍是极为欠缺的，甚至还没有专门讨论李白诗歌创作方法的专著出现。清代作为我国最后一个封建王朝，在学术上具有集大成性，这也形成了清诗学问化的倾向，尤其是在诗文批评之中，善于总结文学创作的法式规则，其诗谱诗法类著作也较历代数量为多。《瑶台风露》成书于同治七年（1868），带有鲜明的清代诗学特征。该书在选诗和评点当中尤其注重章法上的起承转合变化，对李白五言古诗的艺术技法进行了较为全面的归纳和总结，是有关李白诗法研究的重要文献。其编选者更是创造性地将桐城派文论引入诗评之中，从"字句、音节、神气"三个层次来建构起一个完整的诗歌鉴赏体系，使后人认识到李白的诗歌创作不仅是有迹可循的，也是有法可依的。

经过王红霞、刘铠齐二位学者的整理，尘封的、也是处于死文献状态的《瑶台风露》，终得与李白研究者、爱好者见面，激发了古代文献的活性，充分展现出李白五言古诗的诗歌造诣和艺术魅力，为后人了解李诗、学习李诗提供了可资借鉴的文本。他们对于《瑶台风露》的研究，不仅丰富了清代的李白接受研究，而且对清代诗学的揭示也多有助益，实在可喜！

2023 年 2 月 1 日

（《孤本品诗仙:〈瑶台风露〉整理与研究》，商务印书馆 2023 年版）

《曾巩文学研究》序

我关注曾巩，缘于李白集的整理。20 世纪 80 年代，我与同门友从詹锳先生整理李太白集，校勘底本用的是日本静嘉堂文库藏宋蜀本。这个本子有两大特点：第一是类编李白诗，"沿旧目而厘整其汇次，使各相从"，这是与曾巩同朝大臣且是藏书家宋敏求所做的工作。曾巩《李太白文集后序》说："《李白诗集》二十卷，旧七百七十六篇，今千有一篇，杂著六十篇者，知制诰常山宋敏求字次道之所广也。次道既以类广白诗，自为序，而未考次其作之先后。"宋敏求于宋英宗治平元年（1064）以工部郎中同修起居注，次年，加知制诰、判太常寺。他正是在这一段期间搜集整理了李白集。第二是编年，从第六卷下半的"歌吟"起，到卷末"哀伤"，每一类中都有大致的编年，并且在诗题下注明诗人的行踪所在。据詹锳先生考证，这项工作就是曾巩所做。此时曾巩正在馆阁任上。詹锳先生《〈李白集〉版本源流考》据此勾画出了李白一生游踪的线路：蜀中→襄汉（襄阳、楚汉）→淮南→会稽→安陆（安州）→鲁中→吴中→（吴越）→长安→去长安后→北游→燕魏（燕赵）→太原→陕西（陕右）→洛阳→河南→梁宋→再至鲁中→齐鲁（齐州）→再至淮南（淮泗）→再入吴中→金陵→秋浦→庐江（舒州）→江东→浔阳→永王军中→宿松→浔阳→流夜郎→上陕、峡路、巫峡→荆州→江夏、岳阳→浔阳（庐山）→宣城→历阳→复至金陵→当涂。再看曾巩的后序："盖白蜀郡人，初隐岷山，出居襄汉之间，南游江淮，至楚观云梦。云梦许氏者，高宗时宰相圉师之家也，以女妻白，因留云梦者三年。去，之齐鲁，居徂徕山竹溪，入吴，至长安，明皇闻其名，召见以为翰林供奉，顷之不合去。北抵赵、魏、燕、晋，西涉岐邠，历商於，至洛阳，游梁最久。复之齐、鲁，南浮淮、泗，再入吴，转徙金陵，上秋浦、浔阳。天宝十四载，安禄山反，明年明皇在蜀，永王璘节度东南，白时卧庐山，璘迫致之。璘军败丹阳，白奔亡至宿松，坐系浔阳狱。宣抚大使崔涣与御史中丞宋若思验治白，以为罪薄宜贳，而若思军赴河南，遂释白囚，使谋其军事，上书肃宗，荐白材可用，不报。是时白年五十有七矣。乾元元年，终以污璘事长流夜郎，遂泛洞庭，上峡江，至巫山，以赦得释，憩岳阳、江夏。久之复如浔阳，过金陵，徘徊于历阳、宣城二郡。其族人阳冰为当涂令，白过之，以病卒，年六十有四，是时宝应元年也。其始终所更涉如此，此白之诗书所自叙可考者也。"这个路线与曾巩的后序完全吻合，是曾巩根据李白的诗文考证出来的李白一生游踪，是李白一生游踪最早也最为具体的勾勒。因此詹锳先生评价说："虽然曾巩对李白游踪先后的考定未必完全正确，各类中考定的诗篇先后也较粗疏，但总是有了一个很明确的轮廓，给我们按年编排李白诗文提供了最早的依据。这是非常可贵的。"因此可以说曾巩是研究李白诗文并为其做编年的第一人。曾巩对李白及其诗文的评价也颇中肯："白之诗连类引义，虽中于法度者寡，然其辞闳肆隽伟，殆骚人所不及，近世所未有也。《旧史》称白有逸才，志气宏放，飘然有超世之心，余以为实录。"这一段文字虽然很短，却精炼地概括出李白其人其诗的特点。因此，曾巩在李白研究史上的地位十分明显。

按照当代的学科分类，曾巩还是宋代著名的文献学家。他在仁宗嘉祐五年（1060）被欧阳修举荐到京师任馆阁校勘、集贤校理，此一工作就是国家图书馆馆员的工作，与我应该是同行。他校勘整理历代典籍，可考者有《战国策》《说苑》《新序》《梁书》《陈书》《唐令》《李太白集》《鲍溶诗集》和《列女传》等，有的撰写了目录序。《列女传目录序》云："刘向所叙《列女传》，凡八篇，事具《汉书》向列传。而《隋书》及《崇文总目》皆称向《列女传》十五篇，曹大家注。以《颂义》考之，盖大家所注，离其七篇为十四，与《颂义》凡十五篇，而益以陈婴母及东汉以来凡十六事，非向书本然也。盖向旧书之亡久矣。嘉祐中，集贤校理苏颂始以《颂义》为篇次，复定其书为八篇，与十五篇者并藏之于馆阁。而《隋书》以《颂义》为刘歆作，与向列传不合。今验《颂义》之文，盖向之自叙。又《艺文志》有向《列女传颂图》，明非歆作也。自唐之乱，古书之在者少矣，而《唐志》录《列女传》凡十六家，至大家注十五篇者，亦无录，然其书今在。则古书之或有录而亡，或无录而在者亦众矣，非可惜哉！今校雠其八篇，及其十五篇者已定，可缮写。"《战国策目录序》云："刘向所定《战国策》三十三篇，《崇文总目》称十一篇者阙。臣访之士大夫家，始尽得其书，正其误谬，而疑其不可考者，然后《战国策》三十三篇复完。"由这两篇目录序可了解曾巩整理旧籍所做的工作。首先是辨析版本源流。刘向著《列女传》是八篇，《隋书》及《崇文总目》著录为十五篇，这是曹大家注《列女传》时把七篇分为十四篇，再加上《颂义》而成。这就说清楚了八篇和十五篇的原委。其次，曾巩整理古籍不是死守在馆阁做校勘整理，还要访书于社会，辑佚古籍。《战国策》到宋代已经缺失十一篇，曾巩访求于士大夫之家，搜集佚文补充之，《战国策》才成完璧。曾巩整理国家典籍之功，堪比汉代的刘向、刘歆。

但是，今日读者所知道的曾巩，是唐宋散文八大家的曾巩，却很少了解曾巩对李白的经典化所做出的贡献，至于他作为国家图书馆馆员为古籍整理与传播所做的非凡成绩，就更少有人知了。退一步说，不论以上两个方面，只谈诗文，可看看同时代人的评价。王安石说："曾子文章众无有，水之江汉星之斗。"苏轼说："曾子独超轶，孤芳陋群妍。"苏辙说："儒术远追齐稷下，文词近比汉京西。"无论新党旧党，对曾巩文章的肯定众口一词。曾巩的同父异母弟曾肇说："是时宋兴八十余年，海内无事，异材间出。欧阳文忠公赫然特起，为学者宗师。公稍后出，遂与文忠公齐名。自朝廷至闾巷，海隅障塞，妇人孺子，皆能道公姓字。其所为文，落纸辄为人传去，不旬月而周天下。学士大夫手抄口诵，唯恐得之晚也。……世谓其辞于汉唐可方司马迁、韩愈，而要其归，必止于仁义，言近旨远，虽《诗》《书》之作者，未有能远过也。"可见曾巩诗文成就和影响之大。今人钱锺书先生说："在唐宋八大家中，曾巩的诗歌远比苏洵父子好，绝句的风致更比王安石有过之而无不及。"但在八大家中，曾巩与同朝的欧阳修、苏洵、苏轼、苏辙和王安石相比，他在今天的处境颇为寂寞。八大家中的其他七家集都有注本，唯有曾巩迄今没有注本，对曾巩的研究远不能与他在中国古代文学史上的地位相称。朱熹说："予读曾氏书，未尝不掩卷废书而叹，何世之知公浅也！"我也颇有此感此叹。所以当晓川与我商量博士论文选题时，我提议她研究曾巩。

晓川研究曾巩，我主张她不要理会博士论文习惯的套路，讲什么统系结构，而是从问题出发，开展实事求是的研究，所以她的论文集中于两个方面的研究。

　　首先是曾巩集版本的梳理。据晓川梳理，曾巩集自宋元至明清流传至今，共有二十余种版本。这些版本大致分为《元丰类稿》《曾南丰先生文粹》《南丰曾子固集》三个系统。其中《元丰类稿》是最主要的版本，为曾巩流传最广的诗文集。《元丰类稿》按先诗后文编排，计有五十卷（有五十一卷者为加续附碑志哀挽一卷）。第二种以"文粹"为名，有宋刻《曾南丰先生文粹》、明刻《南丰曾先生文粹》两种存世，皆为十卷，是曾巩的文章选本。第三种为金刻《南丰曾子固集》，含古诗、律诗三卷，文七卷，共三十四卷，内容多与《元丰类稿》相异。晓川用了大量精力跑图书馆，作《元丰类稿》版本的调查。她的论文正是基于这踏实的工作，对《元丰类稿》的二十余种版本一一加以考叙，还原各版本的面貌及在历代的流传情况。在考证中，她注意梳理清楚各版本的刊刻信息和源流递嬗。晓川的论文证实元刊《元丰类稿》实有两个版本：大德本和黑口本。大德本是元大德八年东平丁思敬所刻。据丁思敬《元丰类稿后序》："公余进学官，诸生访旧本，谓前邑令黄斗斋尝绣诸梓，后以兵毁。夫以先生文献之邦，文竟无传，后守乌得辞其责？乃致书云礽留畊公，得所刻善本，亟捐俸倡僚属及寓公、士友协力鸠工摹而新之，逾年而后成，其用心亦勤矣。"丁思敬所刻的底本是云礽留畊公所刻善本。半叶十行，行二十字，白口，左右双栏。此本是孤本，收藏于国家图书馆。元刊《元丰类稿》还有黑口本。此本由乌程蒋氏密韵楼所藏，上海涵芬楼《四部丛刊》据此影印。此本半叶十一行，行二十一字，黑口，四周双边双鱼尾。贺莉发表于《图书馆建设》1993 年第 6 期的论文《曾巩及其〈元丰类稿〉》所描述的藏于齐齐哈尔市图书馆的《元丰类稿》元刊残卷，即是这个本子。晓川细致地比较了大德本与黑口本版式、目录及内文文字的不同，确定大德本与黑口本是两个不同的元刊《元丰类稿》。她进一步考证明刊《元丰类稿》的版本源流，发现明代的正统邹旦本、成化八年杨参本、嘉靖十二年莫骏重修曾文受本、嘉靖四十二年贵阳任懋官重修本，都保留了元黑口本的特征，从而得出结论：明代多数《元丰类稿》版本都源自学者并未注意到的元刊《元丰类稿》黑口本。这是《元丰类稿》版本系统很重要的发现。其他考证如明刻黄希宪本是依据《曾南丰先生文粹》校订重刊；明秦潮刻本与九世孙曾文受本有密切关系；清彭期重刻《曾南丰先生文集》有较高的校勘、评点价值；流传至今的《南丰曾子固集》的部分内容、《南丰杂识》、《隆平集》很有可能是《续稿》和《外集》的内容，等等，厘清了曾巩集版本的诸多问题。

晓川此书的第二个重点是对曾巩文学思想的研究。在

第三章，她以曾巩与同时代人的交游为切入口，论述曾巩文学思想的形成。在众多的交游者中，晓川选取了具有代表性的三个人物：曾巩的伯乐欧阳修、好友王安石和追随者陈师道。从晓川细致的论述可以看出，曾巩志于古道、以文传道的思想是在师友文学思想互相激发与影响中形成的。曾巩上欧阳修书，以"执事将推仁义之道，横天地，冠古今"表达他对欧阳修的认识和尊敬，以"不敢有愧于古人之道"自期，并表明自己"尝自谓于圣人之道有丝发之见焉"。他写给王安石的信也以"介卿居今世行古道，其文章称其行"赞许他。这是因为欧阳修和王安石的思想都以道为重，三人的文学思想有其相通近似之处。三人关于文道关系的认识有同有异，互为补充和修正，这与三人的交流不无关系。晓川的论述进一步证明了这一点。顺便说一句，晓川从交游入手研究曾巩的文学思想，不仅据此了解曾巩文学思想渊源和形成，亦兼可考察一个时代的文学风气，应该是聪明的研究策略。

关于曾巩的文学思想，此书显然把主要篇幅放在了曾巩文道观的探讨，这是源自"道"是曾巩文学思想核心范畴的判断："曾巩继承欧阳修的文道观，'道'得以成为曾巩文学思想的核心范畴。辨析'道'的内涵，了解其对'道'的体悟，是深入研究曾巩文学思想，把握其文学创作的重要前提。"我认为这个判断符合曾巩文学思想的实际。在这一章里，晓川首先致力于发掘曾巩文学思想中所谓"圣人之道""先王之道"的内涵，曾巩从周公、孔子到扬雄、韩愈建构的道统，从致知、穷理到明之、乐之、安之自觉体道所达到进入"天下之通道"的境界。然后展开对曾巩文道观的研究，从"文存圣道""道辩则明""以文传道""以道评文"四个方面分析了曾巩对文与道关系的认识，总体看既系统而又不乏深刻，晓川出道于文学理论的优势得到一定的显现。此书的最后两章具体分析曾巩的诗文，进而提炼曾巩师法经典、研习法度的文章观和娱情写物、以道节情的诗歌思想，不仅使曾巩的文学思想更加丰富具体，而且更加深入地论证了曾巩以"道"为核心的文学观，曾巩之为淳儒的文学观显出了立体型态。

书稿既以《曾巩文学研究》为题，可研究的空间还很大，比如前面谈到的曾巩作为馆阁之臣整理典籍的实践和其文献学思想，就是比较重要的内容。就此而言，希望此书是晓川研究曾巩迈出的第一步。

2023 年 8 月 26 日

（《曾巩文学研究》，社会科学文献出版社 2023 年版）

《历代燕赵词全编》序

　　"燕赵"原为地理概念，古属冀州，战国时为燕、赵，其属地主要为今河北、北京、天津等地，还包括辽宁、山西、河南等部分地区。但后来，"燕赵"逐渐由地理概念演化为文化概念，主要指一种北地重气任侠、悲歌慷慨的民风。《隋书·地理志》"自古言勇敢者，皆出幽并"、韩愈"燕赵多慷慨悲歌之士"、苏东坡"幽燕之地，自古多豪杰"，都是讲的燕赵的独特文化。于广杰编著《历代燕赵词全编》，用的是地理概念，指籍贯出自今河北、北京、天津等地的词人词作。实际上也内涵了文化，如广杰所论："金元词人如蔡松年、王寂、赵秉文、刘秉忠、白朴、张之翰、刘因、胡祗遹、萨都剌等人的创作因地理环境、人文风俗、时代风气的影响，明显不同于江浙等南方词人婉约清绮的特质，而呈现出清新劲健、自然率性的北方文学风貌，论者称为词的'北宗'或'北派'。"这就是立足于文化的考察了。

近些年来，学术界有宋之后文化重心南移、江南乃成文化中心之说。故广杰告诉我要出版《历代燕赵词全编》，我内心不免嘀咕。诗文南移，更何况兴于北宋、盛于南宋的词！我虽然生于斯，长于斯，热爱故土，也要问燕赵词是否可观。据《历代燕赵词全编》考察，北宋时燕赵地处边陲，词学可述者少，明代燕赵本土词人不足四十家。然金、元、清三朝及民国，燕赵为京师和畿辅重地，文人汇集，词学兴盛，多有名家，足可与江南词比肩。近些年来，颇兴地域文学。我以为地域文学如不置于大文学史中观照，则其毫无意义。按时下分类，燕赵词亦属于地域文学。但是北京自金朝建都后，历元、明、清数代皆为首都，北京及畿辅地区不仅是政治中心，也是文化重心，故燕赵词的文学史地位是地域文学无法涵盖的。由此可见，搜集整理燕赵词，自文学史观，有其重要的价值。《历代燕赵词全编》全面辑录校注整理燕赵词，在此基础上，撰写词人小传，介绍词人的生平仕历、词坛活动、创作风貌和词学思想，不仅为认识燕赵词风、词学提供了丰富的资料；而有此一编，也会吸引文学史家的目光，使其从更广阔的时空视野全面认识词人、词体，所以于广杰和他的团队做了一件很有意义的工作。

2022 年 7 月 10 日

（《历代燕赵词全编》，中国社会科学出版社 2022 年版）

"最后的宗师"与"东方第一人"
——《吴汝纶诗文研究》序

吴汝纶是清末民初这一新旧文化交替关口，推进中国近代文化转型的重要人物，对北方地区尤其京畿直隶一带产生过重要影响。

吴汝纶勤于读书，治学范围涵盖经史子集，尤其谙熟儒家经典，二十多岁时便考中科举，有《群书点勘》传世。他"幸生桐城"，少读姚氏书，年少时已有志于桐城家法，入仕后又入曾国藩幕，对曾氏"探源扬、马，专宗退之"之闳肆磊落文风深为叹服。他晚年主讲于莲池书院，担任过京师大学堂总教习，曾赴日本考察，为中国近代教育事业奠立磊磊基石。吴汝纶集官员、文士和师者多重身份于一身，淬炼于晚清社会思潮的风云激荡中，熔铸成两个鲜明的标签："桐城派最后的宗师"与"东方第一人"。

"最后"与"第一"，在序数词中似乎是相互对立的一对词汇，然而放置在晚清这一特殊的时代环境中，又以一种独特的方式统一起来。"最后"与"第一"，就是新旧交替的隐喻。当一个国家在工业、经济、军事等方面屈居人下时，其文化、思想也不免被累及而成为"落后"的代名词。因此，中国传统之学自贬为"旧学"而略显黯然，而西学则镀上了"新学"的亮丽涂层。然而，新旧在耸立对峙的同时又不免有所混融，在此时树立一个边界就难上加难。站在中西河流的交叉点，如何在两股力道不均、方向不一的冲力中求得一种动态平衡，是吴汝纶及其同时代士人的共同问题。面对这种困境，吴汝纶从他的背景、学识出发，编织出独属于他的答案。

作为桐城派最后的宗师，吴汝纶诗文集桐城诸老之大成而别有洞天。桐城文章素来推崇唐宋八大家，晚明归有光亦为效法对象，举气清体洁为绝佳范式，摭宋明义法为精神旨归，形成一种相对圆整的方法论。然而，文派一旦拥有一种固定创作法式，虽旗帜鲜明，却也易于流入庸常。作为一种弥补与调适手段，曾国藩将汉赋之气势延入文法，使桐城文风为之一振。

当一个人的阅读累积到一定数量时，便激荡胸襟，眼界开阔，欣赏的阈值会陡然升高。吴汝纶不仅熟识桐城诸老之文，亦与其师曾氏日夜切磋文理，对好文章自有其认知与标准。他师范唐宋和归有光文章，同时又重视学习汉代文体。其实，吴汝纶师法对象并不局限于某个朝代的某些作家，他突破了桐城先贤摒弃晋宋文的局限，所学的文章贯通秦汉六朝唐宋元明直至清代。这种转益多师的态度决定了他能够真正成为一位集大成者，不仅集桐城派诗文之大成，更是集中国经典精粹之大成。

吴汝纶又是一位最早接纳西方文化的士人。他三十多岁时就已经广览译入中国的西方书籍，与当时活跃在中国的欧美日名流多有交往。富赡的知识学养与宽广的眼界胸襟，使吴汝纶特出于同辈。吴汝纶之子吴闿生曾记载美教士路崇德语："吾见中国人多矣，学识襟抱未有万一及吴先生者，真东方第一人也。"吴汝纶能得到外国人如此评价，原因有二：第一，先后入曾国藩、李鸿章幕，二者学习西方、兴办洋务的主张，对他深有影响；第二，吴汝纶将研修中国经史文章时所秉持的孜孜不倦精神也投射到西学之中，数年中"自译行海外之奇书，新出之政闻，与其人士之居于是或过而与相接者，无不广览而周咨也"。在不废中国传统之学的基础上，吸收西方有利于中国的各方面知识，成为吴汝纶的学习原则。在莲池书院掌教时，他也将此种理念贯穿其中。吴汝纶曾说："西学当世急务，不可不讲。"他于光绪二十二年（1896）在书院增设西文学堂，后又设东文学堂。两个学堂分别聘请外教为教习，以英语、日语教育为主，兼学欧美历史、地理、政治、格致等，开设天文图说、地理全志、地学浅释、动物学、植物学等三十几门课程。在现今留存的莲池书院考课中可以看到舆地之学的内容，如《地理策问》。对生徒所作的课艺文章，吴汝纶评点道："明于测绘、理法，故言皆扼要，结处犹有通识。"亦叹道："测绘西人最精，行军尤要，中国至今不讲，可喟也。"

吴汝纶甚至尝试用古文传播西学。从唐代至清代，古文"传道"的功能始终被强调，无论是中唐时提出的"文以载道"，还是吴汝纶秉持的"道因文存"，改变的只是文人对文、道之间孰轻孰重的理解，而不变的是文道不离、两位一体这一基本事实。吴汝纶之前的桐城先贤们将道的内容定为义理，吴汝纶突破了这一局限，认为古文既然可以将古代圣贤之道传衍至今，当然也适宜译介传播西学。

当然，中国传统的四部之学始终是吴汝纶坚持的治学基石。他在书院古课中给生徒考课时的命题不离经史，也鼓励学生拟作各代诗赋文章。在废除科举建立学堂之后，吴汝纶依然坚持主张延续古文教育，他认为那些最核心的圣贤之教均要仰赖于古文来留存传衍，其中蕴含的道德准则具有永恒的意义，是绝不能抛弃的。

吴汝纶生于 1840 年，其时中国已被迫向西方国家敞开大门，被动应对军事、思想、文化等各方面的冲击。在这种社会环境之中成长起来的吴汝纶，带有鲜明的时代印记。他在疾呼学习西方的同时，始终坚持中国传统之学的赓续。他的诗歌充盈着中国传统士大夫的风骨和精神；古文则高雅清洁，说理言情条缕分明，语言亦高古，这说明他对中国的学术有着自己的坚守，他亦希冀通过书院与学堂使年轻士子承续之。在吴汝纶的思想里，中国传统之学从不是"旧学"，而是国家文明的主干；西学可以使枝杈茂盛，但不能本末倒置，这就是他所认定的新旧边界。对于中西文化既有所取亦有所舍的理性态度，终使他成为"最后的宗师"与"东方第一人"。

　　小艳教授近十年来主要治明清诗文。随我攻读博士学位时，所做博士学位论文是《冯舒、冯班诗学研究》，其后入站华东师大，出站论文是《虞山诗派论稿》。这一段期间，她关注的主要是江南士人及其诗学。近几年又转向河北，把莲池书院纳入研究视野。小艳治学勤勉是出了名的，这一点也许秉承了幽燕人的性格。有的学生见面，我会问近来读了什么书，写了什么文章。见小艳我说得更多的是慢慢来。现在，她又把《吴汝纶诗文研究》书稿交到我的手里，显然是未遵师教的结果，但我还是为之欣然。读了书稿，写了以上感受，也算是我阅读学生论著的心得。至于对此书如何评价，那自然会有读者的公允之论。

2023 年 12 月 12 日

　　（《吴汝纶诗文研究》，社会科学文献出版社 2023 年版）

第四辑　致辞·演讲·访谈

博览与约观

——祝贺《博览群书》发刊四百期

2015 年，我的《论经典》一书作为国家社科文库所选之书，在人民文学出版社出版。此书是我在国家图书馆工作十余年思考阅读的结果。在这本三十万字的著作中，我就经典文本的属性和经典的传播与经典的建构，作了全面论述。经典的文本特征，涉及经典的传世性、经典的普适性、经典的权威性、经典的累积性、经典的耐读性。经典的传播与建构，论及政治、媒体、教育与经典建构的关系。这一年，我还在中华书局出版了另一本小册子《读书之道》，谈论的主要是读书的一般性问题，如读书与人生、读书的境界、少儿阅读、大众阅读等。古人读书，讲博览与约观，前者是言读书之广，后者是言读书之精。如果说《读书之道》谈的是博览，《论经典》论的是约观，写完这两本书，我感到自己的图书馆管理员的职业可以告一段落了。

《论经典》出版后，在学术界和读书界都引起一定反响。《光明日报》《中华读书报》《中国图书评论》等都有书评刊布，而最关注的则是《博览群书》。2015年，《博览群书》发表张政文先生书评《"经典"的当代价值与本土的话语权》，不久，我就接到刊物主编董山峰先生的电话说：不读经典，是当今读书遇到的重要问题，提倡读经典，必须说清楚为何要读经典。《论经典》一书的出版，从理论上说清楚了这一问题。所以除了此篇文章，刊物还要准备刊发子烨先生的书评，他希望我自己也写篇文章，凝聚《论经典》的主要观点，并有针对性地对当今读书遇到的疏离经典问题提出自己的看法。我于是写了《这本书会和经典一起"淹没"吗》，与子烨先生的文章《关于人类文学经典的沉思录》一起，刊发在2016年第2期。

在这篇文章里，我表达了对当今读书现状甚深的忧虑。大众文化的流行，不仅使文化演变成供人消费的商品，也使读书蜕变为单纯的消遣娱乐，读书表现出快乐主义和享乐主义的倾向。这是一种快乐至上的非理性阅读心理，它追求享乐，放纵官能，止于快感，沉溺于感性的受用。这种阅读，不仅使读者逐渐丧失理解和接受作品内涵的能力，使读者的阅读能力平庸化；而且也使阅读成为逃避社会现实的避难所，由回避精神产品中有深度的思考内容，延伸到逃避现实中的社会问题。此种阅读带来的后果就是使读者自然而然地疏离经典，并且最终远离经典。而经典则是人类思想智慧的成果，是人类文明的体现，阅读经典不仅使社会得到不断进步，也使读者个人达到自我完善。在文章中，我借用了朱利安·班达评知识分子的话：正是由于有了经典，"在两千年里，人类虽然行恶，但是崇善"。

此文发表后，得到了著名文学家、原文化部部长王蒙先生的肯定，他托文化部办公厅转来一段话："在《博览群书》上读到尊作，甚喜。四年前，我在《人民日报》上著文，呼唤经典，当然讲的是文学。另您引用的朱利安·班达的话，令我雀跃。我多次说：儒道为政，并未成功，但老百姓仍然喜欢仁义道德。还说：绝对否定传统，就会自绝于人民，拒绝现代化，就是自绝于地球，等等。"王蒙先生是我敬重的作家和领导。我到文化部工作时，王蒙先生已经退出领导岗位。有时开会或参加活动时会遇到，他总是鼓励我看淡职务，勿忘专业。虽然话不多，却深感先生是知我者，因此心存感激。此次，王蒙先生的话，更加深了我著文呼唤读者回到经典的认识。山峰主编看到王蒙先生的信，也很受鼓舞，电话中与我交流：经典不仅是理论的事，更是实践的事。还要我在推荐经典阅读上多做些工作。于是有了2016年在延庆给公务员开的关于经典阅读的讲座。此后，我在多个省市和高校开过类似的讲座，为了推广经典，还撰写了《经典的魅力》《大众的经典》等文章，发表在《光明日报》和《中国政协报》。应该说，山峰主编和《博览群书》发挥了推动作用。

　　《博览群书》创刊于 1985 年，其时的国情正是改革开放向纵深发展之时，民族素质与人才问题，摆到了突出位置。这一年的 1 月 21 日，中华人民共和国第六届全国人大常委会第九次会议作出决议，将每年的 9 月 10 日定为中国的教师节，于是有了中国第一个教师节。5 月 27 日中共中央发出《关于教育体制改革的决定》，指出教育体制改革的根本目的是提高民族素质，多出人才，出好人才。改革开放需要人才，培养人才、发展生产力需要思想，需要智力，社会需要凝聚思想与智力的著作，读者需要好书。由胡耀邦题写刊名的《博览群书》应运而生。此刊从发刊伊始，就把砥砺思想、交流思想、促进读书作为宗旨，推荐传统经典、构建新经典，自然成为此刊的重要任务，也逐渐形成刊物的特色之一。也正是因为这个原因，我得以与《博览群书》结缘。当此《博览群书》发刊四百期之际，我以此小文祝贺她所取得的成绩，并预祝刊物越办越好。

（《博览群书》2018 年第 4 期）

学术会议应有的品质

——第二届中国文化国际高峰论坛开幕式上的致辞

有幸两次参加中国文化国际高峰论坛会议，我感到这样的文化会议才具备了学术会议应该有的品质。

首先是会议的包容性。上次的中国文化国际高峰论坛，以唐文化为主题。此次会议以鉴古知今为主题，打通人文学科，打通古今，打通中外，有效地打破了学科壁垒，最具兼容性。其次是学术性。不同于我见过的诸多文化论坛多空疏、不着边际的时尚话题，此次会议讨论的话题虽然宽泛，却有其边际。边际就是学术性。重文章的学术规范，重文献基础，重考据求实，重学理逻辑，不是无根之谈。最后是前沿性。各位专家提交的不是炒冷饭的论文，而是各位学者最新的研究成果，研究路数和方法极具启发性。如日本古代典籍所存汉诗声病格律文献的诗学史价值，从交通史视角考察汉代长安与罗马的交流，汉代长安建设的宇宙观念，苏州园林研究，等等，题目新颖，都具有本学科的前沿性。参加这样的会议，相信所有人都会有新的收获。

感谢会议的主办单位！为祝会议取得成功，赋一首不合格律的小诗：

雨落长安红叶迟，又来塬上论唐诗。

开天文武无夷夏，蛮女胡儿俱入时。

2018 年 10 月 20 日于西安

读课外书

——南京大学读书节开幕式上的致辞

　　程章灿馆长邀请我参加这个读书节，我欣然应命，因为我对这个节很好奇。近来，中国有很多节。以北京为例，自春天始，各种节就次第开展，春有玉渊潭樱花节，门头

作者2018年在南京大学讲学期间与文学院师友合影。
左一张伯伟教授，左三程章灿教授，左四徐兴无教授

沟桃花节，碧罗寺梨花节，夏有大兴西瓜节、蓝岛啤酒节，冬有陶然亭冰雪节。读书节当然也有，多在一些城市，据我所知，武汉、深圳、东莞等市都有读书节，有的我参加过，还做过演讲。

但在大学设读书节，我就很好奇。大学本来就是读书的地方，过去把学生称作书生，皆因学校就是读书的所在。所以，我认为南京大学设读书节别有所指，大有深意。

我认为今天所谈的读书，非指课堂上读书，亦非教授指定的功课。因为那种类型的读书，不需要刻意提倡，不需要设节来推动。课堂上读书，自有两条鞭子悬在学生的头上催赶着。一条来自老师，那是老师布置的书目，它似敲打绵羊的温柔的鞭子，看似很轻，实则外柔内刚，力道很重。还有一条更厉害，那是考试的分数，关系到毕业，是一根打得人皮开肉绽、条条见血的鞭子。

林语堂说，学校专读教科书，而教科书并不是真正的书。林语堂所谓的真正读书，是指课外的自由读书，读的是非专业非功利的课外书。今天的读书节，真正意图也许就在于此。既是自由读书，我想到了前辈两位学者的话，分享给各位。

梁启超在《治国学杂话》里说：

学生做课外学问是最必要的。若只求讲堂上功课及格，便算完事，那么，你进学校，只是求文凭，并不是求学问，你的人格，先已不可问了。再者，此类人一定没有"自发"的能力，不特不能成为一个学者，亦断不能成为社会上治事领袖人才。课外学问，自然不专指读书……但读课外书，至少要算课外学问的主要部分。一个人总要养成读书趣味。打算做专门学者，固然要如此。打算做事业家，也要如此。因为我们在工厂里在公司里在议院里……做完一天的工作出来之后，随时立刻可以得着愉快的伴侣，莫过于书籍，莫便于书籍。但是将来这种愉快得着得不着，大概是在学校时代已经决定。因为必须养成读书习惯，才能尝着读书趣味。人生一世的习惯，出了学校门限，已经铁铸成了。所以在学校中，不读课外书，以养成自己自动的读书习惯，这个人简直是自己剥夺自己终身的幸福。

林语堂在《论读书》中说：

　　学校专读教科书，而教科书并不是真正的书。今日大学毕业的人所读的书极其有限。然而读一部《小说概论》，到底不如读《三国》《水浒》；读一部历史教科书，不如读《史记》。……

　　今日所谈的是自由的看书读书。无论是在校，离校，做教员，做商人，做政客，有闲必读书。这种的读书，所以开茅塞，除鄙见，得新知，增学问，广识见，养性灵。……

找到了文学上的爱人。

有这两位文学巨匠的读书语录，我就不必多言了。所以这个读书节，我领会其深意就是提醒各位，找到一生幸福的伴侣，找到如魔力般吸引了自己的爱人：书。

祝各位如愿！

2018 年 10 月 22 日于南京大学

传播与创造经典：出版者的责任
——在新闻出版工作会议上的演讲

读书界当下存在回归经典的焦虑，出版界也处在如何传播和创造经典的热议之中，所以才有了要我来讲讲经典的由头。与各位出版家交流，心中颇忐忑，你们都是出版界的宿老新秀，以下发表的议论，拜请各位批评指正。

首先讲媒体之于经典的传播与建构。

经典之为经典，文本是基础。但是一个文本成为经典，则是在传播过程中完成的。艾略特说："确切地说，经典的确立不是始自作品，而是第一个读者。"作品不可能自己走进读者，需要媒介，希尔斯《论传统》书中说："传统必须通过将作品介绍给读者的机构而成为人们注意的对象。"这个结构就是媒体，可见媒体在作品经典化过程中所具有的举足轻重的作用。经典的传播过程就是经典的建构过程。

从中国的经典形成与传播来考察，出版者至少有三大作用：

其一，经典的传抄、刊刻与传播作用。四书五经主要靠官刻，刊刻机构有宫廷、藩府和书院。而《红楼梦》《三国演义》《水浒传》《西游记》等小说和《西厢记》《牡丹亭》等戏曲经典，主要靠坊刻。仅《西厢记》明代就有六十余种刻本。因此可以说，经史子集主要靠官刻得以传播，小说戏曲中的名著主要靠坊刻而在民间确立了经典的地位。

其二，经典化的作用。中国古代诗文浩如烟海，仅唐诗就有五万余首，并非每首诗都是经典。其中就有一个遴选、评点等经典化过程。在这一过程中，出版业也发挥了重要作用。具体表现为刊刻选本、诗话及诗文的评点。如家喻户晓的《唐诗三百首》、《千家诗》、士人写作诗文都要作为范本的昭明太子《文选》。鲁迅说："凡选本，往往能比所选各家的全集或选家自己的文集更流行，更有作用。"（《集外集·选本》）

其三，培育经典的作用。对经典而言，出版业不仅仅是传播而已，还有培育功能。20世纪初至40年代，文学期刊有3504种，它有发行量大、传播迅速、持续传播的特点，既是经典重要的传播渠道，同时又有组织创作与推广的功能，成为经典潜在的建构者。如文学研究会主办的《小说月报》，从1921年到1931年十年间，不仅推出了鲁迅、周作人的作品，还培养了冰心、许地山、朱自清、徐志摩、巴金、老舍等经典作家。

再讲疏离经典的阅读与出版界的匡正。

2013 年 6 月 24 日，广西师大出版社发布了读者"死活读不下去"图书排行榜，中国四部：《红楼梦》《三国演义》《水浒传》《西游记》，一个不少；国外六部：《百年孤独》《追忆似水年华》《尤利西斯》《瓦尔登湖》《不能承受的生命之轻》《钢铁是怎样炼成的》，都在经典之列。

这一报告虽非权威，但至少告诉我们，读者中有读不懂经典、远离经典的倾向。而一旦广大读者远离经典，也会远离民族乃至人类基本的价值观，甚至离开人类累积的文明成果，对社会所产生的影响甚大。因此引起社会的警惕。读书界近些年不断提倡回归经典，出版界也做了大量工作。既然出版、传媒之于经典的传播和创造有重要作用，所以出版界的朋友们还应继续努力，为读者亲近经典、走进经典做出更有实质性的工作，具体来说有三点建议：继续出版传统经典、创造新经典；普及扩大经典的传播；组织辅导经典阅读，做读者走进经典的津梁。

2019 年 1 月 8 日于中国新闻出版研究院

一部书与一条路

——纪念杨明照先生诞辰一百一十周年学术研讨会上的致辞

能够受邀参加杨明照先生诞辰一百一十周年学术研讨会，感到很荣幸。左东岭先生因事未能参加会议，他嘱我代表《文心雕龙》研究会对会议的召开表示祝贺。

杨明照先生是当代文史界的大儒、通儒，是《文心雕龙》研究界的泰斗。现代《文心雕龙》研究，黄侃、范文澜和杨明照三位先生是奠基人、"龙学"的开创者。杨明照先生为"龙学"的确立，为《文心雕龙》研究做出不可磨灭的贡献。

今天纪念杨明照先生，重要的是总结其学术成就，发掘并弘扬杨明照先生的治学精神。我个人用两句话来概括杨明照先生的治学精神：

第一句话：一部书，一个一以贯之的名山事业。

前称杨明照先生为当代学界的通儒，是因为他治《文心雕龙》，治《刘子》，治《抱朴子》，都取得了卓越成就，对整理研究中国传统文化的贡献非止一端。而就治学之关注度来说，一以贯之始终如一的则是《文心雕龙》。从1936在郭绍虞先生指导下深入研究《文心雕龙》，1939年夏完成论文《文心雕龙校注》，到2001年他离世的前一年出版《增订文心雕龙注补正》，一生共出版了九部《文心雕龙》研究著作。研究《文心雕龙》，正是杨明照先生为之奋斗了一生的不朽事业。

这是杨明照先生的追求，也为后来人的学术人生树立了榜样。

第二句话：一条路，一条唯实求真的治学之路。

杨明照先生研究《文心雕龙》，走的是传统的路数，版本校勘，文句注解释义。《刘子》《抱朴子》研究亦如是。他对《文心雕龙》文义的诠释，基本上是建立在这样极为传统的研究方法之上的。时间是验证研究成果的标准。百年"龙学"史证明，这种传统的治学方法看似老套，却是一条永远不会被荒草掩埋的大路坦途。后学如能坚持这条路，参之以新的研究方法，就能骋无穷之路。

以上两句话就是我对杨明照先生治学精神的理解，以此来纪念杨明照先生。

2019 年 11 月 18 日于四川大学

文之瑞
——在《博览群书》读书活动上的演讲

当今出版物之多，真可用"乱花渐欲迷人眼"来形容。所以现在的读者不是"愁坐正书空"，而是书多到"乱我心者，今日之日多烦忧"，手足无措，不知如何选择。于是有人如歌曲所唱的那样，"跟着感觉走"，什么书最畅销，什么书最好读，就读什么书。这样的阅读，如一位过来人所说，十年过去了，盘点一下，竟然一无所获。国家图书馆老馆长著名哲学家任继愈先生说："生也有涯，学无止境。"任先生逝世后，这句话就刻在他的墓碑上。我们可以在此基础上再补充一句：生也有涯，书要选读。选择什么书来读？经典。

在文章之林府中选择经典，有两个理由作支撑。

经典是文之瑞。

人过期颐之年称为人瑞。人有人之瑞，文有文之瑞。精神产品经过历史淘汰得以流传下来并对当代人仍有很大影响的，被视为经典。经典就是文瑞，经典的第一属性就在于它有传世的价值。美国著名文化批评家哈罗德·布鲁姆说：经典就是"从过去所有的作品之中被保留下来的精品"。在长时期的阅读史中，不同的读者证实了经典的价值，经典才得以保存下来并被永久重视。经典之所以具有传世价值，其原因非一二言可以概括，但有两点可以肯定亦很突出。一、经典拯世济人的淑世情怀。孔孟的"仁"，老庄的"道"，皆是为了淑世、使社会更进步而提出的。二、鲜明的探索精神。解释已知，探索未知，是一个民族乃至人类思想的先行者。

经典是人之鉴。

经典就是人的一面镜子。读经典，它会告诉我们过去是什么样子，现在是什么样子，让读者了解历史，也了解自己。如果说有些时尚的书是哈哈镜的话，经典则是一面真实的镜子。它直面历史，真实反映历史。它直面人生、人性、社会，力求真实并深刻揭示人性，反映人生，剖析社会。读者会因读《三国演义》而了解中国古代的政治、军事、民心向背；因读《水浒传》而了解中国古代的官民关系、社会与江湖、官逼民反；因读《红楼梦》而了解古代贵族之家的爱与恨、美与丑、生与死、梦幻与空无；甚至读《西游记》这样的魔幻小说，仍然见到社会、人性的真实。如哈罗德·布鲁姆评论莎士比亚所说：他画出了人类，画出了欧洲人、英国人，画出了那个时代。他洞察男男女女的心，了解他们的善与恶、诚实与诡计，画出了人类的甜蜜和恐怖。这些就像风景在眼睛里一样真切。人的一生，最有意义的事情，最有深度的活着，就是了解自己，塑造自己，成就自己，而经典就是可以照见自己、成就自己的镜子。

这面镜子，不仅照历史，照现在，还会呈现人与社会应有的面貌。经典作家都是理想主义者，他真实甚至不无尖刻地映照现实，同时也要探索人与社会理想的、应该有的样子，这就是对未来的探索。就此而言，经典又是指引人类前行的灯塔。

2019 年 12 月 20 日于《光明日报》社

发现李白

——中国李白研究会第二十届年会开幕式上的致辞

　　昨天，我本来已经是在去机场的路上，接雷恩海先生通知，兰州发现疫情，只好半路折回。好在还有腾讯会议，能够从容与会，虽有遗憾，但仍可以用此特殊形式交流。在此非常时期，也算幸运了。感谢兰州大学和李白研究会秘书处的邀请，感谢你们为会议召开所做的大量工作，预祝年会圆满成功。

　　我从20世纪80年代跟随老师詹锳先生参加李白学术研讨会，并申请加入中国李白研究会，现在也算是一个老会员了。如果不是有特殊情况，李白学术会议多是参加的。年会每两年一次，有时中间还会再加一次或国际研讨会、或纪念、或诗歌节等活动，高校和学术机构也常有李白学术研讨会。每有会议，我都会拜读到数十篇乃至百篇的论文。说明李白名头太大，李白及其作品，过去是、现在是、将来仍是学术界、文化界热门的话题。用网络语言说：李白很忙。所以我预测，如果不是非常原因，李白研究会常在，李白研讨会常开，当是常态。

既开会，就会有论文提交，每年、每次会议都会生成大量的论文。迄今为止，研究李白的著作约四百部，论文七千篇，成果之多快要汗牛充栋了。作为一个学者，我现在常想的问题是：什么样的论文、著作是有价值的成果？什么样的研究成果能进入李白经典化的累积层？

漫步李白研究的历程，总结李白研究的成果，我个人认为，有价值的著作、文章，可以传世的成果，其成功之处在于"发现李白"。每一篇有价值的文章和图书，都是对李白一次新的发现！詹锳先生的《李白诗文系年》勾勒出了一个可信的基本成型的李白，稗山、朱金城、郁贤皓、安旗先生发现了二入长安的李白，林庚先生发现了盛唐少年意气的李白，李长之先生发现了道教徒的李白，裴斐先生发现了悲豪的李白，郭沫若、王运熙先生发现了浪漫主义的李白。学术的生命就在于发现，不断地发现，使李白的经典价值和意义得到不断地发掘和揭示。作为参加会议的老会员，我渴望自己在研读李白作品及相关文献时能有新的发现，也期待年轻的朋友发现新的李白，这是学会的生命力所在，是李白研究的生命力所在！

谢谢！

2022 年 7 月 8 日

《文心雕龙》研究的功臣

——《牟世金文集》出版座谈会上的致辞

　　牟世金先生是中国《文心雕龙》研究会重要的组织者、领导者。1983年，国内一些著名学者发起成立《文心雕龙》学会，牟世金先生是发起人之一，并负责学会筹备工作。学会成立后，牟世金先生担任学会秘书长，组织了多次学会年会和国际学术研讨会，为推动《文心雕龙》的学术研究与交流做出了卓越贡献。

　　牟世金先生是当代著名的《文心雕龙》研究专家。他从1962年与陆侃如先生合作开展《文心雕龙》研究，出版《文心雕龙选译》，到1989年病逝，27年间倾注全力研究《文心雕龙》，硕果累累，影响甚大。

　　牟世金先生的《文心雕龙》研究，大致可分三个阶段。60年代为第一阶段。主要是与陆侃如先生合作开展研究，出版《文心雕龙选译》，发表《刘勰的生平与思想》《文心雕龙的文体论》《刘勰论文学与现实的关系》《刘勰论内容与形式》《刘勰的批评论》等系列文章。第二阶段始于70年代，继续译注《文心雕龙》，80年代初全部完成，出版《文心雕龙译注》。《文心雕龙选译》选译二十五篇，即《文心雕龙》全书的一半，《文心雕龙译注》补足了另外二十五篇。第三阶段为80年代，牟世金先生对刘勰及《文心雕龙》的诸多问题逐一展开深入探讨，出版《雕龙集》《台湾文心雕龙研究鸟瞰》《文心雕龙精选》《刘勰年谱汇考》《雕龙后集》《文心雕龙研究》等十部著作，发表论文百余篇，被王元化先生誉为《文心雕龙》研究的功臣。

今天出版的《牟世金文集》，基本涵盖了牟世金先生研究《文心雕龙》的重要成果，是对牟世金先生《文心雕龙》研究的一次全面总结，对推动《文心雕龙》研究乃至整个中国古代文论研究都有重要意义。

人民文学出版社2022年版

对于牟世金先生的学术研究风格与贡献，王元化先生有中肯的评价。他为牟世金先生《文心雕龙研究》作序时说："世金同志这部书毫无哗众取宠之心，也许会被认为过于质朴，但这也是它的长处。因为从这种质朴中可以看到一种实事求是的治学态度，既不刻意求新，也不苟同于人。……他力图揭示原著的本来意蕴，而决不望文生解，穿凿附会。书中那些看来平淡无奇的文字，都蕴涵着作者的反复思考，慎重衡量。其立论之严谨，断案之精审，我想细心的读者是可以体察到作者用心的。"虽然这是对《文心雕龙研究》一书的评价，却也整体概括了牟世金先生的学术品格，适用于他所有的《文心雕龙》研究。

牟世金先生逝世已经34年了，《牟世金文集》的出版再一次说明：真学者会永远被人怀念，真学问的文章会有长久的生命价值。

2022年8月8日

问道・尊师・研术

——首都师范大学文学院 2022 级新生开学典礼上的致辞

我很荣幸、也感到很高兴能够与 2022 级本科生、研究生第一次见面。首先祝贺各位同学跳开了题山卷海，离开了分高分低、心惊肉跳、精神亢奋与崩溃、情感的欢乐与悲伤的过山车。终于有了自立，有了自主，有了自我，有了自由，成为大学生，成为研究生。所以首先要表示祝贺，再一个就是欢迎各位考入首都师范大学。我们作为这个学校的一员，衷心地欢迎你们加入这个队伍。

我想，各位同学进入学校以后，可能有两件事首先要考虑。

第一件事，我为什么要走进这个学校？这个学校是一个什么样的学校？这个学科是一个什么样的学科？值不值得我在这里度过四年甚至更多的时光？那么，我作为一个在这里的老教师告诉你们：首都师范大学是地方院校，但它是在北京的地方院校。首都师范大学文学院不同于北京大学中文系，不同于北京师范大学文学院，不同于复旦大学中文系，不同于南京大学文学院，不同于所有的这种类型的中文系和文学院。但是，首都师范大学文学院在上次教育部开展的学科评估中与上述学校的中文学科同处于第一个方阵。由此可回答你们值不值得选择这个学校，值不值得在这里度过你们四年的时光。这是第一个问题。

第二件事，你可能要问，进了大学，从中学生变成大学生，甚至研究生，我学什么？怎样做一个大学生？我作为一个曾经的老学生，给各位谈谈个人的感想。

问　道

第一点就是"问道"。什么是"问道"？"道"是很抽象的很复杂的，但实际上说白了就是"问路"。比如说我们去文学院，你要问怎么走，有人给你指点，说："进了北一区的南门往北走 1000 米就到了。"错了，南辕北辙。这个路没问对。有人告诉你说："往北走 100 米，再往西走 100 米，再往南走 100 米就到了。"这条路能到达，但走了一条弯路。有人告诉你说："进了北门，往左转 100米到了。"对，这是正路。"问道"便是问的这个道。

"问道"，是一种学术传统。孔子说："君子谋道不谋食。"孟子也说："问天下之大道。"可见，问路是圣人做的事情。虽然孔子很有学问，是圣人，但他也曾经向老子问道。屈原说："路漫漫其修远兮，吾将上下而求索。"这也是在问路。在就任北京大学校长的演说中，蔡元培讲道："诸君来此求学，必有一定宗旨，欲知宗旨之正大与否，必先知大学之性质……'大学'者，研究高深学问者也。"什么是高深之学问？我理解就是"道"，"道"就是高深学问。"道"也是我们在大学要学的终极学问。

古今中外，因为"问路"而形成了宗教信仰、哲学思想，还构成了人类的智慧。比如，中国就有道家的"道"、儒家的"道"、释家的"道"；西方有卢梭的社会契约论、萨特的存在主义、马克思恩格斯的马克思主义，它们也是道。"大学问道"，作为文学专业首先问的是什么呢？何为文学？何以成为文学？这是我们对于文学的终极之问。这是就专业而言。切身说，"大学问道"，问的是个体成为人的道。道家任自然，认为心性自由合于自然才是个理想的人。儒家尚仁义，认为仁义礼智信都具备的人才能成为人。西方中世纪讲信仰，文艺复兴讲理性，浪漫主义讲个性。这都是在寻求成人之道。

我们再扩大一下，再放开眼光。"大学问道"，还要问民族的正道。民族前进的正道是发展，是进步，是文明，是摆脱野蛮，摆脱愚昧而走向文明。这是历代圣人贤者奋斗的目标，也是当代人奋斗的目标。比如，在我们中国，毛泽东提出富强、自由、民主，那是指给我们民族的一条正路；邓小平提出改革开放，新一代领导人提出中国特色社会主义，这也是为我们民族指的一条路。还有，"大学问道"，还要问人类的正道。自有人类以来，人类就面临人和自然的关系、人与人的关系。人与自然是和谐共处，还是改造和斗争？人和人之间又是一种什么样的关系？自古至今，我们面临的重大抉择往往就是战争与和平。对这些关系的抉择就是问路，问人类之路。我认为，作为中文系的学生就要有这几问：问文学、问人、问民族、问人类。

穆勒说："个体对于自己、对于自己的身心乃是最高的主权者。"就是说我们可以作为自己身和心的主宰。既然如此，那么就决定了我们对"道"的询问、求索和选择，乃是我们的自由。所以说，既然自然赋予了我们这个权利，我们就应该利用这个权利去问道、去上道。

尤其对我们个人来说，要做一个真人而不是一个两面人，做一个追求真理的人；做一个善人而不是一个恶人；做一个"美人"而不是一个粗鄙的人。总之，问道从询道到上道，也就是追求真理，崇尚真理。这是大学问学的根本之一。这是我个人体会的第一点。

尊　师

第二点就是要尊师。尊师源自问道。刘勰《文心雕龙》的第一篇就叫《原道》，第二篇马上就讲《征圣》。什么是"征圣"？"征圣"是以圣人为师。在高校里我们为什么要尊师？因为老师比我们先行一步，他们是比我们先走一步来探路的人，来问道的人，所以值得我们尊重。韩愈也说，"师者，传道授业解惑也。"所以值得我们尊重。学生要想明道，在学校里主要还是通过老师，尊师便是为了明道和得道。那么怎样尊师呢？我认为这是很有讲究的。比如说，我们见了老师，像民国时期一样鞠个躬、鞠个大躬，是尊师；比如说，学生在食堂里边礼让老师，是尊师；比如说，见了老师以后，能够站起来和老师打个招呼，也是尊师。但是这些尊师都是一种礼节性的尊师，是表面的。我认为还有两点更重要。

第一，"吾爱吾师，吾更爱真理"是尊师。什么意思？老师因为明道而值得我们尊重而成为权威，但老师问道也会有偏移，得道也会有深浅。因为真理不是天赐的，它来自人的寻找。老师也是寻找者。既然是寻找，就需要分辨。真理，不分辨不成为真理。不辨不明，越辨越明。老师和学生同样都是问道人。因此，真正的尊师是和老师做平等的研讨，切磋之、琢磨之，教学相长，共同提高。对于老师，只信不疑，我认为不是尊师。对于老师，我们只听不问，我认为也不是尊师。子夏问孔子曰："'巧笑倩兮，美目盼兮，素以为绚兮'，何谓也？"子曰："绘事后素。"子夏马上就说："礼后乎？"孔子很高兴，说："起予者商也，始可与言《诗》已矣。"启发我的是卜商啊。所以老师启发了你，是合格的老师；你启发了老师，你是尊师。《论语》中还有一段，子贡对孔子说："贫而无谄，富而无骄，何如？"子曰："可也。未若贫而乐道，富而好礼者也。"子贡马上说："《诗》云，'如切如磋，如琢如磨'，其斯之谓与？"孔子很高兴说："始可与言《诗》已矣。"孔子为什么高兴？因为子贡能够举一反三。我认为学生学习期间能够举一反三，也是尊师。

第二，与老师在学术上共同研讨，观点不都是一致的，有时候会有分歧。有了分歧怎么做？我们，尤其是学生，要本着百花齐放、百家争鸣的态度来对待老师。不扣帽子，不揪辫子，不告黑状。我说这是在学术上尊师。这是我要讲的第二个体会。

研　术

第三点才是"研术"。因为大学生和中学生的不同，就在于大学有了专业。术业有专攻，所以说要讲究路径和方法。大学学习的目的不仅仅是为了获取知识，在某种意义上，更重要的是获得研究知识的路径和方法。大学听课也是这样，也不仅仅是收获知识，而是获取知识的路径和方法。优秀的老师讲课不满足于告诉你结论，还要告诉你得出结论的路径和过程。而优秀的学生一定是能够从课堂、从书本以及我们的写作实践中领悟并掌握专业必须的研究路径和方法。当然了，因为研究对象不同，路径和方法也不同；研究主体不同，也会有不同的方法。这就需要我们作为学生在学习中不断地自己去探索、去总结，在这里我就不再赘言。

　　以上这些，都是作为老一辈人的迂阔之言，陈词滥调，未必管用，仅供各位同学参考。大学四年是很漫长的，但是在人生之中是很短暂的。这是诸君真正塑造自我的开始，也是成就自我的开始。我衷心祝福你们，祝愿你们学习进步，身心俱健，问道得道。

2022 年 9 月 15 日

长安上空的神仙会

——中国唐代文学学会第二十一届年会开幕式上的致辞

唐代文学学会年会，本应在 2021 年夏季召开。据我所知，会务组已经一切筹备就绪，只待诸君光临。但新冠病毒不放行，李浩会长迟疑再三，延迟至今。我十分理解会长和会议筹办单位陕西师范大学的良苦用心：唐代文学学术会议不在大唐首都长安召开，那就好似飞往西安的航班，到了城市上空，突见阳性病历，改道他地，虽在空中神游了一下，终留下很大遗憾。然一延再延，延至年底，新冠仍旧我行我素，与人较劲。诸位都是学术界的大咖、小咖，学术至上，生命亦至上，所以不得不有此线上无界的学术年会。盛世的年会终不能在盛世的京师举行，会长的一片好心付与流水，但我还是为他的一番苦心而感动。所以，我代表与会的各位学者，感谢年会筹备单位有延迟会议的良苦用心，感谢以李浩会长为首的会务筹备人员为年会的召开而付出的努力！祝贺唐代文学学会第二十一届年会议召开，并预祝会议取得圆满成功！

唐代文学学会成立于 1982 年，至今已经四十年。80 年代，唐代文学研究就是学术研究的热点，也是学术界最富有创造性成果的领域。唐代文学学会也是诸多学会中最有影响力的学会。四十年过去了，情况没有多少变化，唐代文学仍是学术研究的热点，唐代文学研究仍然最富有成就。唐代文献的整理与研究，全面展开，成绩最为显著。传世文献有《全唐诗》《全唐文》、唐诗选本、经典诗文别集的整理与研究；出土文献、石刻文献的发掘与整理，域外唐代文献的搜集整理，都成为近年来新的学术增长点。在综合研究方面，唐代诗文体类、唐代家族文学、地域文学、唐代园林、唐诗之路、唐诗传播与接受、唐诗学等，都获得了一系列重要成果，大大推进了唐代文学乃至唐史的研究。

我拜读会议论文集，得知本次年会收到学术论文一百四十余篇，内容广及经典作家作品、传世文献与出土文献、唐代士人心态、文章体类、接受与传播、宗教文化等各个方面。相信在大会的精心组织下，文章发布，学者交流，一定会取得满意的收获。

为祝贺年会召开，赋小诗一首，顺口溜曰：

身在新京望旧都，疫情难遏研唐书。

人人争做射雕手，流脉文源不可枯。

2022 年 12 月 10 日

我的研究路数与特色

　　我从事古代文学研究，研究路数或曰特点在于集中于中国古代文学的经典研究。研究魏晋南北朝文学，把主要的考察对象放在一个文学发展阶段具有代表性的文风。而在总结这种文风时，又把考察重点放在经典作家及其作品，如建安时期的三曹和七子，正始时期的阮籍、嵇康，两晋时期的陆机、陶渊明，刘宋时期的谢灵运，齐梁时期的谢朓、刘勰等。代表作是《南朝诗歌思潮》以及《文心雕龙》系列研究论文。研究唐代文学则专注在李白。早期参加詹锳先生《李白全集校注汇释集评》注释工作，从整理基本文献进入研究。从20世纪90年代开始李白生命意识研究，发表了系列论文，为李白研究打开了一个新的领域。

　　古代文学研究既关乎史，又不同于历史研究，为了使古代文学经典研究建立在理性的思辨的基础之上，在考察古今中外经典的基础之上，撰写并出版研究经典的专著

《论经典》，人民文学出版社2016年版

《论经典》，系统论述了经典的属性及其传播，即经典化的过程，建立了中国的经典理论体系。此成果入选国家优秀社科成果文库。

在研究方法上，采取的是极为开放的态度。首先是以文献为研究的根基。参加李白文集的整理、历代唐诗选本的整理以及国家社科基金重点项目"古籍题跋整理研究"，都是为了清理基本文献，为研究提供可靠信实的文献。但我的研究不局限也不停止于文献，研究的重点是在文学史现象的揭示与阐释。在研究中，极重视文献内容的发掘和文本的阐释，使文献由死文物变成活文本。阐释，是中国古代经学重要的注疏和意义生新的方法，也是欧美当代最为流行的研究方法，也是我从事古代文学研究的重要方法。我认为，没有世界性就没有民族性，民族性是在世界文化的比较中显现的。对于经典的研究方法亦然。经典产生并传播于民族中，但其价值意义却是世界性的，即其对于人类普遍的价值和意义。因此，研究经典，在理论和方法的运用方面必须融合中西，这是我研究的努力方向。所以研究经典理论，是中西兼采的，我研究李白的生命意识也是如此。

在我的研究中，中国古代文论从来不是作为纯粹的文学理论而研究的。我的立足点是古代文学，我视古代文学批评也是古代文学的一部分。研究古代文论，就是从诗文评的角度探讨和解释古代文学现象。我的《中古文学理论范畴》论著就是这种观点的具体实践。它是把魏晋南北朝文学作品与此一时期的文论打通开来的研究，从这一时期重要的理论范畴考察文学发展。

枕边书

访问者：《中华读书报》记者舒晋瑜

问：您早年写诗，是受谁的影响？当时的阅读，主要是哪些方面？

答：说来不要见笑，我写韵文，《汤头歌》是导师。我们需要文学哺乳的年纪，正是"革命"文化、流放文学、书遭焚毁或封存的年代。大字报习见，书罕见，文学书多在地下流传。长兄是中医，家中多医书，我无书可读，就翻医书，偶见《汤头歌》："六神丸治烂喉痧，每服十丸效可夸。珠粉腰黄冰片麝，牛黄还与蟾酥加。"七言，朗朗上口，"珠粉腰黄"，好读好玩，没事常翻翻，懂得押韵。旧体诗也算老师。但《千家诗》《唐诗三百首》这样的普及读物，时在乡间都瞥若惊鸿，惊艳，却难见到。我只是在同学那里偶然觅得，可读的时间只一天，夜里体温尚存书页，却已转他人之手。还有就是老高中语文教材收入的诗词。我在堂兄家见之，读到陶渊明诗，如林语堂形容的一见钟情，竟然如醉如痴。大哥看我如此喜欢，就把课本送与我。一段时间，这本教材就带在身边，到山上打柴，躺在山坡上，看白云苍狗，听鸡鸣狗吠之声，陶诗秀句，自然从口中流出。我最早发表于《莲池》以及《岁月深处》诗集的作品，多为田园诗，其影响，就旧体诗而言，就来自那么几首可怜的陶诗。其时盛行的领袖诗词、鲁迅诗，或境界甚高，或意旨颇深，学不到。

60 年代的读书人多是地下工作者，两个同学凑在一起，接过一个纸包，匆匆忙忙、仓仓皇皇地塞进书包，眼睛左顾右盼如偷儿状。我是惯犯，一定知道那是在传书。我读的书也多如此得之。《红楼梦》等四大名著、《封神演义》、《三侠剑》、《七侠五义》、《济公传》、"三言二拍"、托尔斯泰的几部小说、《天才》、《牛虻》等，皆为禁书。也有公开或半公开的书：鲁迅杂文，《钢铁是怎样炼成的》《创业史》《烈火金刚》《红岩》《山乡巨变》《暴风骤雨》《红旗谱》《林海雪原》《青春之歌》《小城春秋》《雾》《雨》《电》《家》《春》《秋》，等等。如看当时的书单，那个时代的青年一不小心都会成为小说家。怪异环境下的读书，效果奇异，高速高效，几乎过目不忘。想来是机会难得，精力高度集中之故。

问：您先在河北大学古籍整理研究所工作，后考取中国古代文学研究生。您是从什么时候对古代文学开始感兴趣的？受到哪些方面的影响？

答：我在中文系教书为先，后考取古籍所研究生。留校之初，在文艺学教研室教文学概论。后进助教进修班，在天津从魏际昌学先秦文学，从胡人龙学魏晋南北朝文学，从韩文佑学唐宋文学，从詹锳学《文心雕龙》，立雪师门虽一年之短，却知古代文学博大精深，治此方为学问；感受先生们的风神气骨，知何为学者，树安身立命之心。我的《小楼大儒》随笔追记了他们逝去的身影。

问：能否谈谈您在古典文学方面的阅读，在阅读中您有哪些收获？

答：读古代文学文献，是教学研究所需，读书即治学，专业性极强。时下古代文学分几段，我在中段，即汉魏六朝隋唐诗文，这一段的所有诗文集是必须要研读的。中国古代文学属性独特，虽分经史子集，学问却是一体，除了集部，经书、史书和子书也在我的阅读范围内。专就研究说，书读的多寡，会直接关涉研究视野和水平。我佛学书读的不多也不好，研究颇受限制。如说一般阅读，我的收获是了解了自家文化，分辨良莠，从此说话不肯随便苟同，不再随波逐流。

问：您对李白诗歌多有研究，为什么喜欢李白？能否以研究李白为例，谈谈您为了研究所做的阅读准备工作？

是否读过现存所有的李白诗歌，以及相关的理论著作？

答：20 世纪 70 年代，国家出版局确定整理八大作家集，詹锳先生承担了李白集的整理，幸运之神降临到一个刚刚考上古籍所的研究生，我入学后即参加了此项工作。翻阅李白集所有的版本和注本，包括有价值的研究成果，是必做的功课。先结缘，后生爱，整理李白诗，我逐渐读懂李白，喜欢上李白率真自由、高标自持的性格；崇拜他熔铸古今诗体、想落天外、语言如行云流水的诗文。《蜀道难》《将进酒》自不必说，"孔圣犹闻伤凤麟，董龙更是何鸡狗"，连骂街皆成经典，非天才而何！终有一天，自觉以我个人的生命感受到了李白的生命，由是研究其生命意识，写成《诗仙·酒神·孤独旅人：李白诗文中的生命意识》。我自诩会还原一个既是天才诗人又是凡夫俗子的活生生的李白。

问：您在 20 世纪 80 年代后期着手《文心雕龙》及中古文学理论范畴研究，是有什么契机吗？阅读方面是否有所转变？这些阅读给您带来什么？

答：应是学术上的血脉传承。我从詹锳先生读《文心雕龙》，下过背书功夫。熟读之后，自然发现问题，写成文章。最初研究此书，主要采用内证方法，如研究"通变"和"风骨"。后来逐渐从内证转为外证，联系先秦至汉魏六朝的文论乃至文学，由是开始中古文学理论范畴梳理。古代文论在四库分类中称为诗文评，可见中国古代文论是诗文的附属品。刘勰又把文章视为经书的枝条。研究文论，不读经书，不读诗文，不靠谱；同样地，离开史书和子书研究文论也不靠谱。那些空谈理论的文章，我一般不看。中国古代文论实为文章之学，重经世致用，尚才崇学，辞藻之事体现才气，缺一不可。这是我阅读所得，也是我的研究结论。

问：后来您担任国家图书馆馆长，当时是怎样的体会？你会从国图借书吗？在海量图书中，阅读有变化吗？

答：坐拥书城，反而迷失了个人阅读的方向。在国图15年，我阅读欲望极强，阅读范围驳杂，由专业阅读转为一般阅读，由学者变成了普通读者。只是在最后5年，方回归专业。初谓近水楼台，可利用国图古籍开展研究，入馆方知非也。面对保护古籍的借阅制度，馆长也是徒叹奈何。在国图职工中，我应是借书最勤、借书最多的，但多为民国图书，学者的论著文章、作家文集诗集、中小学国文教材乃至剑侠、鸳鸯蝴蝶小说。阅读的副产品是《不求甚解》和《论经典》。

问：可否谈谈您的枕边书？您认为什么样的书适合作为枕边书？

答：枕边书会因人因时而异。我年轻时怕早眠，喜看禁书奇书；现在畏失眠，多读今人现代诗，读不懂时瞌睡虫悄然而至。如分时段，20世纪70年代前半期枕边书是鲁迅杂文、王力《古代汉语》，渴求知识，却只有这两种书。后半期是雨果、巴尔扎克，因已迈入中文系大门。80年代后半期到90年代前半期的枕边书是士人笔记，一个人在天津古籍所院内，孤魂野鬼正好为伴。2000年代是米兰·昆德拉、商务印书馆的汉译名著若干种、郭象注《庄子》。近几年茶几餐桌边常置的是蒙田随笔、伍尔芙随笔、加缪手记、毛姆笔记。"这些未曾记下来的日子就像没发生过一样"，"灵魂需要一辈子的时间来成形"，像来自天空的闪电，一道道照亮一颗凡愚的心。

问：您有什么样的阅读习惯？会记笔记吗？最理想的阅读体验是怎样的？

答：办公室、乘飞机、坐火车皆可读书，习惯于茶余饭后、会前会后阅读，频道切换迅疾，是绝活。委顿于沙发中做昏昏欲睡迷糊状，其实那也许正是我读书得意时。习惯做笔记，从小至今。上面所摘加缪语录，就是抄自读书笔记。我对加缪的话深有同感，那些没记下来的东西，经年累月，就像未曾阅读过一样。中学时读《红楼梦》，黛玉病逝，我一个月心境凄然，那也许是最深入的阅读体验。

问：您常常重温读过的书吗？反复重读的书有哪些？

答：经典就是我正在重读的书，这是卡尔维诺对经典的定义。为了研究，为了教学，也是为了个人涵泳，重温的经典有很多，完全出自兴趣的阅读则有《孟子》、《庄子》、陶集、太白集、东坡集、《世说新语》、《红楼梦》以及鲁迅的杂文。

问：您还带学生吗？作为导师，您会给学生推荐阅读吗？比如说……

答：每年或南开或首师大，都有一二学生。不是推荐，而是指定读书，如《四库全书总目》。

问：还有什么书是您一直想读却还没开始的吗？

答：《胡适全集》，已备十余年。

问：如果可以带三本书到无人岛，您会选哪三本？

答：一本书足矣：《青龙方言土语》。一个人的小岛适合想象和回忆，青龙那旮旯是我的故乡。

（《中华读书报》2020 年 12 月 30 日第 3 版）

凤凰枝文丛		

壶兰轩杂录	游自勇	著
己亥随笔	顾　农	著
茗花斋杂组	王星琦	著
远去的星光	李　庆	著
梦雨轩随笔	曹　旭	著
半江楼随笔	张宏生	著
燕园师恩录	王景琳	著
鼓簧斋学术随笔	范子烨	著
纸上春台	潘建国	著
友于书斋漫录	王华宝	著
五库斋清史存识	何龄修	著
蜗室古今谈	丰家骅	著
平坡遵道集	李华瑞	著
竹外集	朱天曙	著
海外嫏嬛录	卞东波	著
耕读经史	顾　涛	著
南山杂谭	陈　峰	著
听雨集	周绚隆	著
帘卷西风	顾　钧	著
宁钝斋随笔	莫砺锋	著
湖畔仰浪集	罗时进	著
闽海漫录	陈庆元	著
书味自知	谢　欢	著
三余书屋话唐录	查屏球	著
酿雪斋丛稿	陈才智	著
平斋晨话	戴伟华	著